Schnelle Beute

Peter Schroeder

Schnelle Beute

Eine Kriminalgeschichte um einen alten Rennwagen

Alfa Romeo und Autodelta haben nur eine sehr kleine Serie des Giulia Tubolare Zagato 2 gebaut. Der Rennwagen dieses Buches gehört nicht dazu und ist demnach eine Erfindung der Phantasie. Ebenso sind Personen, Orte und die Geschichte in diesem Roman fiktiv. Für den einen oder anderen Moment gab es ein reales Vorbild.

Bibliografische Information der Deutschen Nationalbibliothek:
Die Deutsche Nationalbibliothek verzeichnet diese Publikation in der Deutschen
Nationalbibliografie; detaillierte bibliografische Daten sind im Internet über
dnb.dnb.de abrufbar.

© 2021 Peter Schroeder
Coverfoto: Christiane Wrenger Photographie (Holzkirchen)
Satz, Umschlaggestaltung, Herstellung und Verlag:
BoD – Books on Demand, Norderstedt
ISBN 978-3-7543-6361-4

Katja Meyerhoff hatte das Angebot der Polizeihauptmeisterin angenommen, im Vorraum des Polizeigebäudes zu warten. Jetzt saß sie auf einer Holzbank gegenüber der Glaswand mit den Sprechlücken. Hier drinnen war es heiß und schwül. Die Sonne brannte seit Tagen auf Land und Leute. Auch wenn draußen ein leichter Wind etwas Kühlung gebracht hatte, hatte sie nicht im Schatten warten wollen. Dort wäre sie den Blicken der Gäste eines Cafés ausgesetzt gewesen, die entweder auf ihren Smartphones daddelten oder den Eingang beobachteten, um ja nichts zu verpassen, auch wenn die Münchner Tageszeitung, für die Katja arbeitete, die Marktgemeinde regelmäßig zu den sichersten Wohnorten im Münchner Umland zählte.

Katja blickte von ihrem Smartphone auf, als sich die Tür öffnete. Es war aber nur eine Polizistin, die ihr eine Flasche Wasser anbot.

„Es wird noch eine Weile dauern. Ich bin Polizeihauptmeisterin Brenner." Um ein wenig Small Talk zu machen, sagte Katja zu der schlanken blonden jungen Frau: „Die Uniform steht Ihnen gut, weiße Bluse zur blauen Hose."

„Ja", antwortete die Polizistin, „allemal besser als der grün-beige Kram aus den 1970er-Jahren."

„Die hat doch Oestergaard entworfen, oder? Gab es nicht auch einen Aufstand vor ein paar Jahren, als das abgeschafft werden sollte?", fragte Katja.

„Das war eine Empfehlung der EU, so um 1998, dass die Polizei blaue Uniformen haben sollten. Kollegen hier wollten sich mit dem Förstergrün weiter von den Blauhosen der Eisenbahnschaffner, der Bundespolizei oder der Feuerwehr unterscheiden. Nettes Kompliment, danke. Ich muss wieder an meinen Schreibtisch."

Katja bedankte sich für das Wasser und war bald wieder allein. Frau Brenner war in der Tiefe der Wache verschwunden und der Empfang war verwaist.

Nach einer gefühlten Ewigkeit kam die Polizistin wieder zurück und hinter ihr Robert Hauser in Hemdsärmeln. Er war blass und setzte sich neben Katja auf die Bank.

„Hast du noch einen Schluck in der Flasche?"

„Ja, hier bitte. Ist aber Polizeiwasser."

„Immerhin hübsch serviert." Robert blickte zur Polizistin. „Drinnen gab es nur Kraneberger."

„Sie dürfen jetzt gehen, Herr Hauser, wir haben alles geklärt", forderte die Polizistin die beiden auf, zu gehen.

„Warum jetzt die Eile? Seit ich seit gestern hier bin, ging eher alles seinen polizeilichen Gang in einer gewissen Gemütlichkeit", erwiderte Robert Hauser mit leichter Schärfe in der Stimme.

„Das besprechen Sie bitte mit dem Kommissar. Aber bedenken Sie bitte, dass wir Sie in Gewahrsam nehmen mussten, weil Sie sich nicht ausweisen konnten! Das war legitim und notwendig, weil Sie sich unerlaubt an einem Tatort aufgehalten haben. In diesen, der versiegelt war, sogar eingedrungen sind."

„Rechtfertigt das gleich Handschellen?", fragte Robert erbost.

Katja legte eine Hand auf seinen Arm: „Lass gut sein, du hast es ja überstanden." Sie stand auf und zog ihn mit sich.

Gerade als sie die Tür öffnen wollte, kam ein Beamter in Zivil eiligen Schrittes in den Vorraum.

„Herr Hauser. Moment!"

Robert und Katja drehten sich um und Katja blickte auf einen Mann mit der Statur eines durchtrainierten Sportlers.

„Herr Hauser, hier ist Ihre Jacke, die Sie vermisst haben. Darin ist auch Ihre Brieftasche. Die Kollegen waren heute Morgen noch einmal am Tatort und haben sie am Treppengeländer hängen sehen. Sie müssen sie dort hingehängt haben, als Sie das Siegel verletzt haben."

Robert nahm die Jacke, hängte sie sich über die Schulter und verließ grußlos das Gebäude.

„Arroganter Journalistensack", meinte der Kommissar zu seiner Kollegin Brenner. „Komm, ich spendiere dir einen Kaffee."

Die gleiche Frage stellte Katja Robert Hauser, als sie auf dem Bürgersteig standen und auf das Café gegenüber blickten „To go. Ich nehme mal an, du hast keine Lust, da drüben zu sitzen."

„Weder to go noch to sit. Wo steht dein Auto?"

„Ich bin mit der S-Bahn gefahren. Du musst doch mit dem Auto gekommen sein." Katja war erstaunt, fügte aber hinzu: „Vorsorglich habe ich ein Partnerticket gekauft. Der Bahnhof ist nicht weit entfernt, ein paar Hundert Meter."

- 2 -

Sie überquerten die Straße, ließen das Café links liegen und liefen zügig durch ein Wohngebiet, querten einen kleinen Park und erreichten bald den Bahnsteig, an dem die S-Bahn schon stand. Gesprochen hatten sie nicht miteinander, bis Katja am Marienplatz sagte: „Wir müssen hier umsteigen." Sie verließen die U-Bahn in Thalkirchen und gingen an der Isar entlang in die Meichelbeckstraße, wo Katja wohnte. Wenig später saßen sie unter einem Baldachin auf der großzügigen Dachterrasse ihrer Wohnung, wo sie ihren Lieblingsaperitif, einen Château de Pampelonne Rosé, im Eiskühler auf den Tisch stellte und zwei Gläser füllte.

„Hast du bei der Polizei ein Schweigegelübde ablegen müssen?" Sie gab Robert ein Glas und stieß mit ihm an. „Aber gut, dich nach so langer Zeit mal wiederzusehen. Ich freue mich immer, dir zu Diensten zu sein oder dich aus misslichen Lagen zu befreien."

Katja Meyerhoff und Robert Hauser kannten sich schon lange und arbeiteten beide als Journalisten. Robert ohne feste Anstellung, aber dem International Consortium of Investigative Journalists, dem ICIJ, angeschlossen, ohne dass er sich einem speziellen Themenkreis gewidmet hatte. Katja schrieb für eine der großen Münchner Zeitungen. So hatten sich immer wieder lose Kontakte ergeben, die zuletzt ein paar Jahre zuvor in ein gemeinsames Projekt gemündet hatten, das sich mit nicht wissenschaftlich abgesicherten Behandlungsmethoden beschäftigt hatte.

„Du wohnst hier immer noch allein?", fragte Robert und leerte sein Glas.

„Netter Versuch. Direkte Frage, auch wenn sie nichts mit dem Thema zu tun hat. Ich komm ja auch nicht auf die Idee, zu fragen, wer die junge Blondine ist, mit der man dich ab und an auf Fotos sieht."

„Eine Visitenkartenfreundschaft. Du kennst sie, weil wir sie gemeinsam auf der Pressekonferenz in Baden-Baden kennengelernt haben. Sybille Kappner von der Neuen Rhein Zeitung."

„Die ist doch mindestens zwanzig Jahre jünger als du!"

„Fünfzehn und genauso viele Monate hat es gehalten. Ich bin also wieder frei. Also noch mal, was gibts bei dir Neues?" Mit dem nachgefüllten Glas prostete Robert Katja zu.

„Meine Eltern sind mittlerweile gestorben. Mein salonsozialistischer Vater, wie du ihn bezeichnet hast, hat mir nicht nur diese Wohnung, die er für mich gekauft hatte, sondern auch sonst eine angemessene Aussteuer für den Fall, dass ich … Na ja, es bedeutet, dass ich nicht mehr jeden Morgen in die Redaktion fahren muss. Aber jetzt ernsthaft, warum musste ich dich von der Polizeiwache abholen?"

„Tja, das war auch für mich eine Überraschung. Ich habe einen Anruf erhalten, um mich mit einem Georg Braun zu treffen. In seiner Wohnung. Der Anruf kam nicht von ihm, sondern von einem seiner früheren Arbeitskollegen, der in regelmäßigem Kontakt mit Braun stand und ihn plötzlich nicht mehr erreichen konnte."

„Du fährst aber nicht einfach los, wenn du nicht weißt, worum es geht? Es gab keinen Anlass?"

„Keine Ahnung. Es ging um viel Geld, um ein seltenes Auto, alles vage. Aber es klang interessant genug, um zu fahren. Jedenfalls stand ich vor der Tür, die auf den ersten Blick mit einem Polizeisiegel verschlossen war. Dann hörte ich, dass die Eingangstür des Hauses aufging und der Luftzug öffnete die Wohnungstür."

„Nicht verschlossen? Trotz des Siegels?"

„Das war zerschnitten, hatte ich aber nicht gemerkt. Fix stand ich mit den Händen an der Wand, wurde abgetastet und fand mich wenig später in Handschellen auf der Wache."

„Warum musstest du so lange bleiben?"

„Ich hatte keinen Redaktionskontrakt in dieser Sache. Es gab also keine Bestätigung für einen offiziellen Rechercheauftrag, den es tatsächlich auch nicht gibt. Und dann war Georg Braun tot."

„Was hat dich rausgehauen?"

„Mein Auto. Ich bin auf dem Weg am Irschenberg geblitzt worden. Vermuteter Todeszeitpunkt, immerhin gab es einen Totenschein. Der und das Ticket waren zeitlich identisch."

„Und warum solange, eine ganze Nacht in einer Zelle?"

„Verschiedene Behörden. Außerdem ist der Kommissar Halbprofi in einem Sportverein und musste spielen, das weiß ich mittlerweile, und richtig Interesse schien auch keiner zu haben."

„Der Blitzer am Irschenberg ist in Nordrichtung kurz hinter der Auffahrt."

„Ja, blöd, aber ich habe nicht auf die Schilderbrücke geachtet, als ich hinter einem Lkw auf die mittlere Spur beschleunigt habe. Aber dann doch gut."

„Robert, so richtig verstanden habe ich das alles noch nicht. Wir sollten was essen. Wollen wir irgendwo essen gehen?"

Robert schaute an sich herunter, rieb über sein unrasiertes Kinn und meinte: „So nicht, Katja. In diesem Zustand gehe ich nicht vor die Tür."

„Gut, mein Lieber." Sie musste lachen. „Dann schau ich mal, was der Kühlschrank hergibt und was dir von meinen Klamotten so stehen könnte." Sie machte sich auf den Weg in die Küche, drehte nach ein paar Schritten um, strich sich die Haare aus dem Gesicht und fragte nachdenklich: „Wenn du so nicht wieder vor die Tür willst, heißt das, dass du hier übernachten willst?"

„Übernachten möchtest, Katja, wenn es dir nichts ausmacht. Und ich bräuchte einen Müllsack."

Katja schüttelte den Kopf, wobei sie selbst nicht wusste, ob aus Überraschung, Ablehnung oder Zustimmung, aber angesichts seines Vorhabens, das Haus nicht zu verlassen, sagte sie nur: „Letzte Tür rechts, Zimmer en suite, leider mit Blick auf die Häuser gegenüber. Mach die Vorhänge zu."

- 3 -

Eine Viertelstunde später kam Robert wieder auf die Terrasse.

„Den habe ich im Schrank gefunden." Er blickte auf einen knappen weißen Frotteebademantel herunter, breitete die Arme aus und zuckte die Schultern. „Rasieren konnte ich mich nicht. Mit diesen blauen Venus-Dingern habe ich es gar nicht erst versucht."

„Du bist ein bisschen herausgewachsen", schmunzelte Katja. Sie ging in die Küche und rief durch die Terrassentür: „Wollen wir beim Rosé bleiben? Der ist doch deine Sache nicht, wenn ich es richtig im Kopf habe."

„Danke, es duftet nach Pizza, da passt der schon." Katja kam wieder auf die Terrasse. Sie deckte den Tisch mit zwei Tellern mit Pizzavierteln, einem Holzbrett mit Salami und Schinken und einem Schälchen Oliven. Sie schenkte aus einer frischen Flasche nach und sagte: „Lass es dir schmecken, du wirst hungrig sein."

Sie aßen eine Weile schweigend.

„Hmm, Robert, jetzt sitzt du hier, was ich schön finde. Da mampfst du mehr oder weniger schweigend vor dich hin, was ich weniger schön finde. Kannst du mir nicht erzählen, was es mit deinem Besuch und deiner Nacht bei der Polizei auf sich hat?"

Robert blickte sie an: „Ich habe dir ja heute Mittag gesagt, dass ich einen Georg Braun treffen sollte. Ich kenne ihn nicht. Das, was ich weiß, ist wenig genug. Er hat irgendetwas mit der Entwicklung von Autos, von Motoren, zu tun und scheint nicht ganz arm zu sein. Verwundert hat mich, dass er nicht da war, als ich gestern zu seiner Wohnung fuhr. Den Rest kennst du ja. Die Polizisten waren nicht sehr mitteilsam und haben mir nicht erklärt, warum er nicht da, sondern im Gegenteil seine Wohnungstür mit einem Polizeisiegel verschlossen war. Ausführlicher waren sie, als sie mir § 136 aus dem Strafgesetzbuch vorgelesen haben und mir sagten, dass auf Verstrickungsbruch, genauer gesagt Siegelbruch, eine bis zu einjährige Freiheitsstrafe oder eine Geldstrafe steht."

„Dürfen sie das denn, dir eine Strafe androhen?", fragte Katja.

„Keine Ahnung", erwiderte Robert. „Ich muss vor allem rauskriegen, warum die Wohnung überhaupt versiegelt war. Das spricht dafür, dass mit Braun irgendwas passiert sein muss, denn üblicherweise, das weißt du, geschieht das nur, wenn der Ort ein Tatort mit ungeklärten Umständen ist."

„Meinst du mit ‚ungeklärten Umständen', dass Braun etwas zugestoßen sein könnte?"

Robert blickte sie nachdenklich an. „Das könnte man vermuten, aber ich weiß es nicht."

„Gut, Robert, wir können das jetzt nicht klären. Möchtest du noch etwas trinken, bevor wir schlafen gehen?"

„Ein Nightcap wäre nicht schlecht."

„Dann bedien dich. Du weißt noch, wo alles steht?"

Robert stand auf und ging zu einem Tischchen im Wohnzimmer, wo er Gläser und eine Auswahl hochprozentiger Getränke fand. Er wählte einen Lagavulin und schenkte sich zwei Finger hoch ein. „Was möchtest du?", rief er Katja zu, die gerade den Terrassentisch abgeräumt hatte.

„Ich nehme einen Calvados, danke.

Katja und Robert stellten sich an die Brüstung der Terrasse und nippten an ihren Gläsern.

„Danke, dass du mich abgeholt hast und mir hilfst. Morgen früh muss ich als Erstes mit meinem Auftraggeber Kontakt aufnehmen, weil er mir jetzt sagen muss, um was es geht. Dann brauche ich einen Laptop und noch ein paar andere Dinge, falls ich hier weiterarbeiten muss."

„Auch was zum Anziehen? Oder machst du alles im Bademantel? Du erwartest doch sicher nicht, dass ich mich jetzt am späten Abend noch mit deiner Wäsche beschäftige." Und nach einer kurzen Pause ohne Antwort strich sie Robert sanft über die Wange. „Schlaf gut."

- 4 -

Am nächsten Morgen wurde Robert durch ein Läuten an der Wohnungstür und durch zwei Frauenstimmen wach, von denen er eine als die von Katja erkannte. Er fand seine Armbanduhr nicht, stieg aus dem Bett, um auf sein Smartphone zu schauen. Kurz vor zehn. Er erinnerte sich kaum, in den vergangenen Monaten mal zehn Stunden am Stück geschlafen zu haben. Im Bad putzte er sich die Zähne, die Zahnbürste hatte er aus einem kleinen Kulturpäckchen mit der Aufschrift einer Fluglinie des mittleren Ostens' genommen. Notgedrungen zog er den Bademantel an und lief Richtung Wohnzimmer, wo Katja und eine junge Frau beim Kaffee saßen.

„Wieder auferstanden von den Toten?", fragte Katja und schob ihm einen Becher zu, nachdem er sich zu ihnen gesetzt hatte. „Gemma D'Andrea, eine alte Freundin. Sie hat mir bei deiner Wäsche geholfen."

Robert gab ihr die Hand und nuschelte ein „Bongiorno", nachdem er einen italienischen Akzent bei der Besucherin bemerkt hatte.

„Oh, mach dir nicht die Mühe. Gemma ist Italienerin und Geschäftsführerin einer Dependance eines italienischen Männermodenhauses in den Fünf Höfen an der Theatinerstraße. Sie spricht deutsch und kann sich mit der Kundschaft aus dem Oberland notfalls akzentfrei, das heißt bayerisch, auseinandersetzen."

Gemma lächelte Robert an. „Katja hat mir gestern spätabends Ihre Größe durchgegeben und ein Foto geschickt, damit ich Ihnen ein paar passende Kleidungsstücke zusammenstelle."

„Als ob du meine Größe kennen würdest, jedenfalls kann ich mich nicht erinnern."

„Schau, Robert, ich kann lesen, und da du freundlicherweise den Müllsack mit deinen Klamotten vor die Zimmertür gestellt hast, war das mit der Größenfindung nicht schwer. Jetzt zieh ab, mach dich frisch und komm zur Anprobe. Gemma bleibt noch hier, falls irgendwas nicht passen sollte. Und hier", sie drückte ihm Rasierschaum und einen Gillette in die Hand, „falls du immer noch Schwierigkeiten mit dem Modell Venus hast."

Robert nahm die beiden Tüten und verschwand.

„Un uomo attraente", zwinkerte Gemma Katja zu, „ woher kennst du ihn?"

„Rein beruflich. Zuletzt haben wir an dieser Exosomen-Geschichte gearbeitet. Du weißt, in Singapur, vor ein paar Jahren. Seither haben wir uns nicht mehr gesehen, bis er mich gestern anrief."

„Veramente un peccato", kommentierte Gemma lächelnd, „si adatta bene a te." Katja schaute sie fragend an. „Ich meine, Ihr würdet ganz gut zusammenpassen."

„Ich gehe schnell zum Bäcker", beendete Katja, deren Wangen sich gerötet hatten, die Unterhaltung. Als sie mit Cornettos wieder zurückkam, saßen Robert und Gemma mit frischem Kaffee auf der Terrasse.

„Anche lui starebbe bene con te." Katja hatte den Satz gegoogelt und hoffte, ihn einigermaßen vernünftig auszusprechen.

„Intrattenimento per ragazze. Terminate la valutazione? Molte grazie per aver scelti i vestiti. Mädchenschnack, vielen Dank für die Beratung und die Auswahl der Kleidung", sagte Robert und blickte zu Gemma: „Was bin ich Ihnen schuldig?"

„Das habe ich mit Gemma besprochen, ist Teil meiner Aussteuer. Und ich freue mich, wenn du dir gefällst", warf Katja ein.

„Ciao, Roberto, habt noch eine schöne Zeit." Robert war auch aufgestanden und sie verabschiedeten sich mit Wangenküsschen voneinander. Katja brachte ihre Freundin zur Tür.

„Wir sehen uns!"

Als Katja zurückkam, fragte Robert: „Was hast du mit Aussteuer gemeint?"

„Gemma schickt mir eine Rechnung. Hast du gedacht, sie bringt einen Kartenleser mit?" Sie schenkte beiden noch Kaffee nach. „Hast du einen Plan, wie es jetzt weitergeht oder belässt du es bei deiner Nacht auf der Wache?"

„Ich sollte zumindest mit meinem Auftraggeber telefonieren." In diesem Moment hörten sie, dass sein Telefon im Gästezimmer klingelte. Robert sprang auf.

„Hauser hier." Er kam langsam auf die Terrasse zurück und sagte lautlos „der Auftraggeber!"

Katja blickte ihn an, nahm ihr eigenes Telefon und zeigte fragend auf den Lautsprecherbutton, den Robert dann drückte. Er legte das Telefon auf den Tisch.

„Können Sie mich hören?", kam die Stimme aus dem Telefon, „die Verbindung scheint schlechter geworden zu sein." Robert legte den Finger auf seinen Mund. Katja nickte, rutschte aber näher an ihn ran, um besser hören zu können.

„Ich sitze in einem Café in München. Es ist hier so warm, dass ich lieber draußen sitze, Herr Jordan", antwortete Robert.

„Berichten Sie bitte, was Sie herausgefunden haben!" Der Ton war forsch und fordernd.

„Ich habe auf einer Polizeiwache übernachten müssen und ich glaube, dass Sie mir eine Erklärung schuldig sind."

„Haben Sie Braun getroffen?", kam die Stimme aus dem Telefon.

„Ich bin kurzfristig verhaftet worden und konnte nicht mal an der Tür läuten, geschweige denn in die Wohnung kommen."

„Das tut mir leid."

Robert verdrehte die Augen und tippte sich vogelmäßig an die Stirn.

„Herr Jordan, jetzt mal Butter bei die Fische. Warum sollte ich mich mit Braun treffen?" Robert begann, ungehalten zu werden.

„Ich möchte Sie bitten, mir zu helfen, Herr Hauser. Und das Wichtigste zuerst: Georg Braun ist tot und er scheint in einer Gerichtsmedizin zu sein."

„Das würde erklären, warum die Wohnung versiegelt war. Aber das würde auch bedeuten, dass die Todesursache ungeklärt ist. War er krank?", fragte Robert. Er bedeutete Katja, ihm etwas zu schreiben zu bringen. „Gab es Erkrankungen, von denen Sie wissen?

„Er hat stark geraucht, jedenfalls bis vor ein paar Jahren. Bluthochdruck und seit einiger Zeit auch Diabetiker. Aber das waren eher Altersbeschwerden, und mit seinen 70 Jahren auch zu vereinbaren, nicht war?" Es entstand eine Pause, ehe Jordan weitersprach: „Also, die Wohnung war versiegelt?"

„Ja, aber als ich kam, war das Siegel zerstört. Kaum, dass ich das gesehen habe, war ich schon in der Obhut der Polizei, die dachte, dass ich dort einbrechen wollte."

„Noch mal, das tut mir leid. Jetzt ist es umso wichtiger, dass Sie in die Wohnung kommen."

„Herr Jordan, wo sind Sie? Wo wohnen Sie? Können wir uns nicht treffen? Mir erscheint es einfacher, persönlich miteinander zu sprechen." Katja nickte ihm zu und gab Robert ein Thumbs-up.

„Nein, das geht nicht, jedenfalls nicht sofort. Ich bin in den USA, in Miami."

Robert blickte auf die Uhr. „Dann sind Sie sechs Stunden zurück, hier ist es zwei."

„Stimmt, 8 a.m."

Wieder entstand eine Pause.

„Robert, ich darf doch Robert sagen? Sie müssen unbedingt in die Wohnung."

„Das wird nicht gehen, und noch eine Nacht in Gewahrsam …"

„Können Sie nach Miami kommen? Es gibt hier einige Unterlagen, die ich Ihnen nur persönlich übergeben möchte, darunter Günthers Testament. Ich übernehme alle Kosten."

Robert zwinkerte Katja zu und machte ein „Warts mal ab" zu ihr.

„Es würden dann aber ein paar Tage vergehen, bis ich in die Wohnung gehen kann."

Wieder eine Pause, die Robert unterbrach, als er sagte: „Herr Jordan, ich muss mein Telefon ans Ladekabel anschließen. Einen Moment."

Katja blickte ihn an, zeigte auf das Batteriesymbol auf dem Display und hob drei Finger. Robert stand auf und zog sie mit sich.

„Hast du Lust, mit nach Miami zu fliegen?" Robert wartete die Antwort nicht ab. Sie gingen wieder zum Telefon.

„Geben Sie mir Zeit bis übermorgen, aber es sollte klargehen. Ich habe zurzeit einige Projekte und ich würde gerne meine PA mitnehmen."

Robert meinte, ein Schmunzeln aus dem Telefon zu hören, was sich wie „Geht klar" anhörte. „Heute ist Mittwoch. Ich buche Ihnen Flüge und zwei Zimmer, ist Ihnen das recht? Für übermorgen, Freitag."

„Jetzt aber noch mal zu heute und morgen. Können Sie mir zumindest das Testament per E-Mail schicken? Ohne irgendetwas in der Hand werde ich die Polizei nicht überzeugen können. Samstag erscheint mir sinnvoller, dann haben wir noch zwei volle Tage."

„Einverstanden. Schicken Sie mir bitte per SMS Ihre E-Mail-Adresse und Ihre Daten für die Tickets. Das Testament schicke ich ihnen nicht. Es liegt eine beglaubigte Kopie bei unserem Rechtsanwalt in München. Ich rufe ihn gleich an. Sie möchte ich bitten, die Kopie dort abzuholen." Das Telefon klickte und das Gespräch war beendet.

Robert notierte sich Jordans Nummer und simste ihm seine E-Mail-Adresse und einen Hinweis, dass alle anderen Daten per E-Mail folgen

würden. Er zweifelte nicht an Jordans Vorhaben, wollte aber sicherge-
hen, dass es ihm auch wirklich ernst war.

„Kann ich deinen Laptop nutzen?"

„Geh in mein Arbeitszimmer, hinten im Flur", wies ihm Katja den Weg.

„Isarblick oder Hinterhof? Vorhänge auf oder zu?" Robert ging ins
Arbeitszimmer und setzte sich vor den Laptop. Er loggte seinen E-
Mail-Account ein und ein paar Minuten später kam ein Signal, dass
eine neue E-Mail eingetroffen war. Robert öffnete sie und las die E-
Mail-Adresse von Jordan und die Adresse einer Kanzlei in der Maxi-
milianstraße. Er googelte die Kanzlei und sagte einen Moment später,
als Katja eintrat: „Kleine Kanzlei, zwei Anwälte, aber feine Adresse.
Schon mal von Kurtz und Partner gehört?"

„Nein, kenne ich nicht. Welche Fachgebiete?"

„Steht da nicht, aber wahrscheinlich auch Erbrecht. Ruf mal bitte
dort an und besorg uns einen Termin. Wenns geht, noch heute. Ach,
und gib mir mal deinen Pass. Hast du ein Visum für die USA?"

„PA? Robert, das fängt ja gut an. Zieh an der Schublade, da ist mein
Pass drin."

Robert blätterte durch Katjas Pass. „Gut, du hast ein Visum, sogar
ein I-Visum, und ausreichend gültig."

Katja lächelte ihn ein wenig mitleidig an: „Schon vergessen? Wir
haben denselben Beruf. Als ich das I-Visum, das für Journalisten,
beantragt habe, wusste ich nicht, dass ich mal als deine Sekretärin
mit dir reisen würde."

„Schon gut, schon gut, Katja. Ich musste Jordan plausibel machen,
warum du mitfahren sollst. Kollegin, was du bist, oder meine Partne-
rin, was du ja nicht bist, hätte ihn vielleicht nicht überzeugt. Er wird
sich nicht für dein Visum interessieren."

Robert tippte seine Daten, Namen, das Geburtsdatum und seine
Passnummer ein, anschließend die von Katja. Zuletzt schrieb er, dass
er um zügige Übermittlung der Reisedaten bitten würde, und schickte
noch freundliche Grüße hinterher.

„Wie kommen wir in die Innenstadt?", fragte Robert und klappte den Laptop zu.

„Darf ich Ihnen Ihren Attaché-Koffer zur U-Bahn tragen, Chef?" Katja drückte ihm einen Aktenkoffer in die Hand, schloss die Terrassentür, und bald standen sie am Bahnhof und warteten auf den Zug.

- 5 -

Am Marienplatz stiegen sie aus, nahmen den Ausstieg Dienerstraße, wandten sich nach links und liefen Richtung Oper. Die Kanzlei war ein paar Häuser weiter gegenüber im zweiten Stock. Nachdem Katja auf den Summer gedrückt und ihren Namen gesagt hatte, kletterten sie die Treppe empor. Sie standen vor einer Milchglastür, an deren linken Seite ein Messingschild mit den Namen der beiden Anwälte und ihre Fachrichtung hing. Rechts daneben zeigte ein gerahmtes Bild mit einer Urkunde der Wirtschaftswoche den Hinweis, es handele sich um eine Topkanzlei.

Die Tür wurde geöffnet und eine Rechtsanwaltsgehilfin begrüßte sie: „Mein Name ist Maja Schneider. Guten Tag. Doktor Kurtz erwartet Sie bereits. Bitte geben Sie mir Ihre Personalausweise zur Identifikation"."

Katja und Robert schauten sich verwundert an, dann ebenso verwundert zu der jungen Frau.

„Wir haben nichts zu verbergen. Ist das nötig?", fragte Katja.

Robert fügte hinzu: „Sie wissen, warum wir kommen, oder? Es wird wohl kaum noch jemanden geben, der sich nach dem Testament erkundigt."

„Doktor Kurtz besteht darauf. Gestern, kurz vor Kanzleischluss, rief noch jemand an, der das Testament haben wollte."

„War der auch von Herrn Jordan angekündigt?", hakte Hauser verwundert nach und wandte sich an Katja: „Siehst du, warum ich vorhin so zurückhaltend war?"

„Kommen Sie bitte herein. Seien Sie so freundlich, mir Ihre Ausweise zu geben. Ich bringe Sie dann zu Doktor Kurtz."

Nachdem Robert und Katja ihrer Aufforderung gefolgt waren und Maja Schneider die Ausweise auf einen Kopierer gelegt hatte, sagte sie: „Sie bekommen sie gleich zurück. Bitte folgen Sie mir."

Die Kanzlei war trotz nur zweier Anwälte groß, und entlang eines Flurs saßen in mehreren Zimmern Sekretärinnen mit Kopfhörern vor Computern und tippten eifrig. Am Ende des Flurs war linker Hand ein Besprechungszimmer und gegenüber eine verschlossene Tür, auf der ein Schild angebracht war: ‚Bernd Hegebusch' war darauf zu lesen, und darunter: ‚Fachreferent und Bürovorsteher'. Schneider klopfte an die Tür und nach einem markigen „Herein" öffnete sie die Tür und ließ die beiden eintreten. „Möchten Sie Kaffee, Tee oder Wasser?" Als Robert und Katja die Frage verneinten, schloss sie die Tür.

Rechtsanwalt Kurtz stand auf und ging auf sie zu. „Ich muss mich in meinem Büro nicht vorstellen, denke ich. Sie müssen Frau Meyerhoff sein."

„Und demzufolge bin ich Robert Hauser." Sie schüttelten dem Anwalt, dessen rundlich füllige Figur und hohe Stirn nicht zu der gerade markig geäußerten Aufforderung passen wollte, die Hand. Zudem machte seine Körpergröße seinem Namen alle Ehre.

„Bitte nehmen Sie Platz", forderte er sie auf, und bald saßen sie auf Holm II Freischwingern mit Armlehnen vor einem penibel aufgeräumten gläsernen Schreibtisch, hinter dem der Anwalt Platz nahm. Auf dem Tisch lagen nur ein Smartphone und ein Laptop. Das ganze Ensemble befand sich vor einer Wand, an der ein grellbuntes figürliches Bild hing, das Robert als „Schamlos" (E) von Koroush Namazi kannte, und das als Farbklecks die sonst eher nüchterne Einrichtung kontrastierte.

„Sie blicken erstaunt auf das Bild, nicht wahr?", fragte der Anwalt Robert Hauser. „Ich habe den Künstler, er wird sich aber nicht mehr daran erinnern, kurz bevor der Schah verjagt wurde, in Teheran kennengelernt und seine Malerei verfolgt. Ihn aber nicht mehr gesehen seither.

„Er ist Ende der 1980er-Jahre nach Deutschland emigriert und wohnt jetzt meines Wissens in Mainz", erläuterte Robert.

„Kommen wir zum Zweck Ihres Besuches. Fritz Jordan rief mich gestern an und hat ihr Treffen angekündigt. Sie möchten gerne das Testament einsehen."

„Nein", antwortete Robert. „Einsehen nicht, falls es nicht notwendig ist, um Herrn Jordans Bitte nachzukommen. Wir brauchen es jedoch als Eintrittskarte in die Wohnung, und wahrscheinlich ist eine Vollmacht, die unsere Berechtigung ausweist, vorteilhaft."

„Georg ist also tot?", fragte Kurtz und fügte hinzu: „Das tut mir sehr leid. Ich kannte ihn schon lange. Warum hat Fritz Sie zu ihm geschickt?"

„Das weiß ich nicht. Als Herr Jordan und ich darüber sprachen, meinte er nur: ‚Fahren Sie zu ihm, er wird es Ihnen erläutern.'"

„Das war also Grund genug für Sie, der Bitte Folge zu leisten?", erkundigte sich der Anwalt. Er wirkte dabei nicht einmal erstaunt.

„Nun, Robert durfte sich zum Dank auch eine Nacht in einer Zelle aufhalten." Katja schaltete sich ein. „Wir wollen das Testament nicht einsehen. Wer erbt, ist für uns nicht interessant. Jordan sagte, wir brauchen das Dokument, um in die Wohnung zu kommen. Nebenbei, wissen Sie, wer erbt?"

„Das ist ein wenig kompliziert", erwiderte der Anwalt. „Möglicherweise geht es aber gar nicht um das Erbe. Das heißt, in gewisser Weise doch."

„Bitte machen Sie es nicht zu spannend", warf Katja ungeduldig ein.

„Was ist eigentlich Ihre Aufgabe? Fritz hat mir nur Herrn Hauser angekündigt. Der Kreis der Mitwisser sollte nicht zu groß sein", fragte Kurtz und blickte Katja an.

Robert legte beruhigend seine Hand auf Katjas Arm. „Wir sind bei einem Teil unserer Arbeit ein Team und dieser Auftrag gehört dazu. Das muss Ihnen reichen."

„Nun gut", war die Antwort des Anwaltes. „Dann sollte ich Ihnen zuerst die Verwandtschaftsverhältnisse erklären. Von Braun heißt es, dass er nie verheiratet war und sein ganzes Leben allein gelebt hat. Von der einen oder anderen Affäre mal abgesehen, aber da ist nie etwas Festes entstanden, was erbrelevant wäre."

„Wie entsteht denn dann die Aufregung über das Testament?", wollte Robert Hauser wissen.

„Von Aufregung sollten wir nicht sprechen", entgegnete Kurtz, „denn das ist ganz klar. Georg hat eine Tochter. Die beiden kennen sich nicht, was komisch klingt. Meines Wissens", so fuhr er fort, „hatten sie nie Kontakt, zumindest nicht in den letzten zehn, fünfzehn Jahren. Nein, eigentlich nie, da bin ich mir sicher!"

„Das ist nicht ungewöhnlich, dass jemand eine Tochter hat, auch nicht, dass Vater und Tochter sich aus den Augen verlieren", warf Katja ein.

„Wie alt ist die Tochter heute?, fragte Robert.

„45. Was ihre Bemerkung betrifft, Frau, äähh, Frau Meyerhoff, da mögen Sie recht haben."

„Zumeist braucht ein Vater aber eine Frau, um eine Tochter in die Welt zu setzen. Jedenfalls vor 45 Jahren, es sei denn, er hätte sie adoptiert." Robert klopfte ungeduldig mit den Fingern auf die Stuhllehne.

Der Anwalt blickte Robert und Katja an und lächelte. „Das, was Sie jetzt erfahren, wird in Ihren Ohren nach Seifenoper klingen. Wollen wir Kaffee oder Tee zusammen trinken?"

„Lieber Herr Doktor Kurtz. Wir sollen am Wochenende nach Miami fliegen und vorher noch einen Versuch wagen, den Tatort, wenn er denn einer war, zu besichtigen." Katja drängte.

„Erlauben Sie mir aber eine Tasse. Ich werde meinen Büroleiter bitten, uns die Kopie des Testaments zu bringen. Ich gehe schnell zu ihm."

„Machen Sie das nicht telefonisch? Gehen Sie ernsthaft jedes Mal, wenn Sie ein Schriftstück brauchen, zu Ihrem Bürovorsteher?", forschte Katja ungläubig nach.

„Ja. Sehen Sie da ein Problem? Ich bewege mich und meine Mitstreiter freuen sich über die geringe Distanz zwischen Chefbüro und ihnen."

„Und Sie können kontrollieren, ob sie sich die Nägel feilen oder in der Nase pulen." Kurtz war aber schon durch die Tür und hatte Roberts Bemerkung nicht gehört.

Als der Anwalt wieder zu seinem Schreibtisch ging, balancierte er seinen Kaffee und drei Dokumente in seinen Händen.

„Bitte lesen Sie die Vollmacht, Herr Hauser." Er reichte Robert ein Blatt über den Tisch.

Robert überflog den Text, gab das Blatt zurück und bat: „Bitte ändern Sie die Zeilen, in der mir die Vollmacht erteilt wird, in Robert Hauser und Katja Meyerhoff handeln in meinem Auftrag, gemeinsam und jeder für sich allein, falls erforderlich."

„Wer unterschreibt denn?", fragte Katja. „Wir sehen Jordan erst am Wochenende, das ist für morgen zu spät."

„Richtig, Frau Meyerhoff. Ich werde die Vollmacht unterzeichnen, weil ich wiederum von Fritz bevollmächtigt worden bin." Kurtz überreichte Katja das zweite Dokument, das diese las und an Robert weitergab.

„Einen Moment bitte", bat der Anwalt und nahm tatsächlich sein Smartphone. „Herr Hegebusch, bitte ändern Sie die Vollmacht und bringen Sie sie in vierfacher Ausfertigung." Er diktierte ihm die Änderung und drückte auf den Button, um das Gespräch zu beenden.

„Noch eines sollten Sie wissen." Kurtz deutete auf das dritte Dokument, ein verschlossener und mit einem klassischen roten Petschaftssiegel und einer Siegelmarke versehenen großen Umschlag. „Ich kenne den Inhalt auch nicht, vermute aber, dass sich das Testament, das heißt, eine Kopie desselben, darin befindet."

Robert und Katja blickten ihn erstaunt, beinahe ungläubig an. Doktor Kurtz strich über die Glasfläche seines Schreibtisches, ohne Spuren zu hinterlassen. „Fritz ist sehr eigen in diesen Dingen." Er fuhr fort:

„Die Tochter heißt Heidelinde Jordan und sie hat zwei Väter. Georg Braun als genetischen und Jordan als verwaltungstechnischen Vater."

„Soll vorkommen", warf Katja ein, „in den besten Familien, wie man so sagt. Dennoch, auch zwei Väter und eine Tochter brauchen eine Frau und Mutter."

„Sie haben mit beidem recht, Frau Meyerhoff. Georg Braun ist der biologische Vater und Alexandra Jordan die Mutter."

„Au, Alexandra Jordan ist die Mutter?"

„Alexandra und Georg hatten ein Verhältnis, nicht lang, aber eben ausreichend lang."

„Wird schon mehr als ein paar Minuten angehalten haben, mehr ist im Prinzip nicht nötig, um ein Kind zu zeugen." Roberts Sarkasmus war nicht zu überhören.

„Wie lange spielt für uns keine Rolle", entgegnete Kurtz. „Alexandra behielt das Kind, weil beide, also Fritz und sie, nach einigen Fehlgeburten noch ein Kind haben wollten. Sie behielt den Erzeuger jedoch für sich, auch Fritz gegenüber …"

„Dann muss Frau Jordan das Kind auf der letzten prämenopausalen Rille empfangen haben, oder war sie viel jünger?", unterbrach Robert ihn.

„Herr Hauser, ich habe gelesen, dass Sie ein anerkannter Reporter mit Reputation sind. Beruht das auf solchen Bemerkungen? Aber ich muss Ihnen recht geben, es war so."

Robert sagte: „In einer Seifenoper würden die Beteiligten jetzt einen Whisky kredenzt bekommen, um für den Rest entspannt zu sein."

„Zu viel Fernsehen, Herr Hauser. Hätte ich nicht gedacht, aber auch Sie haben recht." Kurtz stand auf, öffnete eine Tür in der weiß lackierten Schrankwand. „Frau Meyerhoff, Sie auch?"

„Gern!"

Der Anwalt füllte drei Tumbler, legte vier Papieruntersetzer auf den Glastisch. Auf den vierten stellte er eine Karaffe. „Nehmen Sie ein paar Tropfen Highland Spring Water, die verfeinern das Aroma."

„Ja, stimmt", kommentierte Robert, nachdem sie die Gläser gehoben und einen Schluck genommen hatten. „Macallan Rare Cask Black Single Malt, so alt wie Heidelinde Jordan?"

„Sie haben einen guten Geschmack, Herr Hauser, halb so alt wie Heidi, die übrigens die Alleinerbin ist. Jedenfalls nehme ich es an. Wie gesagt, ich kenne das Testament nicht, ich bin nur der Lordsiegelbewahrer."

Der Anwalt nahm noch einen Schluck. „Im Fernsehen würden Sie mich jetzt fragen, warum Georg eine Frau, zu der er keine Beziehung hatte, zu seiner Erbin einsetzt."

„Nein, warum? Das bleibt jedem selbst überlassen", erwiderte Robert.

„Da mögen Sie recht haben. Alexandra war sehr krank und wenige Wochen vor ihrem Tod kam sie mit Fritz und Georg in meine Kanzlei. Wir saßen hier und Alexandra erlöste sich quasi und eröffnete ihrem Mann, dass Heidi Günthers Tochter sei."

„Beide fielen aus allen Wolken, nehme ich an." Katja war verblüfft.

„Sie verhielten sich wie Gentlemen und gaben sich die Hand. „Ich hätte dich beinahe adoptiert, Georg, weil ich immer einen Sohn haben wollte", war Fritz einziger Kommentar."

„Und Alexandra Jordan?" fragte Katja.

„Alexandra war schon ziemlich schwach. Fritz, der auf Ihrem Stuhl saß, stand auf, zog seine Frau hoch, umarmte sie und sagte nur ‚Ich liebe Dich'." Es endete damit, dass die drei verabredeten, das Geheimnis für sich zu behalten. Heidi weiß immer noch nichts davon. Es war der Wunsch aller, deswegen wiederhole ich das noch einmal, damit es auch so bleibt – wenn es auch bezüglich einer fälligen Erbschaftssteuer eher ungünstig ist."

Die Runde schwieg.

„Ah, eines sollte ich noch erwähnen. Georg Braun fuhr ein extravagantes Auto, jedenfalls für die Gegend, in der er wohnte. Einen gelben Lamborghini Urus. Er wollte unbedingt den schnellsten SUV haben, der auf dem Markt war. Fast ausgerastet ist er, als Bentley den

Bentaya-Speed vorgestellt hat, der ein paar Kilometer schneller war. Sofort ging er in seiner Nachbarschaft zu einem Tuner und ließ auf die 600 PS noch ein paar draufsetzen. Ich habe das nie verstanden", fuhr der Anwalt fort, „weil das Auto im Prinzip ein Audi ist, wie auch der Bentley. Aber Georg war halt ein Car-Buff."

„Lamborghini oder Macallan, das ist so eine Höhe", musste Robert lachen. „Man hat so seine Gewohnheiten."

„Entwickelt", fügte der Anwalt nach einem kurzen Moment hinzu. „Das Besondere an der Angelegenheit ist zusätzlich, dass Georg einige sehr teure Uhren, goldene, besaß, die er, wenn er unterwegs war oder überhaupt, zumeist im Handschuhfach seines Urus verwahrte. Ich fand das eine Schnapsidee, denn er musste immer Rechnungen und Provenienz-Zertifikate mit sich herumschleppen für mögliche Kontrollen an der Grenze oder so. Fritz hat mir übrigens noch gesagt, dass Georg im Kofferraum zumeist einen Kasten Gösser, voll oder leer, hatte, den er im ersten Getränkemarkt jenseits der Grenze erneuerte, wenn er, was er regelmäßig tat, zum billigen Tanken nach Österreich fuhr."

„Ja doch, dafür muss man Verständnis haben, irgendwo muss man mit dem Sparen ja anfangen. Herr Doktor Kurtz, ich vermute, dass das alle Informationen waren, die sie uns geben können oder wollen. Dafür herzlichen Dank und noch einen schönen Tag."

„Ich bringe Sie noch zur Tür." Kurtz stand auf und ging vor. Robert flüsterte Katja zu: „Klar, jetzt muss er gucken, ob seine Mädels sich die Fingernägel lackieren, ist doch gleich Feierabend."

Sie schüttelten sich die Hand und Kurtz wünschte: „Alles Gute. Halten Sie mich auf dem Laufenden."

„Machen wir! Nochmals danke." Katja winkte ihm vom Treppenabsatz her zu.

6

Als sie wieder auf der Maximilianstraße waren, sagte Robert: „599,90 €.“

„599,90?“

„Kostet die Flasche Macallan, ohne Rabatt.“

„Passt zur Uhr, zumindest zu einer. Luminor Due, eine Panarai.“ Katja hatte kurz die Mappe, die sie in der Kanzlei erhalten hatte, auf den Inhalt kontrolliert und einen Notizzettel gefunden, der die Angaben zu den Uhren enthielt.

„Rund 25.000 €“, sagte Robert.

„Schlaumeier, woher weißt du das?“

„Schau mal nach links, Katja, was siehst du? Die Münchner Panarai Boutique, wo das Modell samt Preisschild in der Auslage ausgestellt ist.“

Sie liefen auf der Maximilianstraße weiter und passierten das Palais an der Oper.

„Wollen wir drüben im Franziskaner ein Bier trinken?“, schlug Robert vor. Katja nickte und sie erhaschten gerade noch einen freien Tisch.

„Pack den Umschlag in deinen Aktenkoffer, sonst hast du den umsonst mit dir rumgeschleppt und es ist sicherer.“

Robert bestellte zwei Helle, die bald kamen. Sie stießen miteinander an, tranken kräftige Schlucke und brachen sich jeder eine Brezen, die in einem Korb vor ihnen lagen.

„Also morgen wieder zur Wohnung“, resümierte Katja. „Jetzt, da wir die Unterlagen haben, sollten wir Zugang zur Wohnung bekommen.“

„Trotzdem, wir sollten uns anmelden, ich habe keine Lust, die gleiche Nummer noch mal zu erleben, und wir hätten sicher keine gemeinsame Zelle“, meinte Robert.

„Weißt du, wie der Kommissar heißt?“

„Nein, Linde-irgendwas. Ich erinnere mich nicht. Du hast doch mit der Beamtin geschnackt.“

Katja nahm ihr Telefon aus ihrer Handtasche. „Du meinst jetzt, dass ich die anrufen soll, um einen Termin zu machen?" Sie wartete Roberts Antwort nicht ab, sondern suchte im Internet nach der Telefonnummer der Polizeistation und wählte. Als sich eine Frauenstimme meldete, sagte sie: „Ich würde gerne mit Frau Brenner sprechen." Als diese antwortete, sie sei am Apparat, erinnerte Katja sie an den Mittwochvormittag und ihren Besuch und bat dann, zum zuständigen Kommissar durchgestellt zu werden. Es dauerte eine Weile und sie flüsterte Robert zu: „Er scheint nicht da zu sein." Dann ins Telefon: „Das ist schade. Können wir trotzdem einen Termin mit ihm machen? Wir würden gerne noch einmal die Wohnung sehen."

„Ich schaue in seinen Terminkalender, warten Sie einen Moment. Gegen 10, wenn es Ihnen recht ist. Herr Lindemann sollte dann in der Wohnung sein, weil sich noch jemand anderes mit demselben Anliegen angemeldet hat."

Katja bedankte sich und sagte zu Robert: „Klappt morgen vormittag. 10 Uhr. Es scheint noch einen weiteren Interessenten zu geben."

Robert schaute sie fragend an, aber Katja zuckte nur die Schultern. „Wir werden ja sehen."

Sie bezahlten und machten sich auf den Weg zur U-Bahn-Station. Nach ein paar Schritten zögerte Robert.

„Fünf Höfe, die sind doch hier in der Nähe?"

„Ja, warum?

„Wenn wir morgen in der Wohnung von Braun sind und am Samstag fliegen, kann ich nicht mehr nach Hause, um noch ein paar Sachen zu packen. Ich hole mir hier noch ein Hemd und ein paar andere Dinge."

„Ich weiß nicht, ob Gemma im Laden ist."

„Katja, ich will mir nur einen Anzug kaufen."

Gemma war im Laden. Nach gut einer Stunde fand sich Robert gut für den kurzen Trip nach Miami ausgerüstet: ein leichtes blaues Sakko, eine passende Hose, weiße Hemden aus Leinen, Socken und Boxershorts. Als Gemma fragte, ob sie es gleich mitnehmen oder ob sie es zu Katja nach Hause liefern sollte, sagte Robert: „Nein danke, dort drüben ist ein Geschäft mit Reisegepäck, ich lauf schnell rüber. Bitte auf die Rechnung, auch die Dinge von heute Morgen."

Sie wurden, nachdem alles erledigt war, mit einem fröhlichen „Buon Viaggio" mit Wangenküssen verabschiedet.

Katja schlug vor, zum Abendessen ein Sushi Take-away einzukaufen, und eine gute halbe Stunde später saßen sie wieder auf der Terrasse in der Meichelbeckstraße. Sie trug ihre Lieblingshose, schrill gelb-grüne Exuma-Pants, ein Spaghetti-Trägertop und einen Pullover um die Schultern. Robert hatte sich wieder in den Bademantel gezwängt und die nackten Füße auf den Tisch gelegt. Katja hatte ihm ihr MacBook gegeben und er klickte sich durch seine E-Mails.

„Schau, hier sind die Tickets. Übermorgen um 11 gehts los, Zwischenlandung in Washington, zwei Stunden Aufenthalt, und in Miami sind wir abends um acht, zwei Uhr morgens unserer Zeit. Na ja, das geht grad noch. Der Rückflug ist ähnlich, Abflug um 2 am Montagmittag und Ankunft hier frühmorgens um sechs am Dienstag, selbe Strecke, Lufthansa, das heißt United. Business hat er uns spendiert und ich glaubs bald nicht. Für die zweieinhalb Stunden von Washington nach Miami sogar First Class."

„Was schreibt er sonst noch?", fragte Katja.

„Er hat uns Zimmer im Miami International Airport Hotel am Terminal Concourse E reserviert und entschuldigt sich, dass es nur Drei-Sterne-Qualität hat. Dann meint er, wir hätten lang genug geschlafen, um uns bei ihm in Coconut Grove zu treffen, 11 Uhr am späten Vormittag. Ich schreibe ihm kurz, dass wir bei Kurtz waren und danke ihm für die Tickets."

„Sushi hier draußen, mit einem Bier?"

„Nur, wenn du neben mir sitzt, der Bademantel hat eine Tendenz, aufzuschlagen."

7

Katja und Robert hatten ein leichtes Frühstück eingenommen und standen jetzt in der Tiefgarage vor einem BMW i8.

„Zieh bitte den Stecker aus der Steckdose und häng das Kabel an die Wallbox, bevor du einsteigst."

Robert tat, wie ihm geheißen, schwieg aber. Als sie nach ein paar Minuten den Mittleren Ring Richtung Süden erreicht hatten, strich er mit einer Hand über die Oberfläche des Cockpits.

„Er stammt von meinem Vater. Ihm wurde der Einstieg zu beschwerlich. Das Auto fährt sich nicht wirklich knackig. Wenn du willst, kannst du es auf dem Rückweg ausprobieren", brach Katja das Schweigen.

„Dein Vater erinnert mich ein wenig an ‚Porsche-Ernst'", kommentierte Robert, „aber das Auto passt zu deiner Wohnung."

„Das magst du so sehen, aber mein Vater, meine Eltern, haben für das, was sie sich leisten konnten und wollten, hart gearbeitet. Leistung und nach vorne zu schauen war immer ihr Prinzip. Wer ist Porsche-Ernst?", fragte sie.

„Es gibt einen Politiker namens Ernst, Gewerkschafter, eine Zeit lang Vorsitzender der Linken, Doppelspitze zuletzt, so wie wir beide jetzt. Er wurde oft auch als Luxus-Linker bezeichnet.

„Man muss ja nicht unbedingt immer mit der Mao-Bibel und im Sun-Yat-sen-Anzug durch die Gegend laufen, wenn man mit manchen Abläufen in unserer Gesellschaft nicht einverstanden ist."

„Sun-Yat-sen-Anzug?"

„Mao-Anzug. Siehst du, Robert. Das ist Bildung. Die Kuomintang hat den Anzug Anfang der 1920er-Jahre zur Pflichtkleidung der Beamten gemacht. Als mein Vater dieses Auto kaufte, hat er den Kaufpreis gespendet, so wie meine Eltern das immer gemacht haben, wenn sie sich Extravaganzen anschafften. Nur geredet haben sie nie drüber und in der Regel auf Spendenbescheinigungen verzichtet. Hättest du bei Gemma besser geschaut, die Jacken sind gerade wieder in Mode."

„Katja, ich wollte dich nicht vergrätzen, entschuldige. Sind deine Eltern tot?

„Weißt du, Robert, ihr wart in euren Ansichten gar nicht weit auseinander. Mein Vater hat deine Beiträge immer gerne gelesen, obwohl er gar nicht wusste, dass wir uns kannten. Gestorben sind sie vor drei Jahren beziehungsweise vor einem Jahr, eigentlich noch recht jung. Als ich von unserer letzten Arbeit sprach, fragte meine Mutter, ob das Büble nicht was für mich sei und ob ich es mal mitbringen wolle." Sie legte ihre Hand auf Roberts Knie.

„Das Büble fragt sich im Moment, ob deine Hand auf seinem Knie wohl politisch korrekt ist, im Grundsätzlichen und bei Tempo 200."

Katja klapste auf sein Knie, nahm beide Hände ans Lenkrad, um für die Ausfahrt den Blinker zu setzen. Im selben Moment schoss ein gelber SUV an ihnen vorbei, schnitt sie, um gerade noch die Ausfahrt zu erreichen.

„Cazzo piccolo, grande macchina."

Robert blickte sie schmunzelnd von der Seite an. „Wo hast du den Spruch denn her?"

„Von Gemma. Du solltest sie mal hören, wenn sie Auto fährt. Heißt übrigens: kleiner Mann, großes Auto."

„Nicht ganz. Cazzo heißt übersetzt Schwanz."

„Trifft es sogar noch besser, meinst du nicht auch?"

„Wenn du es sagst. Ich habe keinen Lamborghini." Robert blickte wieder auf die Straße.

„Apropos, hast du nicht gesagt, dass Georg Braun tot ist?", fragte Katja, nachdem sie die Autobahn verlassen hatten und jetzt auf dem Zubringer fuhren.

„Ja, warum?"

„Weil er uns gerade überholt hat. Der gelbe SUV, das war ein Lambo. So viele und in der Farbe sollte es hier mit lokalem Kennzeichen nicht geben." Katja zeigte nach vorn, wo der Urus sich in den Verkehr eingeordnet hatte. Sie setzte erneut den Blinker, um nach rechts in ein Industriegebiet abzubiegen, während der SUV weiter geradeaus fuhr.

„Na, wohl doch nicht. Weißt du, wo wir hinmüssen?", fragte sie Robert.

„Fahr einfach geradeaus. Es ist das letzte Gebäude auf der linken Seite. Parken kannst du rechts vom Haus."

Katja blickte auf ein gepflegtes Anwesen, das ursprünglich wohl ein typisch bayerischer Bauernhof gewesen sein musste. Das Erdgeschoss war gemauert, der erste Stock und das Dachgeschoss waren aus Holz, das jetzt ein schönes gleichmäßiges Dunkelbraun zeigte. Die drei Dachgauben schienen nachträglich eingebaut worden zu sein. Rechts und links der schmalen Eingangstür waren jeweils drei Fenster, über dem Eingang ein Balkon. Über den beiden rechten Fenstern wölbte sich ein Erker, auf den Robert zeigte: „Dort muss die Wohnung von Braun sein."

Der hintere Teil des Hauses schien neueren Datums zu sein, er war bis unter das Dach gemauert, ebenfalls weiß verputzt und hatte eine Reihe größerer Fenster, die auf eine Werkstatt schließen ließen.

Katja parkte ihren Wagen neben einem grauen BMW, in dem ein Man auf dem Fahrersitz saß. Auf dem Armaturenbrett lag eine Polizeikelle.

„Das wird Lindemann sein. Ja, stimmt, ich erkenne ihn", sagte Robert, als der Mann ihm sein Gesicht zuwandte und ihm zulächelte. Sie stiegen aus und Lindemann streckte ihm die Hand entgegen.

„Grüß Gott, Herr Hauser. Die Umstände sind freundlicher als beim letzten Mal." Sie schüttelten sich die Hände.

Als Katja um den Wagen kam, erklärte Robert: „Das ist Frau Meyerhoff, meine Kollegin. Sie hatten sie vorgestern kurz gesehen. Sie ist Journalistin und arbeitet in München."

Kommissar Lindemann begrüßte auch Katja und fragte: „Wollen wir hereingehen oder noch auf Herrn Schneiderwarten."

„Wenn wir hereinkönnen, sollten wir das tun. Geht es denn?", erkundigte sich Katja.

„Mit mir schon", Lindemann lächelte. „Darf ich vorangehen?"

8

Katja und Robert stiegen hinter dem Kriminalbeamten die Treppe
empor und standen bald vor der Wohnungstür. Kommissar Lindemann bedeutete ihnen mit einer Handbewegung, Abstand zu halten.

„Merkwürdig", sagte er kopfschüttelnd, „das Siegel ist schon wieder durchgeschnitten." Er fischte Plastikhandschuhe aus der Tasche,
streifte sie über und versuchte, die Tür zu öffnen. Die war verschlossen.

„Warten Sie einen Moment, wir können hereingehen. Ich habe einen
Schlüssel." Er öffnete die Tür und sie betraten die Wohnung. Lindemann hatte sein Telefon genommen und Kollegen angerufen, die ihm
ein Team zur Tatortbegutachtung und
kriminaltechnische Untersuchung schicken sollten.

„Bitte berühren Sie nichts."

„Wollen wir nicht besser draußen warten und miteinander sprechen?
Oder wir fahren zu Ihnen auf die Wache?, fragte Robert.

„Nein, ich möchte hier auf die Kollegen warten, und jetzt geht es
mir nur darum, warum unser Siegel erneut zerschnitten ist", erwiderte
der Kommissar.

Katja fiel die Designer-Garderobe auf, an der aber durchschnittliche
Jacken und ein Mantel hingen. Lindemann hatte ihnen den Weg in die
Küche gewiesen, die in ihren Augen nur eichene Langeweile verströmte
und an den Renovierungen, die das Haus außen erfahren hatte, nicht
hatte teilnehmen dürfen. Sie war aber penibel aufgeräumt, abgesehen
von einem Schälchen, in dem ein paar Fertigspritzen und ein Fläsch-
chen Insulin lagen, dessen metallener Verschluss geöffnet war.

„Warum wollten Sie mich sprechen, Herr Hauser?", fragte Kommissar Lindemann.

„Das meiste habe ich Ihnen bei meiner Vernehmung berichtet, was
meine kurzfristige Festsetzung betrifft. Dem ist nichts hinzuzufügen.
Es hat sich aber mittlerweile eine neue Situation ergeben. Ich bin,

nachdem bekannt wurde, dass Georg Braun nicht mehr am Leben ist, mit der Wahrnehmung seiner Interessen beauftragt worden, insbesondere mit der Wahrnehmung der Interessen seiner Erbin." Er schob Lindemann die Dokumente zu, die sie vom Anwalt tags zuvor erhalten hatten. „Bitte beachten Sie zunächst die Vollmachten. Der Umschlag mit dem Testament ist im Moment nicht von Bedeutung, denke ich."

Bevor Lindemann darauf antworten konnte, öffnete sich die Wohnungstür. Herein kam ein stämmiger Mann in grauen Jeans, grauem Pullover und grauen Haaren, dazwischen ein ebenso grauer Dreitagebart, der in der einen Hand eine geschwungene Tabakpfeife und in der anderen Hand einen abgewetzten Pfeifenkoffer trug. Hinter ihm folgte ein in einen weißen Papieroverall gekleideter Beamter der Spurensicherung, der gleich das Wort an Lindemann richtete: „Ich konnte ihn nicht aufhalten. Er behauptet, hier Zugangsrechte zu haben, es sei jetzt seine Wohnung."

Der Kommissar dankte seinem Kollegen, stand auf, begrüßte den Neuankömmling aber nicht in der üblichen formellen Weise. „Selbst, wenn Sie der Meinung sind, dass Sie hier Zugangsrechte haben, den Anordnungen eines Polizeibeamten haben Sie Folge zu leisten."

„Mein Name ist Philipp Schneider." Der Mann ließ sich nicht beeindrucken. Er nahm sich einen Stuhl und setzte sich zu Robert und Katja an den Tisch. Katja raffte schnell die Papiere zusammen, was Kommissar Lindemann mit einem dankbaren Nicken kommentierte. Er setzte sich auch.

„Was veranlasst Sie, sich der Aufforderung meines Kollegen, die Wohnung nicht zu betreten, zu widersetzen? Mein Name ist Kommissar Lindemann. Ich bin der ermittelnde Beamte." Er wies auf Katja und Robert, die er beide vorstellte, ohne dass er hinzufügte, warum beide anwesend waren.

„Wie gesagt, mein Name ist Schneider. Ich bin ein alter Freund der Familie und habe daher einen Wohnungsschlüssel. Herr Braun war mein früherer Geschäftspartner."

„Früherer Geschäftspartner?", fragte Lindemann.

„Georg war Teilhaber unserer Firma. Wir haben uns vor geraumer Zeit getrennt. Ich will hier auch nicht verschweigen, dass die Trennung erfolgte, weil wir bezüglich der Ausrichtung unserer Firma unterschiedlicher Ansicht waren. Wir sind im Automotivbereich tätig und haben Entwicklungsaufträge übernommen."

„Und doch hatten Sie weiterhin Schlüssel zum Haus?", erkundigte sich Lindemann.

„Ja, aber nur für Haus- und Wohnungstür. Letztlich haben wir uns im Guten getrennt. Ich bin mehr als zehn Jahre jünger als Georg. Gewesen, muss ich jetzt wohl sagen. Ich habe ihn ausgezahlt und führe den Betrieb momentan allein. Georg war ein begnadeter Ingenieur und wir haben vereinbart, dass er weiterhin ab und an in seiner Werkstatt Aufträge, feinmechanische Arbeiten, für uns übernimmt."

„Dazu kam er in Ihren Betrieb?"

„Das wollten wir beide nicht", antwortete Schneider. „Er hat hier im Haus eine Werkstatt, und so groß waren die Aufträge nicht. Damit meine ich nicht den Umfang, sondern eher das Gewicht der Werkstoffe, das Georg allein bewerkstelligen konnte."

„Sie haben also einen Schlüssel?, forschte der Kommissar weiter.

„Das muss Sie nicht verwundern. Georg war hier allein auf weiter Flur. Er war nicht verheiratet, hatte keine weitere Familie und den Schlüssel hat er uns überlassen für den Fall der Fälle."

„Der jetzt eingetreten ist." Lindemann lächelte.

„Tatsächlich. Georg hatte eine bekannte Reputation als jemand, der sich mit allen metallenen Materialien extrem gut auskannte und ein Händchen dafür hatte. Wenn er nicht für uns arbeitete, was immer weniger wurde, übernahm er Restaurationen für Oldtimer-Werkstätten. In ganz Europa, möchte ich sagen. Ich kenne die zum Teil auch. Einer davon rief mich Anfang der Woche an, weil er Georg nicht erreichen konnte, was ungewöhnlich war, und bat mich, Kontakt zu Georg aufzunehmen."

„Was Sie auch versuchten?"

„Dafür hatte ich die Schlüssel. Am Montagabend, erst nach meinem eigenen Arbeitsende, bin ich hierher und habe aufgeschlossen. Georg lag im Wohnzimmer, dort drüben neben dem Tisch."

„Was haben Sie unternommen? Haben Sie einen Rettungswagen oder den Notarzt gerufen?"

„Das war nicht notwendig." Schneider richtete sich selbstbewusst auf seinem Stuhl zurecht. „Er war tot. Das war unschwer zu erkennen."

„Und dann?"

„Dann habe ich versucht, den Hausarzt zu erreichen. Wir hatten denselben. Es brauchte ja einen Totenschein. Da meldete sich nur der Anrufbeantworter in der Praxis und auch zu Hause konnte ich ihn nicht erreichen."

„Mobiltelefon?" Lindemann formulierte seine Fragen knapper.

„Ebenfalls vergeblich."

Lindemann schob ein weiteres „Und dann?" hinterher.

„Mir blieb nichts anderes übrig, als den Ärztlichen Notdienst anzurufen, um den Tod feststellen zu lassen. Auf den habe ich dann anderthalb Stunden hier warten müssen."

Katja zwinkerte Robert zu, der mit einem unauffälligen Nicken antwortete. Beide vermuteten, dass Schneider die Zeit genutzt hatte, um sich in der Wohnung umzusehen, was der umgehend bestätigte.

„Ich habe mich umgesehen, ob irgendetwas dafürsprach, was Georgs plötzlichen Tod verursacht haben könnte. Ich meine, er war nicht gesund und unser Hausarzt hat einmal erwähnt, dass man mit Georgs plötzlichem Ableben immer rechnen müsse."

„Was passierte weiter?"

„Nichts, ich habe gewartet, und als schließlich der Bereitschaftsarzt kam, untersuchte er Georg und sagte mir, dass er als Todesursache „unbekannt" ankreuzen müsse, und fügte hinzu, dass der Leichnam zunächst beschlagnahmt werden müsse."

„Jetzt erklären Sie mir bitte, was Sie veranlasst hat, die Wohnung, obwohl versiegelt, wiederholt zu betreten?" Lindemann stellte diese Frage mit Unbehagen, denn er vermutete, dass sich so Robert Hausers Bemerkung, er sei nicht in die Wohnung eingedrungen, bestätigen würde."

„Das lässt sich einfach beantworten. Meine Frau ist Richterin in München und gelegentlich nach Karlsruhe abgeordnet. Sie hat die notwendigen Schritte der Testamentsvollstreckung beim zuständigen Amtsgericht eingeleitet."

„Auf dem kurzen Dienstweg sozusagen", warf Robert ein.

„Ja, warum nicht? Es gibt doch keine Familie", die Antwort kam schnell, schnippisch. „Warum soll man da einen langen Dienstweg einschlagen?"

„Sie sind sich sicher, dass es keine direkten Erben gibt?", fragte Robert.

„Nun, ausschließen kann ich das nicht, auch wenn ich mir sicher bin", antwortete Schneider genervt.

„Wer verwaltet jetzt das Erbe, besser gesagt, wer hat eine Verfügung über das Besitztum von Georg Braun?, hakte Katja nach.

„Ich glaube, dass ich Ihnen Ihre Fragen nicht beantworten muss. Ich kenne Sie nicht", war Schneiders Replik.

„Dann beantworten Sie sie mir!" Lindemann legte Nachdruck in seine Stimme.

„Sie sollten wissen, dass in solchen Fällen eine Nachlasspflegschaft eingerichtet wird. Dazu wurde eine ortsansässige Rechtsanwältin vom Gericht verpflichtet."

„Die Sie selbstverständlich kennen", warf Katja ein.

„Das ist in einem Ort wie dem unsrigen nichts Ungewöhnliches." Schneider stand auf und meinte: „Das dürfte es für den Moment sein."

Lindemann erhob sich ebenfalls und bat um die Adresse des Hausarztes. „Den zuständigen Bereitschaftsarzt finden wir selbst heraus."

Als sich alle voneinander verabschieden wollten, äußerte Robert: „Herr Schneider, wie sind Sie hergekommen? Ist Ihr Auto defekt, es klang einigermaßen laut?"

Die Frage schien Schneider unangenehm zu sein, und bevor er antworten konnte, schob Robert nach: „Wollen wir uns nicht gemeinsam die Werkstatt ansehen? Vermutlich gibt es auch Garagen." Letzteres mehr als Feststellung, dabei blickte er den Kommissar aufmunternd an, der den Wink verstand.

„Ja, gerne. Herr Schneider, ich möchte Sie bitten, mitzukommen."

- 9 -

Alle vier gingen die Treppe herunter und begaben sich in den Flur des Erdgeschosses. Gleich links stand WC auf dem Türschild. Das Schild auf der nächsten Tür wies auf einen Eingang zur Garage hin und geradeaus, am Ende des Flurs, war neben dem Rahmen zu lesen: ‚Werkstatt Georg Braun'.

„Darf ich?", fragte Schneider und nahm die Klinke der Toilettentür in die Hand.

„Ja, natürlich", antwortete Kommissar Lindemann. „Wir erwarten Sie in der Garage, vorausgesetzt, wir kommen hinein."

„Das sollten Sie, normalerweise hat Georg die nicht abgeschlossen. Bis gleich."

Robert ging voraus, öffnete die Tür zur Garage, hinter der sich ein großzügiger Raum mit drei Stellplätzen zeigte. Ganz links stand ein Volkswagen Passat Kombi, der mittlere war frei und rechts parkte ein gelber Lamborghini Urus.

„Interessant", murmelte Robert und prüfte mit der Hand die Temperatur der Reifen und die der Motorhaube. „Der ist vor Kurzem noch gefahren." Er bat Lindemann, seinen Verdacht zu überprüfen, der das bestätigte und dann versuchte, die Fahrertür zu öffnen, was ihm aber nicht gelang.

„Sie haben vorhin von uns gehört, dass Braun drei goldene Uhren im Handschuhfach dieses Autos aufzubewahren pflegte", sagte

Katja. „Schade, dass es uns jetzt nicht gelingt, ins Fach hineinzusehen.

In diesem Moment betrat Philipp Schneider den Garagenraum. Katja ging um den Urus herum. Gewohnheitsmäßig versuchte sie, die Tür zu öffnen und blickte sofort in den offenen Wagen. Sie ließ sich ihr Erstaunen nicht anmerken und öffnete das Handschuhfach, das jedoch leer war. Da sich die drei Männer unterhielten, untersuchte sie das Fach weiter, hob eine Unterlage auf und entdeckte einige Blätter, deren Beschriftung ihr bekannt vorkamen. Leise schloss sie wieder die Beifahrertür.

Als sie um die Front des Wagens herum zu den anderen ging und sich dabei auf der Motorhaube abstützte, bemerkte auch sie, dass diese warm war.

„Ich habe im Handschuhfach nichts gefunden", sagte sie.

„Wie auch? Der Wagen ist doch verschlossen." Lindemann hatte Roberts vergeblichen Versuch, die Fahrertür zu öffnen, beobachtet.

„Herr Lindemann, wir haben Ihnen noch nicht erzählt, dass wir auf der Hinfahrt von einem gelben Urus überholt worden sind. Ich konnte mir das Kennzeichen nicht komplett merken, aber dass es ein ortsansässiges war und dass die Ziffern 1948 waren, schon." Katja deutete auf das Kennzeichen, das die Ziffern enthielt, zusätzlich noch die Buchstaben GB. „Die dürften für Georg Braun stehen und die Zahlen entsprechen wahrscheinlich seinem Geburtsjahr."

Kommissar Lindemann nickte und musste schmunzeln, als Katja fortfuhr: „Herr Schneider, Sie leben hier im ziemlich katholischen Oberland, wo der Wiedergeburt die Treue gehalten wird. Trotzdem, es kann nicht sein, dass der Verblichene vorhin auf der Autobahn selbst am Steuer gesessen hat." Sie öffnete die Fahrertür. „Könnte es sein, dass Sie den Schlüssel in der Hosentasche haben?"

Robert schaute sie erstaunt an, der Kommissar sagte nichts.

„Keyless-Go", meinte Katja.

Lindemann streckte die Hand aus und sagte: „Geben Sie mir den

Schlüssel, Herr Schneider. Der Wagen ist beschlagnahmt. Ich bringe Sie nachher nach Hause."

„Damit ist aber die Frage nach den Uhren nicht geklärt", warf Katja ein und wandte sich an Herrn Schneider. „Haben Sie den Wagen seit dem Tod von Herrn Braun gefahren?"

„Ihre Fragen sind mir zu impertinent, ich antworte nicht darauf", ließ sich Schneider vernehmen. Da der Kommissar ihm immer noch die Hand hinhielt, um die Schlüssel zu übernehmen, sagte er: „Nein, der Wagen hat in den letzten Tagen bei der Nachlasspflegerin gestanden, die in meiner Nähe wohnt. Ich habe ihn heute genommen, um hierherzufahren."

„Da war dann der nächste Weg über die Autobahn?", fragte Robert. Noch bevor Schneider antworten konnte, wandte sich Katja an Lindemann und bat ihn, die Nachlasspflegerin nach dem Verbleib der Uhren zu befragen.

„Jetzt gleich?", fragte dieser. Als Katja nickte, forderte er Schneider auf, ihm die Telefonnummer zu geben, und bedeutete den dreien, zu warten. Einen kurzen Moment später kam er zurück und berichtete, dass die Anwältin nichts von den Uhren gewusst, demzufolge sie auch nicht an sich genommen habe.

„Dann möchten wir Anzeige gegen unbekannt wegen Diebstahls der Uhren stellen. Reicht das so oder muss das unser Anwalt machen?", fragte Katja.

„Besser wäre es, ich nehme es aber zur Kenntnis und werde nachher einen Vorgang anlegen."

Sie warfen noch einen kurzen Blick in die Werkstatt, die ebenso penibel aufgeräumt war wie die Wohnung, und deren Maschinenpark einen wertvollen Eindruck auf sie als Laien hinterließ.

„Wir melden uns am Montag, eventuell auch erst am Dienstag kommender Woche. Vielleicht haben Sie dann schon erste Ergebnisse", sagte Robert und sie verabschiedeten sich voneinander. Schneider stieg bei Kommissar Lindemann ins Auto.

Katja ging auf die Beifahrerseite zu und schlug vor: „Steig ein, fahr du, dann kann ich noch etwas erledigen."

Robert ließ die Tür des i8 nach oben schwingen und schlüpfte hinter das Lenkrad.

„Die Sitzverstellung ist links, wie bei den meisten BMW. Denkst du, wir sollten noch ins Amtsgericht fahren?", erkundigte sich Katja.

Robert blickte auf seine Uhr. „Es ist Freitagnachmittag. Da sind die schon im Wochenende. Schau aber lieber noch mal nach." Er drückte auf den Startknopf und fuhr vorsichtig rückwärts auf die Straße. Dann legte er den Vorwärtsgang ein und der Wagen summte nach vorn.

„Wochenende, tatsächlich! An den meisten Tagen haben sie ohnehin nur vormittags geöffnet. Wenn, dann erst nächste Woche", informierte Katja ihn.

Robert war bald auf der Autobahn, während Katja eine Nummer in ihr Smartphone tippte. Über die Freisprechanlage meldete sich eine Stimme: „Bachmaier, Bayerisches Tageblatt, Wirtschaftsredaktion."

„Hallo, Elli, hier ist Katja."

„Hi, wenn du um diese Zeit anrufst, hast du was auf dem Herzen oder willst mit mir einen trinken gehen heute Abend." Robert hörte ein sympathisches Lachen, das Katja unterbrach: „Ein anderes Mal, versprochen. Heute bin ich schon verabredet." Sie nahm einen Schluck aus einer Wasserflasche, die im Getränkehalter stand und gab sie anschließend an Robert weiter. „Elli, ich habe eine große Bitte. Kannst du mal nachsehen, ob wir was über einen Philipp Schneider haben? Seine Firma heißt wohl Speedtec."

„Schnelle oder gründliche Antwort, was ist dir lieber? Nein, sag nichts. Ich kenne die Antwort: gründlich und vor allem schnell, am besten jetzt noch am Telefon."

„Nein, du kannst dir Zeit lassen. Eine erste Info schnell, für das Gründliche hast du Zeit, sagen wir bis morgen Mittag."

„Ich schau, was ich finde. Und vergeige mit deiner Verabredung nicht den heutigen Abend."

Robert sah aus den Augenwinkeln, wie Katja errötete, hielt aber den Mund.

„Elli und ich haben zusammen beim Tageblatt angefangen. Sie hat gelegentlich ein loses Mundwerk, was …"

„… was nicht zum seriösen Wirtschaftsressort passt, wolltest du sagen." Robert reduzierte die Geschwindigkeit auf die erlaubten 120 km/h. Als er auf die Richtung Giesing und Thalkirchen führende Autobahn abgebogen war, klingelte das Telefon.

„Drück den Knopf am Lenkrad, dann kannst du mithören." Robert fand ihn, drückte drauf und meldete sich, in Gedanken, mit: „Hier Hauser."

„Leg nicht auf", rief Katja schnell dazwischen. „Hier bin ich, das ist nur mein Chauffeur." Sie grinste Robert an und sagte leise zu ihm „PA, ha!"

„Okay, „kann ich sprechen oder bist du durch deinen Chauffeur abgelenkt?"

„Schieß los, jeder sitzt auf seinem Platz."

„Ist ja trotzdem ziemlich kuschelig in deiner Flunder. Hör zu. Firmen, die Speedtec heißen, gibt es viele. Scheint kein besonders genialer Name zu sein. Aber natürlich nur eine, in deren Impressum ein Philipp Schneider aufgeführt ist, und die hat eine Adresse in Unterhaching."

„Da sind wir schon dran vorbei, oder Robert?", vergewisserte sie sich. Der nickte und handelte sich den Kommentar ein: „Darf dein Chauffeur nicht sprechen? Speedtec scheint eine solide Firma zu sein. Gewinn nach Steuern im mittleren einstelligen Millionenbereich, der aber, so verlangt es die Satzung, als Investitionsmittel größtenteils wieder zurückgeführt werden muss. Aber sie haben ziemliche Verbindlichkeiten. Schneider bekommt nur ein Gehalt als persönlich haftender Geschäftsführer, die Firma scheint ihm nicht mehr zu gehören. Das muss ich aber genauer recherchieren. Mehr wie gewünscht morgen.

Und übrigens, Schneider scheint hoch verschuldet zu sein. Reicht das für den Moment?"

„Danke, ja, lieben Dank, Elli. Kannst du mir eine kurze Zusammenfassung per E-Mail schicken?"

„Mach ich, grüß deinen Chauffeur und sei sittsam. Ciao."

In einem kleinen Ort im Süden Österreichs, etwa 400 Kilometer entfernt, saß ein Mann in seinem Büro vor einem Regal. Dort war eine Sammlung von alten Schreib- und Rechenmaschinen ausgestellt. Dazwischen standen ebenso alte Telefonapparate. Einer davon war unauffällig mit dem Festnetz verbunden. Der Mann nutzte diesen Apparat immer dann, wenn er vermeiden wollte, dass ein neugieriger Mensch in Erfahrung bringen wollte, zufällig oder absichtlich, wen er angerufen hatte. Er drehte die Wählscheibe und wartete auf einen Anschluss in Deutschland.

Beim Angerufenen leuchtete das Display auf und meldete als Anrufer ‚Unbekannt'.

„Riegele hier."

„Glöckl. Wie ist der Stand der Dinge?"

Riegele und Glöckl waren nicht ihre richtigen Namen. Ein einfaches „Ja" oder „Hallo" hatte ihnen nicht gereicht, weil sie befürchteten, womöglich an falsche Anrufer zu geraten. Pilgrim hatte vorgeschlagen, sich nach bayerischen und österreichischen Biermarken zu benennen.

Riegele kannte die direkte Art des Anrufers: „Schlecht städ's. Do is a Typ aufgekreizt, den die Polizei east vahoftet hod. Da hod aba a oiibi."

„Wieso Alibi?", fragte Pilgrim.

„Der da Braun Schorsch is tot, des woasst du."

„Natürlich, was soll die Frage?"

„Fia den Totenzedl kam a deabbada Loochfoascha."

„Können wir uns auf eine gemeinsame Sprache einigen? Ein Gynäkologe kam also? Ich verkneif mir unseren steirischen Dialekt. Also?"

Riegele antwortete: „Ja, als wir Georg fanden, wollten wir den Hausarzt rufen. Dessen Anrufbeantworter verwies uns an den Notdienst. Der kam, kannte natürlich Georg nicht, und so wurde als Todesursache ungeklärt angekreuzt, und jetzt folgt wahrscheinlich eine Obduktion."

„Dann zieht sich das hin. Der Typ, von dem du sprachst?"

„Der kam mit so oaner Fotzn, kenn ich aus der Zeitung. Sie wussten von den Uhren."

„Wissen die auch vom Auto?"

„Nein. Das steht in meiner Garage."

„Dann schaff's her." Glöckl legte auf.

- 11 -

Der Samstagmorgen gegen 7 war schon warm genug, um auf der Terrasse den ersten Kaffee zu trinken.

„Wollen wir nachher mit dem Auto oder der S-Bahn zum Flughafen fahren?, fragte Katja. „Mit dem Auto ist es bequemer, wir müssten aber eher los."

„Mir ist es gleich, es wird so oder so eine Stunde dauern. Passen wir mit dem Handgepäck in dein Auto?", brummte Robert.

„Wir nehmen uns einen Car-Sharing-Wagen. Warte, ich schau mal schnell, ob hier in der Nähe einer steht." Katja öffnete die App und sagte kurz darauf: „Am Schmorellplatz, der ist gleich um die Ecke. Ich reserviere den. Einen Mini."

„Der ist kofferraumtechnisch ja signifikant größer", spottete Robert.

„Hat aber Rücksitze. Gebongt. Ich fürchte nur, dass wenn der Flug um 11 geht, wir jetzt in die Gänge kommen sollten."

Wenig später zog Katja ihr Handgepäck ins Wohnzimmer. Sie trug einen seidenen azurblauen Hosenanzug von D&G, dazu eine weiße Bluse mit Stickerei an den Kragenspitzen.

„Très chic! Den willst du jetzt in acht Stunden Flug krumplig sitzen?" Katja überhörte Roberts Einwurf. Sie verließen die Wohnung, deren Tür sie sorgfältig verschloss. Sie mussten einen kurzen Block weit laufen. Katja öffnete dort mit ihrem Smartphone die Türen eines dunkelblauen Mini Countryman. Sie tippte den Flughafen als Ziel in das Navi ein und wählte die Route, die die Innenstadt vermied und im Falle eines Staus Alternativen anbot. Sie ließen das Auto im Parkhaus und liefen wenige Minuten zum Terminal 2. Robert staunte über das Tempo, das Katja in High Heels vorlegte.

„Wir sollten gleich einchecken, bei den Amerikanern kann das mühsam sein, trotz der Allianz mit Lufthansa", schlug Robert vor. Dank Businesstickets und Fastlane waren aber nach einer Viertelstunde alle Formalitäten erledigt und sie auf dem Weg zum Gate.

„Wollen wir noch auf einen Kaffee in die Lounge?"

Katja verneinte. „Lass uns lieber noch ein wenig laufen. Wir sitzen noch lang genug."

Als der Aufruf zum Einsteigen kam, war Katja in ihrem blauen Hosenanzug unzweifelhaft ein Blickfang. Robert musste sich eingestehen, dass es ihm nicht unangenehm war, in ihrer extravaganten Begleitung unterwegs zu sein. Sanft dirigierte er Katja an der Schlange der Holzklasse vorbei und bald hatten sie ihre Plätze im Flugzeug erreicht. Katja unterhielt sich kurz mit der Stewardess und verschwand samt Koffer, um nach ein paar Minuten in einem weißen Sweatshirt und ihren Exuma-Pants zurückzukehren. Sie ließ einen Kleiderbügel mit ihrem Hosenanzug in einem Schrank verstauen und dankte der Flugbegleiterin, die ihr versprach, sich rechtzeitig vor der Landung in Washington umziehen zu können.

„Willst du dich ernsthaft viermal umziehen bis Miami?", fragte Robert.

Als ihnen Champagner angeboten wurde, nahm er zwei Gläser, reichte eines Katja. „Kennst du das KISS-Prinzip?" Sie blickte ihn fragend an. „Keep It Simple, Sweethart. Mir wäre das viel zu aufwendig."

Katja ließ ihr Glas gegen seines klicken und meinte: „Das lass mal meine Sorge sein, wo du dir doch vorhin so viel Sorgen um meine Falten gemacht hast. Oder möchtest du mit mir als Verkrumpelte unterwegs sein, Darling? Auf einen erfolgreichen Trip."

Nachdem das Flugzeug seine Reisehöhe erreicht hatte und die Anschnallzeichen erloschen waren, holte Katja ihren Laptop aus dem Gepäckfach. Sie verband ihn mit dem Inflight-Web-Service und öffnete ihre E-Mails: „Mal sehen, ob Elli uns schon geschrieben hat. Ja, hier, schau. Und ziemlich ausführlich." Sie steckten ihre Köpfe zusammen und lasen gemeinsam.

„Ich muss meine Information von gestern revidieren", schrieb Elli. „Speedtec ist doch nicht das gesunde Unternehmen, wie es auf den ersten Blick schien. Die Firma war bis vor ein paar Jahren profitabel. Durch einen hohen Kapitalbedarf im Zusammenhang mit einem Wechsel in der Geschäftsführung, besser gesagt durch das Ausscheiden eines der beiden Eigentümer, ist mehrfach die Kreditlinie überschritten worden. Schneider konnte das immer wieder abfangen, wenn er mit einer Bank oder zwei anderen Banken verhandelte, die ihm dann doch Kredite gewährten. Das Problem verstärkte sich aber durch mangelnde Qualität, die praktisch gleichzeitig mit dem Ausscheiden des einen Eigentümers aufgetreten sein soll und zu Umsatzeinbußen geführt hat, weil sich namhafte Kunden aus der Automobilbranche und der Formel 1 anderweitig orientierten. Der ausgeschiedene Eigentümer soll ein Georg Braun gewesen sein, den Schneider auf der Basis des damaligen Firmenwertes ausbezahlt hat. Es ist nicht ganz klar, woher er die finanziellen Mittel hatte, um das bewerkstelligen zu können. Er schien bereits mit Private-Equity-Boutiquen über einen Einstieg und damit über frisches Kapital verhandelt zu haben, möglicherweise sogar mit Erfolg, denn eine seiner Banken hat sich gefragt, woher plötzlich ihr Kredit bedient werden konnte, obwohl ein Geschäftsbericht dafür keine Grundlage bot. Allerdings hat sich die Bank nicht übertrieben lange Sorgen gemacht, denn plötzlich wurden entsprechende Anfragen eingestellt und die Sache als erledigt betrachtet, was den Verdacht wachsen ließ, Schneider habe ein Teil des Investorengeldes gegenüber der Bank, vielmehr seinem dortigen Gesprächspartner, als Bakschisch verwendet. Hinzu kommt, dass ihm sein Finanzamt wegen überfälliger Steuerzahlungen auf den Fersen ist." Elli hatte ihre E-Mail mit dem Hinweis geschlossen: „Da bist du und dein Chauffeur offensichtlich auf einen windigen Zeitgenossen gestoßen. Seid vorsichtig! Ich habe einige Dokumente als PDF beigefügt, die euch weitere Informationen geben. Du schuldest mir ein Abendessen."

„Schade, dass wir den Rest nicht ausdrucken können." Katja tippte ein kurzes „Danke, machen wir. Versprochen!" als Antwort und wollte gerade den Laptop schließen, als eine neue E-Mail auftauchte.

„Mir reicht das fürs Erste", sagte Robert, bevor Katja diese öffnen konnte. „Ich hatte gleich den Eindruck, dass Schneider auf meiner Sympathieskala keinen Spitzenplatz erreichen würde. Mich wundert nur, dass Lindemann so gelassen wegen der verletzten Polizeisiegel war."

„Wenn man vom Teufel spricht. Das ist eine Nachricht von Lindemann."

„Was will er denn?"

„Lies selbst, sonst glaubst du es mir nicht." Robert übernahm den Laptop und überflog die kurze Nachricht, mit der Lindemann mitteilte, dass er soeben ein anonymes Päckchen erhalten habe, das die drei vermissten Uhren enthalten würde. Er bat sie, sich Anfang der Woche mit ihm in Verbindung zu setzen, einmal, um die Uhren zu identifizieren, und ob sie die Anzeige aufrechterhalten wollten.

„Das kann warten", meinte Robert und folgte der Bitte der Stewardess, den Tisch frei zu machen, den sie für das Mittagessen decken wollte.

Sie aßen schweigend und während sie anschließend einen Kaffee und Digestif tranken.

„Meinst du, dass Schneider hinter dem Erbe her ist, um seine Verbindlichkeiten zu decken?, fragte Katja und leerte ihr Glas.

„Das könnte man vermuten, wir werden morgen bei Jordan hoffentlich mehr erfahren." Robert tat es ihr nach und beide lehnten dankend das Angebot eines zweiten Drinks ab.

Der Rest des Fluges verlief eintönig. Robert las in einem Paperback, das er sich in München noch gekauft hatte, während Katja sich einen Film ansah und später verschwand, um sich wieder umzuziehen. Den zweiten Abschnitt ihres Fluges nach Miami verschliefen sie in der komfortablen First Class und standen bald vor der Rezeption des Flughafenhotels. Vor ihren Zimmertüren wünschten sie sich gute Nacht und verabredeten sich für neun zum Frühstück.

- 12 -

Gegen neun wartete Robert vor der Rezeption auf Katja. Auch wenn ihn das einfache in weiß, blau und gelb gehaltene Design in den Augen schmerzte, hatte er nicht in der Lounge warten wollen. Das Sonnenlicht wurde dort durch ein halbrundes Dachfenster gebrochen, das mit lila, grünen und schwarzen Scheiben dekoriert war und dem Ganzen trotz der Pflanzenkübel eine ausgesprochen künstlich sterile Atmosphäre gab. Er stand auf, als Katja aus dem Aufzug trat, ging auf sie zu und begrüßte sie mit einem Wangenkuss.

„Wir können in aller Ruhe frühstücken. Der Bell-Boy sagte mir, ein Taxi würde eine knappe halbe Stunde bis Coconut Grove benötigen."

Sie ließen sich ein mit Rührei, Schinken, Pfannkuchen, die vor Ahornsirup trieften, typisch US-amerikanisches Frühstück servieren. Dazu Kaffee, der kaum, dass sie einen Schluck genommen hatten, gleich nachgefüllt wurde, bis beide dankend die Hand über die Becher hielten.

„Hast du einen Plan, wie du nachher bei Jordan vorgehen willst"?, eröffnete Katja das Gespräch.

„Nein, nicht wirklich. Ich denke, ich hoffe, dass er nicht lange rummacht und gleich die Katze aus dem Sack lässt, warum wir uns mit der

Angelegenheit beschäftigen sollen. Ich war relativ früh wach", fügte er hinzu, „und habe versucht, ihn zu googeln. Im Internet ist er ein unbeschriebenes Blatt."

„Wird sicher anstrengend. Jetlag, wenig Schlaf und unbekanntes Terrain", meinte Katja. „Ich gehe mich umziehen. Wir treffen uns gleich."

Als Katja wieder in der Lobby angekommen war, drückte Robert dem Bell-Boy ein paar Dollar in die Hand und bat um ein Taxi. Sie warteten vor der Tür und saßen bald im Fond eines Ford Crown Victoria im wohl auch in Miami üblichen Taxi-Gelb.

„Washington Street, Ecke Trapp Avenue", gab Robert als Fahrtziel an.

„Wollen Sie etwas von der Stadt sehen"?, fragte der Fahrer, ein sympathisch aussehender Latino.

„Danke, nein, wir sind etwas in Eile."

„Dann nehmen wir die 963 bis Coral Gables. Einverstanden?"

Als das Taxi vom Highway abbog und auf Coconut Grove zufuhr, bemerkten Katja und Robert, dass sich, wie von einem Messer gezogen, die Vegetation schlagartig änderte. Zumeist standen die Häuser, umgeben von gestutzten Rasenflächen, nebeneinander, getrennt durch Garagen. Gelegentlich fiel ihnen im Vorbeifahren ein Swimmingpool auf. Als der Fahrer in die Washington Street einbog, hatten sie den Eindruck, plötzlich mitten im tropischen Regenwald zu sein. Von den Häusern war kaum etwas zu sehen, abgesehen von oft überwachsenen Zufahrten.

„Hier sind wir." Der Fahrer hielt an. Robert bezahlte mit seiner Kreditkarte, überließ ihm ein großzügiges Trinkgeld und dankte ihm für die sichere Fahrt.

„Solch ein Unterschied in der Vegetation", meinte er zu Katja. „Mal sehen, ob wir eine Machete brauchen, um zur Haustür zu kommen."

Als sie aber in die Trapp Avenue, in eine für den Namen recht schmale Straße gingen, erwartete sie dort ein schlanker, hochgewachsener Mann mit akkurat gescheiteltem Haar. Er trug dunkelblaue Slacks, ein weißes Hemd und seine nackten Füße steckten in schwarzen Lederslippern, deren Metallornamente auf einen italienischen Ursprung hindeuteten.

„Guten Morgen, ich bin Fritz Jordan, ich habe Sie kommen hören. Folgen Sie mir bitte." Er schüttelte ihnen nicht die Hand, drehte sich um und verschwand zügig in einer ebenso dicht bewachsenen Einfahrt. Diese führte geradewegs auf eine großzügige Glasfront zu, wobei sich linker Hand eine Garage unter Palmen versteckte und sich rechts vor dem Haus ein nicht allzu großer Swimmingpool mit mehreren Liegen und einer kleinen Sitzgruppe unter einem Sonnenschirm befand.

„Kommen Sie herein", bat Jordan Katja und Robert. „Hier drinnen ist es kühler als draußen und sie sind ziemlich warm angezogen für Florida." Er drehte sich um und begrüßte zuerst Katja, dann Robert. „Schön, dass Sie meiner Bitte gefolgt sind. Was kann ich Ihnen anbieten? Kaffee, Cola, Wasser? Für einen Aperitif ist es noch zu früh, meinen Sie nicht auch?"

Robert hatte sich schnell umgesehen. Sie standen in einer Art mehrere Meter hohen Wintergarten, wobei er dachte, dass der Ausdruck nicht angemessen war. Drei der Wände waren praktisch Fenster, das Glas in hellen Holzrahmen. Die vierte bestand aus der Außenwand eines flachen Bungalows und dort war eine Küchenzeile angebracht, auf der er eine Kaffeemaschine europäischen Ursprungs entdeckte. Der Rest des Raumes von Zweidrittel der Fläche eines Tennisplatzes war nur mit einer niedrigen Sitzgruppe möbliert. Die Teppiche ließen auf Mittelamerika schließen.

„Ich nehme gerne einen Kaffee", sagte Robert in der Vermutung, dass der besser sein würde als der im Hotel. Und einen Muntermacher brauchte er, denn der kurze Weg vom Taxi ins Haus, eher die schwüle Hitze, hatten ihm unerwarteterweise zugesetzt.

„Sie auch, Frau Meyerhoff?", fragte Jordan und fügte hinzu: „Wenn Sie ein Badezimmer brauchen, im Haus nach links, erste Tür links." Katja ging durch einen türlosen Durchbruch neben der Küchenzeile, der ihr ein Atrium öffnete, um das sich Türen der angrenzenden Zimmer gruppierten. Das Haus schien nicht allzugroß zu sein.

Fritz Jordan stellte Kaffee, eine Karaffe mir frischem Wasser, in dem Limettenschnitze schwammen, und einen Kühler mit Eiswürfeln auf den Tisch und bat Robert, Platz zu nehmen. Als Katja zurückkam, sagte er: „Zum ersten Kennenlernen bleiben wir hier und gehen nachher in mein Arbeitszimmer. Ich bin Fritz, ich darf sicher Katja und Robert sagen."

„Es ist ein beeindruckendes Haus. Es passt so gar nicht in die Umgebung, durch die wir heute gefahren sind", sagte Katja.

„Davon hat schon Hemingway gesprochen, als er sagte ‚Amerika ist das Land der weiten Rasenflächen und der begrenzten Geister'. Die Rasenflächen sind kleiner geworden, weil alles zugebaut wurde, aber das mit den Geistern ist geblieben, gerade hier in dem riesigen Altersheim Florida."

„Immerhin sind Sie auch hierhergezogen", warf Robert ein.

„Das stimmt. Das war aber zu einer Zeit, als Georg und ich beruflich viel in Daytona Beach bei den Autorennen zu tun hatten. Daytona liegt zwar rund 300 Kilometer nördlich von Miami. Wir sind damals aber durch das Land gegondelt und Coconut Grove hat mir sehr gut gefallen, nicht nur, weil Madonna hier in der Nähe gewohnt hat. Der Ort wurde etwa zur selben Zeit gegründet wie das Deutsche Reich, aber die Gründungsväter waren im wahren Sinne des Wortes Pioniere, Künstler, Intellektuelle und auch eine Portion Abenteurer. Es ist nach wie vor eine tropische Oase in der Glitzerumgebung von Downtown Miami. Das Haus ist Ausdruck dieses Geistes. Dicke Mauern, nicht sonderlich groß und hoch. Der Annex, in dem wir jetzt sitzen, ist von mir hinzugefügt worden und nimmt die Einfachheit japanischer Zen-Bauten auf. In der Dunkelheit ist es besonders schön, weil die Vegetation beleuchtet ist." Jordans Begeisterung war zu spüren. „Außerdem ist es ein grünes Haus", er musste lachen. „Ihnen ist sicher aufgefallen, dass hier nirgendwo eine Klimaanlage summt. Die hohen

Bäume spenden Schatten, die dicken Wände halten die Hitze ab und den Rest erledigen ein paar Ventilatoren an der Decke. Schließlich, wie Sie gesehen haben, ist der Flughafen nicht allzu weit entfernt."

„Es scheint ein Paradies zu sein", meinte Katja.

„Da mögen Sie recht haben", erwiderte Jordan, „nur mit dem Unterschied, dass wir hier leben können und nicht wie Sacha Guitry, der mal gesagt haben soll, dass das Fatale am Paradies sei, dass man es nur im Leichenwagen erreichen kann."

„Dann wollen wir hoffen, dass Georg Braun jetzt im Paradies ist", Robert versuchte, die Unterhaltung auf den Kurs ihres Besuches zu bringen.

„Da bin ich mir sicher", sagte Fritz Jordan. „Georg war ziemlich katholisch. Nur das Sakrament der Ehe war ihm nicht besonders heilig." Jordan zuckte die Schultern. „Wenn Sie sich erfrischt haben, möchte ich Sie bitten, mit ins Arbeitszimmer zu kommen." Fritz Jordan stand auf. Er nahm Katjas Arm. „Gestatten Sie, ich zeige Ihnen den Weg." Robert grinste sie an.

Das Arbeitszimmer war ein knapp 30 Quadratmeter großer Raum. Die Wände waren bis in Höhe einer Stuhllehne himmelblau gestrichen, dort mit einer Holzleiste abgesetzt. Darüber ein blau-weißes Schleifenmuster auf gelbem Untergrund, einer Farbe, die auch für den Rest der Wand und die Decke benutzt worden war. Mitten im Raumstand stand ein Schreibtisch, zudem gab es auf der Sitzseite zwei Stühle und auf der anderen Seite zwei Schaukelstühle. Auf dem Tisch stand ein MacBook.

„Nehmen Sie Platz, bitte." Jordan wies auf die beiden Schaukelstühle. Aus der Schublade eines Sideboards nahm er eine dicke Dokumentenmappe. Er setzte sich auch.

„Let us talk shop, Fritz, so sagt man hier doch", bat Robert.

„Dann berichten Sie mir bitte über den Stand der Dinge in Deutschland."

Robert fasste in einigen wenigen Stichpunkten den Ablauf der vergangenen Tage zusammen: „Fritz, ich vermute mal, dass der Anruf mit der Bitte, Georg Braun aufzusuchen, von Ihnen kam. Die Verbindung war miserabel, sodass ich Ihren Namen nicht verstanden hatte."

„Ich bin Ihnen sehr verbunden, dass Sie trotzdem gefahren sind. Spricht für Ihren Spürsinn. Aber sprechen Sie weiter."

„Ich fuhr also hin, stand vor einer versiegelten Tür und fand mich plötzlich in polizeilichem Gewahrsam, weil die annahmen, ich habe einbrechen wollen. Wahrscheinlich sollte ich auch mit dem Tod von Braun in Verbindung gebracht werden. Da rettete mich ein Blitzerfoto von der Autobahn. Wir haben uns dann mit Kurtz getroffen."

„Friedrich hat mich angerufen und mir von Ihrem Besuch erzählt", warf Jordan ein.

„Gut, dann kann ich mir das sparen. Vorgestern waren wir noch einmal vor Ort und haben dort Philipp Schneider kennengelernt."

„Was ist Ihr Eindruck von ihm?", fragte Jordan.

„Hmm, in diesem Moment, Fritz, möchte ich mich dazu nicht äußern. Das hängt davon ab, was Ihrer Meinung nach die nächsten Schritte sein sollen. Oder, um zum Punkt zu kommen, was unsere Aufgabe sein soll."

- 13 -

„Hi, Dad, sind deine Gäste schon da?" Eine fröhliche Stimme mit leichtem US-amerikanischem Akzent drang in den Raum.

„Wir sind im Arbeitszimmer", rief Fritz Jordan zurück. „Komm rein."

Die Tür öffnete sich und eine junge Frau in Katjas Alter trat ein. Sie hatte ihre Haare zu einem Pferdeschwanz gebunden und trug eine Jogginghose mit Patchworkprint, Ballerinas und ein weißes T-Shirt.

„Heidi, unsere Gäste kommen aus Deutschland, wo man für Pünktlichkeit bekannt ist."

„Auch dafür, dass man eine Visite anständig macht". Fritz Jordan blieb sitzen und kommentierte den Auftritt seiner Tochter: „In diesem Aufzug?"

Die junge Frau drehte sich um die eigene Achse und lachte: „Schick, nicht war?" Sie streckte Katja die Hand entgegen. „Ich bin Heidi, Sie sind Katja. Wir scheinen einen ähnlichen Geschmack zu haben." Sie deutete auf Katjas Hosenanzug.

„Wenn Sie den Designer meinen …" Sie schüttelten sich die Hand.

„Und Sie sind Robert." Wieder mehr Feststellung als Frage. Auch sie gaben sich die Hand.

Fritz Jordan sagte ungeduldig: „Nimm dir einen Stuhl und lass uns weitermachen."

Heidi gab ihrem Vater einen Kuss und setzte sich neben ihn.

„Robert, wir waren bei Philipp Schneider stehen geblieben. Was ist Ihr Eindruck?"

Robert zögerte einen Moment mit seiner Antwort. „Wir haben ihn nur kurz kennengelernt. Das macht eine Einschätzung schwierig."

„Kommen Sie", unterbrach ihn Jordan. „Sie sind ein erfahrener Journalist und verfügen sicher über Menschenkenntnis. Loyalitäten sind im Moment nicht angesagt."

„Nein, wirklich, es war nur ein kurzer Moment. Ich will es so sagen: Ich würde kein Bier mit ihm trinken wollen. Was mich wirklich irritiert hat, waren seine beiden Versuche, jedenfalls wissen wir nur von diesen beiden, in die Wohnung zu gehen. Er war auch mit Brauns Lamborghini unterwegs und wir konnten uns des Eindrucks nicht erwehren, dass er möglicherweise mit der Nachlasspflegerin unter einer Decke steckt."

„Nachlasspflegerin, was ist das?", fragte Heidi erstaunt.

„Das scheint eine deutsche, möglicherweise nur deutsche Spezialität zu sein", erklärte Katja. „Tritt wohl ein, wenn die Todesursache ungeklärt ist, die Erbfolge nicht geregelt, keine Angehörigen bekannt sind oder eine Kombination von allem."

„Sie sind für eine Sekretärin gut informiert", kam von Jordan der Einwurf. Er lächelte dabei.

„Papa! PA, Personal Assistent. Das ist etwas ganz anderes als die Damen, die dir im Bleistiftrock und Stenoblock zur Hand gegangen sind." Sie grinste Katja an.

„Robert, belassen wir es bei Ihrer Meinung zu Schneider, ich will nicht weiter in Sie drängen. Zu ihm eins noch. Sind Sie über seine wirtschaftliche Situation informiert?"

Ohne zu zögern, antwortete Robert: „Nein, Fritz, sind wir nicht, ich ohnehin nicht. Dazu war die Zeit zu kurz."

Eine kurze Pause entstand.

„Katja, was halten Sie davon, wenn wir die Männer kurz allein lassen und uns im Pool erfrischen?", schlug Heidi vor. „Ihr Chef schafft das sicher mal für eine Stunde ohne Sie."

„Ja, Robert? Aber nein, ich habe keinen Badeanzug, sonst gerne."

„Das können wir regeln. Wir fahren kurz in die Stadt. Papa, geht Katjas Bikini aufs Spesenkonto?"

„Zischt ab, aber nicht zu lange." Fritz drückte seine Tochter und die jungen Frauen zogen los.

Heidi betätigte einen Schalter neben der Alarmanlage. „Kommen Sie!", forderte sie Katja auf.

Das Garagentor war offen und sie standen vor einer 1960er Corvette, rot mit weißen Flanken, den Coves. Auch die Sitze und das Armaturenbrett waren in Rot gehalten. Heidi band sich einen Foulard als Kopftuch über die Haare und bot Katja einen an, was die aber dankend ablehnte.

Heidi steuerte den Wagen auf die Straße. „Wir fahren zuerst zu Nickis für den Bikini oder Badeanzug, was auch immer, und nehmen anschließend einen Drink bei Monty's Raw Bar direkt am Wasser." Sie drückte auf einen Knopf und aus dem Autoradio kam ‚Little Red Corvette'.

„Das ist Prince", stellte Katja fest. „Es passt zum Auto."

„Und es passt zu mir wegen der trojanischen Pferde, von denen Prince singt, hier hör mal:

‚'Cause you had a pocket full of Horses,
Trojan and some of them used.'
Prince sang weiter und Heidi wies auf den nächsten Textabschnitt
hin:
‚When you drove me to the place where your horses run free
'Cause I felt a little ill when I saw all the pictures
of the jockeys that were there before me.'
„Oh, entschuldige, dass ‚Du' ist mir rausgerutscht. Können wir dabei
bleiben? Ich würde mich freuen."
„Gern." Katja lachte. „Bei den Vornamen waren wir ja schon."
Der Bikinikauf – Modell Crimson V – war schnell erledigt. Heidi
meinte, er sitze perfekt auf einer perfekten Figur, und nur ein kurzer
Disput entstand, wer seine Kreditkarte Nikki reichen würde. Katja
bestand auf ihrer. Ein paar Minuten später parkte Heidi die Corvette
vor einer Bar.
„Wir nehmen einen Tisch unter den Bastschirmen, ich finde ihn
schon, danke." Heidi gab die Autoschlüssel dem Portier. Sie dirigierte
Katja quer durch die Bar und sie setzten sich an die Front zum Hafen
auf Holzbänke mit polierter Sitzfläche, die fest auf dem Fußboden
montiert waren.
„Sieht bayerischen Bierbänken nicht unähnlich, findest du nicht
auch, Katja?"
„Die Umgebung ist attraktiver und zu Hause sind mehr Lederhosen-
träger, echte oder unechte Bayern zu sehen. Nein, eigentlich ist das ein
Klischee. Mittlerweile sieht man mehr Radlerhosen. Was möchtest du
trinken, Heidi? Ich würde gerne einen Gin Tonic nehmen."
„Vergiss es, Katja, das ist was für ältere Engländerinnen, die hier in
Massen mit Kreuzfahrtschiffen auftauchen. Bist du zufälligerweise
Vegetarierin?" Katja schüttelte den Kopf. „Dann nehmen wir das
Übliche." Heidi hob die Hand, zeigte zwei Finger wie beim Victory-
Zeichen und schon standen zwei Frozen Margaritas und zwei Schalen
Fingerfood vor ihnen – Mai Fingers und Coconut Shrimps.

„Cheers, ich freue mich, dass ihr da seid."

„Das freut mich. In dieser beeindruckenden Umgebung würde ich mir nur einen anderen Grund wünschen", sagte Katja.

„Wann hat eine Sekretärin schon Gelegenheit für einen solchen Kurztrip? Hier, probiere mal die Shrimps." Heidi lachte.

„Ist meine Tarnung aufgeflogen?" Katja fragte, aber der Frage war der nötige Ernst abhandengekommen.

„Was glaubst du? Ich suchte etwas in Papas Büro und sah eure E-Mail. Du hast ein paar Namenscousinen, aber es gibt nur eine mit Foto, und die habe ich mir auf der Autorenseite eurer Zeitung angesehen. Mach dir aber keine Gedanken, meinem Vater ist das egal. Er wird nicht fragen."

„Visite. Du erwähntest das vorhin. Was machst du?"

„Ich bin Neurochirurgin. Assistant Professor in der University of Miami Health System. Neurochirurgie betrifft dort in erster Linie den Kopf, nicht wie in Deutschland, wo die meisten an Wirbelsäulen rumschnitzen. Ich habe ein eigenes Seefront-Apartment in der Nähe der Klinik, Papa und ich sehen uns aber oft."

Katja musste über diese Einschätzung schmunzeln. Sie beließ es dabei, dachte nur, dass Heidi mit ihrer Meinung nicht ganz falsch lag.

„Bei den Männern ist das so wie bei dir, vermute ich, Katja? Zu viel Arbeit, zu viel unterwegs?"

Katja fand die Frage für das kurze Kennen zu persönlich, zu amerikanisch, auch wenn sie hätte beipflichten können. Sie wechselte das Thema.

„Darf ich dich fragen, was du vorhin mit den trojanischen Pferden gemeint hast?"

„Natürlich. Wir werden ohnehin auf familiäre Dinge zu sprechen kommen, wenn wir wieder zurück sind." Heidi rührte mit dem Strohhalm in ihrer Margherita. „Die Generation meiner Eltern war vom Gedanken der freien Liebe beseelt, was sie auch nicht abgehalten hat, wenn sie verheiratet waren. Mein Vater war da außen vor, aber meine

Mutter war einem kleinen Abenteuer, das nicht immer im Bett enden musste, nicht abgeneigt. Für die Ehe war sie wie ein trojanisches Pferd und ich eine Danaerin in ihrem Bauch. Du kennst den Spruch ‚Timeo Danaos et dona ferentes'. Meine Eltern hatten lange versucht, ein Kind zu bekommen, und meine Mutter dachte anfangs, dass mein Vater derjenige war, der ..." Heidi blickte Katja an, aber die vermied jede Regung. „Mit ein bisschen Rechnerei wusste sie aber bald, dass das nicht sein konnte, und bald war nicht mal ein DNA-Test notwendig, um die Abstammung zu klären, so ähnlich waren Georg und ich uns."

„Und dein Vater?"

„Ich weiß nicht, wann er Verdacht geschöpft hat und wann er Gewissheit hatte. Doktor Kurtz hat euch davon erzählt, aber Papa wusste es mit Sicherheit viel früher. Ich wurde dann aber nicht die Danaerin, sondern wirklich das Geschenk. Dafür bin ich Papa sehr dankbar. Vielleicht hat er Verdacht geschöpft, weil Georg immer darauf bestand, ein gemeinsames Konto für mich anzulegen, als meine Eltern ihm erzählten, das für mich einzurichten."

„Hast du ihn je kennengelernt?", fragte Katja.

„Nein, als ich es schließlich wusste, lebte ich ausschließlich hier und liebte meine Eltern und sie mich, das ist mir wichtig, beide! Ich fühlte mich nicht veranlasst, Georg kennenzulernen, und umgekehrt war es wohl auch so."

Katja schwieg.

„Das jetzt alles wegen seines Todes wieder hochkocht, lässt sich nicht verhindern. Vor allem, dass es ums Erbe, das heißt, um Geld geht, ist mir in dem ganzen familiären Zusammenhang, der besser so bliebe, wie er war, zuwider. Siehst du, Katja, du kennst das Haus in Coconut Grove. Du siehst meine Corvette. Ich habe dir von meinem Beruf erzählt und wo ich wohne. Riecht alles nicht nach, wie heißt es, social welfare, oder? Ich wäre froh, wenn alles so bleiben würde, wie es ist."

Katja nickte. „Das kann ich nachvollziehen. Robert und ich sollen das jetzt für euch in Deutschland klären. Das ist der Grund? Lass mich, auch wenn es dir unangenehm ist, fragen: Du bist die Alleinerbin?"

„Nein, Katja, das bin ich nicht. Ich habe noch einen Bruder."

„Einen Bruder?"

„Ja, Katja, und du kennst ihn."

Katja blickte sie ungläubig an.

„Robert. Robert Hauser, dein Chef."

- 14 -

„Weiß Robert davon?" Katja war dermaßen verdutzt und auch ein wenig betroffen über diese Neuigkeit, dass sie erst auf der Rückfahrt zu Jordans Haus fragen konnte.

„Jetzt ja." Heidi fuhr den Wagen in die Garage. „Mal sehen, wo die beiden sind." Die beiden Frauen gingen zum Haus. Robert Hauser und Fritz Jordan saßen am hinteren Ende des Pools im Schatten. Beide hielten ein Bier in der Hand und schienen sich angeregt zu unterhalten.

„Komm, wir lassen die beiden da. Wir ziehen uns schnell um und schwimmen." Katja hätte sich lieber, zumindest kurz, mit Robert über seinen Zuwachs an Familie ausgetauscht, aber Heidi zog sie mit sich. „Wir haben noch Zeit genug." Kurz darauf sprang sie mit einem eleganten Kopfsprung in den Pool, Katja tat es ihr nach und beide kraulten ein paar Bahnen hin und her, ehe sie zu den beiden Männern schwammen.

„Schickes Teil", war Roberts Kommentar, als die beiden ihre Arme auf den Rand des Pools legten.

„Wollt ihr auch ein Bier?", fragte Fritz Jordan, öffnete zwei Flaschen und reichte sie Katja und Heidi.

„Dann fährst du nachher. Wir hatten schon Magaritas." Robert ließ nicht erkennen, dass er von seiner neuen Schwester wusste.

„Das Auto würde dir gefallen, Robert. Eine Corvette aus den 60er-Jahren. Hat richtig Spaß gemacht, damit durch den Ort zu cruisen."

„Girls in a sportscar, glaube ich gerne, dass ihr ein Blickfang wart."

„Girl in a sportscar? Das ist doch ein Song von Chris Rea?" Fritz Jordan fragte seine Tochter.

„Papa, dass du das weißt! Im Song sitzt das Girl aber in einem Ferrari Lusso. Da müsste ich noch eine Weile sparen, es sei denn, dass du …"

Jordan unterbrach seine Tochter. „Schwimmt noch ein paar Runden und lasst uns dann weitersprechen über Georg. Und ruf bitte im Versailles an und lass einen Tisch reservieren".

Einige Bahnen später kletterten Katja und Heidi aus dem Pool und trockneten sich ab. „Ich gebe dir eines meiner Strandkleider."

Als die beiden Frauen wieder ins Freie kamen, hatten sich Robert und Fritz an einen Tisch gesetzt. Sie rückten den beiden Stühle zurecht, sodass Robert neben Heidi saß. Katja dachte, dass beide keine Ähnlichkeit verband. Wenn sie es nicht wüsste, würde sie nicht auf die Idee kommen, dass sie Geschwister, wenn auch Halbgeschwister, waren.

Fritz Jordan schien ihre Gedanken zu erraten. „Nun ist die Katze aus dem Sack, und ihr, zumindest Robert, verdient eine Erklärung. Alexandra, meine Frau, hatte zwei Schwestern, Brigitta und Christina. Alexandra war die älteste, Christina die jüngste. Die Mädels machten sich einen Spaß daraus, dass ihre Eltern dem Alphabet folgend die Namen ausgesucht hatten und ob weitere Töchter dann Dorothea und Erika heißen müssten. Christina hatte so gut wie keinen Kontakt zur Familie, sie hatte früh geheiratet und war mit ihrem Mann nach Südafrika gezogen. Georg, so kann man sagen, tourte mit Brigitta eine Weile durch die Diskotheken, und Brigitta war bald mit Ihnen, Robert, schwanger. Warum die beiden nicht geheiratet haben, habe ich nie verstanden, vielleicht, weil Georg zwar ein genialer Ingenieur war, in seinen Beziehungen nicht so genial war. Das ist jetzt knapp fünfzig Jahre her. Zu der damaligen Zeit war eine ungewollte Schwangerschaft zwar nichts Ungewöhnliches mehr. Für die katholischen Eltern kam jedoch nichts anderes infrage, als das Kind austragen zu lassen." Er blickte auf Robert, der aber ohne eine Miene zu verziehen, zuhörte. Er fuhr fort: „Brigitta wurde, als die Schwangerschaft unübersehbar wurde, quasi aus dem Verkehr gezogen, und das war wirklich ein Unglück, sie starb bei der Geburt, die nicht komplikationslos war. Was Ihnen, Robert, wie man sieht, nicht geschadet hat."

Wieder ließ Robert das unkommentiert.

„Nun ja, Sie lebten einige Wochen bei den Großeltern, die dann Adoptiveltern für Sie suchten. Ihren weiteren Lebenslauf kennen Sie. Alexandra und ich waren damals noch nicht zusammen und meine Schwiegereltern haben sehr schnell den Mantel des Schweigens über diese Zeit gedeckt."

„Dennoch muss ich die Frage stellen, wann ist Ihnen das bekannt geworden?", fragte Robert.

„Zur selben Zeit, als Alexandra sich mir offenbarte, dass Georg Heidis Vater sei."

Robert blickte erst Jordan, dann Heidi erstaunt an. „Doktor Kurtz hat uns zum Stillschweigen verpflichtet. Er ist der Meinung, Sie wüssten nicht, dass Georg Ihr Vater sei."

Heidi musste lachen. Sie nahm Roberts Hand. „Wir leben nicht mehr zu Zeiten der Französischen Revolution, wo sich innerhalb der Familie alle siezten. Robert, ich bin deine Schwester, das weiß ich auch erst seit ein paar Tagen. Dass ich nicht Papas leibliche Tochter bin, weiß ich dagegen schon seit geraumer Zeit. Ich möchte das nicht weiter vertiefen."

Schweigen am Tisch, bis Heidi den Faden wieder aufnahm: „Papa, wie kommt Robert jetzt ins Spiel?"

„Wie gesagt. Georg war ein exzellenter Ingenieur und darin von einer nervigen Penibilität. Im Privaten dagegen, ich will da nicht richten, war er in jeder Hinsicht liederlich und verrückt. Allein, wenn ich daran denke, dass er zuletzt immer mit seinen goldenen Uhren unterwegs war."

„Die Geschichte kennen wir", warf Katja ein. Sie berichtete kurz über den Verdacht des Diebstahls und darüber, dass die wertvollen Stücke wieder aufgetaucht seien.

Jordan nickte. „Georg war sich seines Gesundheitszustandes bewusst, vor allem machte ihm sein Diabetes zu schaffen. Wir hatten über die Jahre weiter Kontakt und zuletzt entstand bei mir der Eindruck, dass er Ordnung in seine Vergangenheit bringen wollte. Sofern das überhaupt möglich ist", fügte er hinzu.

Heidi blickte ihren Vater an. „Du hast die Frage noch nicht beantwortet, was Robert betrifft."

„Georg bat mich, vor einem halben Jahr zu ihm nach Deutschland zu kommen. Wir haben uns bei Kurtz in München getroffen und einen ganzen Tag zusammengesessen, um Georgs Angelegenheiten zu regeln. Es beeindruckt mich sehr", Jordan blickte Robert an, „dass Sie keinen Versuch unternommen haben, einen Blick in Georgs Testament zu werfen."

„Dazu gab es keinen Anlass, ich sehe den auch jetzt nicht", antwortete Robert. „Schon gar nicht, seit Sie mich angerufen haben und uns einluden, hierherzukommen."

„Wir saßen in der Kanzlei von Kurtz, als Georg plötzlich sagte: ‚Fritz, wenn mir etwas zustößt, suche bitte Robert Hauser. Der ist mein Sohn, ich möchte, falls er in Deutschland lebt, dass er sich hier um alles kümmert.' Kurtz und ich waren wie vom Donner gerührt", fuhr Jordan fort. „Der Anwalt fragte Georg, woher er das wisse. Georg antwortete, dass er es wisse, woher spiele keine Rolle. Er legte eine Reihe von Papieren auf den Tisch. Geburtsurkunde, Sterbeurkunde von Ihrer Mutter Brigitta, die Beurkundung der Adoption, alles in Ablichtungen. Er sagte, Originale habe er nicht."

Robert unterbrach ihn. „Robert Hauser gibt es einige. Wie wollte er oder auch Sie herausfinden, welcher der vielen Hausers der Richtige ist?"

„Es schien mir, dass er über all die Jahre doch ein Interesse hatte, was aus seinen Kindern geworden ist. Nein, das ist falsch. Er wusste ja nicht, dass Heidi seine Tochter war. Bei Ihnen wusste er, dass Sie Journalist sind, und da gibt es nur einen Robert Hauser, Sie!"

„Papa, hätte Georg nicht selbst den Kontakt zu Robert suchen können, ja müssen"?, fragte Heidi.

„Das kann ich nicht beurteilen, ich möchte es auch nicht. Dazu ist das alles doch zu schmerzhaft für uns alle. Das Einzige, das ich sagen kann, ist, dass in der Adoptionsvereinbarung stand, dass er keinen Kontakt zu seinem Sohn, zu Ihnen, Robert, suchen durfte. Daran hat er sich gehalten."

„Roberts Eltern sind aber vor ein paar Jahren verstorben. Da hätte er einen Versuch wagen können, oder?", mischte Katja sich ein.

Fritz Jordan lächelte sie an: „Wenn ich jetzt sage, dass Sie für eine Sekretärin ausgesprochen gut über Roberts Lebensumstände informiert sind, werden Sie vermutlich antworten, Sie hätten seinerzeit die Todesanzeigen frankiert."

Robert blickte ihn an. Doch bevor er etwas erwidern konnte, sagte Heidi:

„Das ist unfair, Papa, und es geht uns nichts an. Wir haben heute und bisher über unsere Familie, so muss man ja sagen, in aller Freundlichkeit und friedlich gesprochen. Das sollte auch so bleiben."

„Es tut mir leid, Katja, so war es nicht gemeint. PA ist ein dehnbarer Begriff, finden Sie nicht?"

Heidi verdrehte die Augen: „Du siehst offenbar zu viele amerikanische TV-Serien."

Katja fügte hinzu: „Es ist ganz sicher nicht so, wie Sie vielleicht vermuten."

„Kommen wir zurück ins Fahrwasser", versuchte Robert die Situation zu entschärfen.

Fritz Jordan hob beschwichtigend die Hände. „Noch mal, es tut mir leid. Ich bin tatsächlich durch die Situation etwas angespannt." Er machte eine kurze Pause und sagte dann: „Natürlich haben wir Georg bei unserem Treffen in der Kanzlei vorgeschlagen, den Kontakt zu Ihnen zu knüpfen, was auch vieles einfacher gemacht hätte. Kurtz hat sich den Mund fusselig geredet, aber es half nichts, Georg blieb bei seinem Standpunkt. Zu guter Letzt legte er einen medizinischen Befund auf den Tisch, der sein genetisches Muster, seine DNA, enthielt. Wenn ich Sie aufgespürt hätte, müssten Sie sich einem Vergleichstest unterziehen, forderte er, um, wie er sagte, die Abstammung zu sichern."

„Und wenn ich nicht dazu bereit bin?"

„Ich fürchte, das würde nicht helfen, denn Sie sind mit Heidi zu gleichen Teilen im Testament bedacht. Das Nachlassgericht würde alle Hebel in Bewegung setzen, um Sie zu finden. Kurtz sagte mir, dass ein DNA-Abgleich den Ablauf vereinfachen und weniger kompliziert machen würde."

„Ich mache den bestimmt nicht", warf Heidi. „Ich bin deine Tochter und gut ist!"

„Möglicherweise ist Doktor Kurtz da anderer Ansicht, er hat in einem Nebensatz so etwas anklingen lassen. Dennoch glaube ich, dass er da falschliegt, du bist als Heidi Jordan auf die Welt gekommen, da sollte es keine Zweifel geben", versuchte Katja ihr zu helfen.

Fritz Jordan blickte auf seine Uhr. „Wir machen jetzt hier mal Schluss. Wollt ihr euch frisch machen? Danach fahren wir zum Essen."

- 15 -

Fritz Jordan fuhr zügig durch das abendliche Miami. Katja und Robert hatten sich nach hinten gesetzt. Roberts Hände lagen auf seinem Schoß. Katja nahm seine linke Hand, drückte sie und hielt sie fest, ließ aber ihr Jackett wie unabsichtlich darüberrutschen. Robert sah sie mit einer Mischung aus Dankbarkeit und Verwunderung an und nahm seine Hand erst zurück, als Jordan auf einen mäßig gefüllten Parkplatz einbog. Links sahen sie ein vom Abendrot beleuchtetes einstöckiges Gebäude mit einer Glasfront über den Bögen, der bordeauxrote Jalousien Schatten spendeten. Darüber einige halbkreisförmige Bögen, die dem Gebäude zusammen mit dem das flache Dach begrenzenden

Steingeländer etwas Orientalisches gaben, das gar nicht zu der Aufschrift Versailles, dem Namen des Restaurants, passen wollten.

Die geparkten Autos waren zumeist riesige SUV, neben denen Jordans 5er BMW sich zierlich in der Parkbucht versteckte. Der Dresscode war mehr als kasual, sodass Katja sich overdressed fühlte. Als sie dies Heidi gegenüber, die über ihre nackten Schultern einen seidenen Cardigan gezogen hatte, äußerte, meine diese: „Sei froh, innen ist es durch die Klimaanlage ziemlich kühl."

Jordan besprach mit dem Concierge einen Tisch. Nachdem sie Platz genommen hatten, sagte er spottend: „Ziemlich das Einzige, was der Bau mit dem echten Versailles gemein hat, sind die unzähligen Spiegel an den Wänden." In diesen spiegelte sich das Licht von Kristalllüstern. Jordan fügte hinzu: „Ludwig IV hätte sich mit Sicherheit geweigert, sich auf einen dieser Stühle zu setzen", denn die bestanden aus einem Stahlgestell und mit grünem Kunstleder bezogenen Sitzflächen. Die Tische waren nicht weiß gedeckt. Sie saßen vor papiernen Sets, auf die ein Teil der Speisekarte gedruckt war. „Lassen Sie sich nicht täuschen, die Küche ist nicht französisch, sondern kubanisch. Die aber hervorragend."

Eine Kellnerin brachte ihnen die komplette Speisekarte. Jordan bestellte eine Platte mit Vorspeisen, Stuffed Green Plantains, die sich als kleine Teigbecher gefüllt mit Shrimps, Ananas und Koriander entpuppten, und verschiedenen Kroketten: leicht panierte Stücke Schinken, Hühnchen und Kabeljau, auch diese mit einer Koriandersoße garniert. Die vier vertieften sich in das Angebot, bis Robert sagte: „Machen Sie uns einen Vorschlag. Es liest sich alles verlockend."

„Einverstanden. Ich schlage Dolphin Mahi-Mahi vor, das ist eine pazifische Makrele, kurz angebraten in Knoblauch und Petersilie, dazu Kartoffeln und Erbsen. Die Alternative ist eine Zarzuela de Mariscos, will heißen Hummer, Shrimps, Venus- und Miesmuscheln, die mit Reis und süßen Kochbananen serviert werden."

„Die Makrelen sind gut, aber eben Makrelen", half Heidi, „lasst uns die Zarzuela nehmen, dazu einen Chardonnay aus der kalifornischen

Salmon Creek Kellerei. Dann könnt ihr feststellen, ob der verspricht, was er mit seinen Aromen von Äpfeln und Birnen und eingebundenen tropischen Fruchtaromen prophezeit. Möchtest du kosten?", fragte Heidi, als die Vorspeisen und der Wein gebracht wurden.

Katja nickte und sagte: „Birnen schmecke ich nicht unbedingt, aber der Wein ist angenehm frisch."

Fritz Jordan bedeutete der Kellnerin: „Danke, lassen Sie sich bitte mit dem nächsten Gang Zeit.

Robert hob sein Glas: „Fritz, Frau Meyerhoff und ich möchten uns bei Heidi und Ihnen sehr herzlich für diesen besonderen Tag bedanken."

Katja sah Robert verdutzt an. *Frau Meyerhoff*, dachte sie und versah ihren Namen mit einem Fragezeichen, *was kommt jetzt?*

„Wir, eigentlich ich, müssen Ihnen ein Geständnis machen. Frau Meyerhoff ist weder meine noch sonst Sekretärin. Der Begriff PA ist dehnbar und, das mag jetzt lahm klingen, wir assistieren uns bei unserer Arbeit. Sie ist eine angesehene Journalistin bei einer Münchner Zeitung. Das möchte ich ausdrücklich hinzufügen: Die Reisekosten tragen wir."

Jordan lachte: „Unfug. Bei *der* Münchner Zeitung wollten Sie wohl sagen." Er blickte Heidi streng an. „Hast du ernsthaft geglaubt, dass ich mich nicht selbst informiere, wer zu uns kommt, gerade in dieser delikaten, nein, ich möchte sagen, verzwickten und in mancher Hinsicht auch traurigen Angelegenheit?" Er hob sein Glas. „Katja, Robert! Ich freue mich sehr, dass ihr gekommen seid. Mein Haus ist euer Haus."

„Es ist schade", meinte Heidi „dass euer Aufenthalt nur so kurz ist. Es wäre schön, wenn wir mehr Zeit zum Kennenlernen gehabt hätten."

„Euer Leben ist noch lang", erwiderte Fritz. „Ich glaube, es scheint Eile geboten zu sein, Georgs Ableben zügig zu regeln oder abzuwickeln, wie es in Deutschland seit den Zeiten der Treuhandgesellschaft heißt. Ich bin auch überzeugt, dass wir dabei den Gegenwind personalisieren können."

„Was meinen Sie, äh, was meinst du damit, Fritz?", fragte Katja.

„Philipp Schneider", antwortete Fritz. „Ich glaube, dass der ein Auge auf Georgs Besitz geworfen hat."

„Es gibt doch das Testament, und jetzt mit Heidi und Robert zwei anerkannte Erben", sagte Katja.

„Das Testament ist in Deutschland noch nicht bekannt. Ihr habt berichtet, dass alles jetzt in den Händen der Nachlasspflegschaft liegt. Dazu braucht es kein Schriftstück, das vor allem auch nicht notwendig ist, falls die Nachlasspflegschaft Ausgaben hat, beispielsweise für Mieten, Steuern oder was weiß ich. Außerdem", er nahm einen Schluck Wein, „außerdem denke ich, dass Schneider der Auffassung ist, dass Heidi als Blondie hier in Florida vor sich hin dümmelt, keinen Plan hat und er daraus seinen Nutzen ziehen kann. Da sollte ihm die Zeit nicht davonlaufen, denke ich, das heißt, denkt er möglicherweise."

Robert nickte nachdenklich. „Der Gedanke ist nicht von der Hand zu weisen."

„Ihr solltet vielleicht sogar sofort nach eurer Rückkehr das Nachlassgericht aufsuchen, um Heidis und deine Ansprüche geltend zu machen."

„Wir können da erst am Tag darauf hin, weil das Gericht mittags für den Publikumsverkehr geschlossen ist", warf Katja ein.

„Dann fahrt zunächst zu Kurtz", schlug Fritz Jordan vor. Er fügte hinzu, dass es ein Offshore-Anderkonto gebe, das Georg und er einmal eingerichtet hätten und das für Auslagen zur Verfügung stehe. Nach dieser Ankündigung wurde das Essen serviert. Es sah nicht nur köstlich aus, sondern schmeckte auch so, wie sie sich gegenseitig versicherten.

„Gut gewählt, Fritz", machte Katja ein Kompliment. „Auch der Wein passt hervorragend." Während des Essens plätscherte die Unterhaltung dahin, das Thema des Besuches war ausgeklammert. Katja und Robert erzählten Anekdoten aus ihrem Berufsalltag. Heidi konnte sich mit Geschichten aus dem klinischen Alltag revanchieren. Ein Dessert lehnten alle ab, sie nahmen aber Kaffee.

„Noch ein Letztes, Heidi und Robert. Und Katja", fügte er nach einem kurzen Moment hinzu. „Sie müssen ein Auto aufspüren, einen alten Alfa Romeo. Denkt bitte mit daran, dass ich euch nachher ein Buch mitgeben werde, das ein italienischer Freund von mir über diese Autos geschrieben hat. Ganz kurz: Alfa Romeo hat von dem Typ Giulia Tubolare Zagato 2 acht Exemplare gebaut, die zunächst nur als Rennwagen eingesetzt wurden. Schon der achte war eine Extraanfertigung für einen Fahrer aus Pistoia. Alle diese hatten Vergasermotoren und Trockensumpfschmierung. Alfa Romeo, genauer gesagt Autodelta, die Rennabteilung, hat ein neuntes Exemplar gebaut, das sie Zagato 3 nannten. Wir, Georg und ich, erhielten den Wagen, um den Motor auf eine Einspritzung umzurüsten, wie der 300 SL damals schon eine hatte. Der Wagen blieb bis heute bei Georg. Einmal, weil Autodelta mit dem Tipo 33 Rennwagen zu haben glaubte. Sie ließen uns den Wagen als Honorar. Schliesslich hörte Autodelta bald auf, zu existieren, und niemand interessierte sich mehr dafür. Ihr müsst sehen, ob er noch existiert, und wenn, ob er noch bei Georg steht, oder vielmehr, wenn nicht, müsst ihr ihn finden. Schneider wird davon auch wissen, und da das Auto im Testament nicht erwähnt wird, könnte er frei darüber verfügen."

„Autos sind eher selten im Nachlass aufgeführt, oder?, erkundigte sich Heidi.

„Mag sein", antwortete Fritz. „Den Wert des Autos muss man aber mit mindestens 4 Millionen Euro ansetzen. Insofern müsst ihr ihn finden."

Katja bestand darauf, die Rechnung zu übernehmen. Fritz schlug vor, sie und Robert zum Hotel zu fahren. Als sich dort alle voneinander verabschiedeten, bat Heidi Robert um ein paar Haare, die sie sorgsam in ein frisches Papiertaschentuch einwickelte.

„Guten Rückflug morgen", sagte sie, umarmte ihn und Katja, während der Abschied von Fritz eher förmlich mit einem Händeschütteln vonstattenging.

Katja und Robert hatten einen ruhigen Start in den Dienstagmorgen gehabt und waren beizeiten vom Hotel in die Lounge der Fluggesellschaft gewechselt. Hier war die Atmosphäre ruhiger als im Hotel. Sie hatten den gestrigen Tag noch einmal Revue passieren lassen und sich eine To-do-Liste überlegt, mit Dingen, die nach ihrer Rückkehr erledigt werden mussten.

„Zwei Termine, die gesetzt sind, sind Doktor Kurtz und der Besuch beim Amtsgerichte", schlug Robert vor. „Sobald wir in Washington zwischengelandet sind, sollten wir Kurtz anrufen und unseren Besuch für morgen Mittag ankündigen. Zum Gericht fahren wir am Donnerstag." Katja nickte. Robert schloss jedoch die Frage an: „Hast du überhaupt Zeit und wenn ja, kannst du dir vorstellen, dich mit mir auf die Suche zu machen?"

Katja überlegte einen Moment. „Ich zögere nicht, weil ich darüber nachdenken muss. Nein, meine Antwort auf beide Fragen ist ja. Was ich aber klären muss, ist tatsächlich der Zeitfaktor. Das muss ich mit Harald Grosse besprechen, denn aktuell hat er mir eine Reportage zugeschanzt und da möchte ich ihn nicht enttäuschen."

„Können wir das klären?, fragte Robert.

„Wir nicht, Robert, das muss ich schon selbst machen. Wir sollten aber überlegen, ob wir die Suche nicht zu einem Thema machen, das für die Zeitung relevant ist."

Robert lächelte sie an. „Machen wir so. Frag Grosse, nachdem du offiziell mit ihm gesprochen hast, ob wir uns abends treffen wollen. Bis dahin haben wir vielleicht ein paar Facts mehr, um ihm das schmackhaft zu machen. Außerdem brauche ich für einen Tag oder zwei Tage hier in der Gegend ein Hotel."

„Chez Katja, wenn es dir recht ist."

Der Rest der Rückreise verlief planmäßig und ohne Probleme. Robert hatte sich dem Buch gewidmet, das er von Fritz Jordan erhalten hatte. Ab und zu zeigte er Katja Abbildungen und sagte, dass er vermute, dass die Suche nach dem Auto eine spannende Sache werden könne. Als sie in München ihre Mobiltelefone wieder eingeschaltet hatten, las Katja eine SMS von Kurtz vor, der sie bat, ohne Termin zu ihm zu kommen.

„Nehmen wir diesmal die S-Bahn. Die paar Meter zu Kurtz können wir laufen."

Eine Stunde später saßen sie Kurtz gegenüber.

„Das ist ja eine erstaunliche Entwicklung für Sie, oder? Ich wusste von den Verwandtschaftsverhältnissen, aber es bestand Übereinstimmung, aber auch das nötige Vertrauen zwischen Fritz und mir, Ihnen die Tatsachen quasi familiär zu übermitteln."

Eine seiner Mitarbeiterinnen brachte ihm zwei Bögen. Kurtz blickte darauf und übergab beide Robert. Er sagte: „Jetzt ist es amtlich. Halbgeschwister."

Robert las vom zweiten Blatt vor, das einige handschriftlichen Zeilen von Heidi enthielt: „Lieber Robert. Jetzt liegt das amtliche Endergebnis vor." Hier hatte sie ein Smiley eingefügt und weitergeschrieben: „Unser Labor hat sich dankenswerterweise beeilt. Das Original kommt per FedEx an die Adresse von Katja. Halte mich und Papa bitte auf dem Laufenden und grüße bitte Katja. Herzlichst! Deine Heidi."

Kurz musste lächeln, sagte aber: „Jetzt noch etwas Ernstes. Bitte fahren Sie morgen zum Gericht, und es wäre auch gut, wenn Sie Kontakt mit einem Bestattungsinstitut aufnehmen würden."

Sie verabschiedeten sich und nahmen die U-Bahn Richtung Thalkirchen und waren kurz drauf wieder in der Meichelbeckstraße.

Am nächsten Morgen fuhren sie früh in die rund 30 Kilometer entfernte Kreisstadt. Sie ließen ihren Wagen auf dem Parkplatz des Gerichtsgebäudes stehen und gingen um das Gebäude herum zum Haupteingang, einem gläsernen Vorbau. Dort stiegen sie ein paar Treppenstufen hoch und öffneten die schwere Eichentür. Im Gebäude standen sie sofort vor einer Sicherheitsschleuse, durch die sie eine Gerichtsmitarbeiterin führte, um dann nach dem Zweck des Besuches zu fragen.

„Wir kommen in einer Nachlassangelegenheit und würden gerne einen zuständigen Richter sprechen, Zimmer 16, soweit wir wissen", erläuterte Robert.

„Nein, das ist nicht möglich", erwiderte die Angestellte. „Nachlassangelegenheiten macht bei uns eine Richterin, die Sie jedoch nicht unmittelbar selbst aufsuchen können. Warten Sie bitte dort." Sie wies auf einen Bereich in der Eingangshalle, der durch eine Glaswand abgetrennt war und hinter dessen Tür ein schmuckloser Schreibtisch stand mit einem Stuhl auf der einen und Besucherstühlen auf der anderen Seite. Dazu ein kleiner Schrank mit Schubfächern, die Aufkleber für einzelne Formulare enthielten, und ein Telefon. Sie telefonierte.

„Wen darf ich melden?"

„Wir kommen in einer Nachlassangelegenheit, Georg Braun".

Die Mitarbeiterin des Gerichts, die sich nicht vorgestellt hatte, schaute ihn fragend an.

Robert blickte genauso fragend zurück. „Was?"

„Setzen Sie sich dorthin", die Anweisung, auf den Besucherstühlen Platz zu nehmen, kam unfreundlich. „Frau Huber kommt gleich."

Katja und Robert setzten sich. Robert entnahm seiner Aktentasche einen Stapel Dokumente, die er auf den Tisch legte. Es verging eine Viertelstunde, bis sich die Tür öffnete und eine mittelalte Frau mit brünetter Kurzhaarfrisur eintraf und sich als Maria Huber, Büroleiterin im Nachlassgericht, vorstellte.

„Mein Name ist Robert Hauser. Katja Meyerhoff, meine Lebensgefährtin." Katja schubste ihn unter dem Tisch, stand aber mit Robert auf. Nachdem sie sich begrüßt und bekannt gemacht hatten, nahmen alle wieder Platz.

„Wie Ihrer Mitarbeiterin gegenüber bereits erwähnt kommen wir wegen des Todesfalles Georg Braun", eröffnete Robert das Gespräch.

Frau Huber drehte ihren Stuhl und entnahm dem Schrank einige Formulare. Sie nahm einen Kugelschreiber und begann, Fragen zu stellen. Nachdem Name, Adresse und Personenstand eingetragen waren, fragte sie nach Roberts Beziehung zu dem Toten.

„Ich bin sein Sohn."

„Sein Sohn?"

„Zumindest mein Vorname könnte darauf schließen lassen dass ich ein Sohn sein könnte." Robert blickte Frau Huber spöttisch an.

„Ja, Hmm, ja, natürlich." Frau Huber wirkte ehrlich erstaunt.

„Was ist so ungewöhnlich daran?", fragte Katja.

„Hmm, ungewöhnlich, nein, eher nicht. Unerwartet."

„Wieso unerwartet?

„Tja, sehen Sie", begann Maria Huber. „Wir sind über den Tod von Herrn Braun bereits informiert worden. Als infrage kommende Erbin ist eine Heidi Jordan angegeben worden, von der aber keine Adresse bekannt ist. Letztlich ist es egal, wer das Testamentsverfahren eröffnet und hier ein Testament übergibt. Es muss nicht einmal ein Angehöriger sein."

„Trotzdem, wieso unerwartet?", fragte Robert nach.

„Frau Planert, die Richterin, wurde von einer Kollegin angerufen und gebeten, sich zu kümmern. Da war aber nur von einer Tochter die Rede."

„Dann nehmen Sie zur Kenntnis, dass es einen Sohn gibt und dass dieser, ich, im Auftrag der Familie handelt. Das heißt, ich vertrete auch meine Schwester Heidi. Hier sind die entsprechenden Vollmachten und hier ist auch das Originaltestament. Ist der Name der mit Ihrer Richterin befreundeten Kollegin zufällig Schneider?"

Maria Huber errötete, als ob sie erwischt worden sei. Sie sagte nur: „Ich nehme das zur Kenntnis, Danke, Sie hören von uns."

„Wie geht es jetzt weiter? Die Wohnung ist noch versiegelt. Ich würde mich gerne um die Dinge kümmern, die mit einem Todesfall verbunden sind. Beerdigung und Haushaltsauflösung zum Beispiel."

„Das ist nicht möglich. Dazu wurde eine Nachlasspflegschaft eingerichtet, die von der Anwältin Frau Doktor Riemenschneider wahrgenommen wird. Ich gebe Ihnen gleich die Adresse und Kontaktdaten. Eine Sterbeurkunde kann ich Ihnen auch überreichen, sodass Sie sich um die Beisetzung kümmern können."

„Alles andere darf Herr Hauser nicht machen?", fragte Katja ungläubig.

„Ja, so ist es. Alles ist jetzt Aufgabe der Nachlasspflegerin. Bitte warten Sie einen Moment, ich hole die Adresse und will sehen, ob das Amtsgericht die Sterbeurkunde vorbereitet hat."

Frau Huber stand auf, Robert und Katja ebenfalls. „Einen Moment noch, Frau Huber, noch eine Frage. Wenn der Nachlass jetzt in den Händen von Frau Riemenschneider liegt, wie kann es sein, dass wir den Wagen von Herrn Braun, ein extravaganter SUV, im Ort haben herumfahren sehen"? Robert blockierte die Tür, auf deren Klinke Maria Huber schon ihre Hand gelegt hatte.

„Das kann nicht sein. Das ist eigentlich unmöglich. Fragen Sie da aber besser Frau Riemenschneider."

Robert öffnete die Tür. „Können wir hier warten?.

- 17 -

Robert sah auf den Zettel mit der Adresse der Nachlasspflegerin. Katja, die wieder am Steuer saß, gab die Adresse der Trauerhilfe ein, die in der benachbarten Kreisstadt eine Niederlassung hatte. Robert blickte auf den Bildschirm. „Warte mal. Da ist doch der Ort, wo die Nachlasspflegerin wohnt, der liegt auf der Strecke. Gib mal die Adresse ein. Dein i8 ist nicht gerade unauffällig, aber uns kennt dort keiner und wir schauen im Vorbeifahren."

Katja fuhr los und sie passierten ein paar Dörfer im Oberland.

„Schau, da vorne muss es sein." Sie wies auf ein Haus im modernen bayerischen Landhausstil hin. „Ja, klar, da steht der Lamborghini im Carport."

„Okay, das wundert mich jetzt schon", meinte Robert. „Wir rufen sie auf dem Rückweg an."

Das Bestattungsinstitut war in einer Seitenstraße nahe der Innenstadt der attraktiven Kreisstadt. Katja fand eine freie Parklücke und die beiden gingen in das Geschäft. Eine abgewirtschaftet aussehende dunkelhaarige Frau kam nach einem Moment zu ihnen.

„Was kann ich für Sie tun?"

„Wir kommen im Todesfall Georg Braun und wollten mit Ihnen die Bestattung besprechen", eröffnete Robert das Gespräch.

„Georg Braun, hier ist der Vorgang. Das ist doch schon alles geklärt."

Robert und Katja blickten sie erstaunt an. „Mit wem haben sie gesprochen?, wollte Katja wissen.

„Gestern war ein Herr …"

„Schneider?" Robert unterbrach sie.

„Ja, Herr Schneider. Er gab sich als Bevollmächtigter der Familie aus und hatte sehr genaue Vorstellungen von der Bestattung."

„Was haben Sie mit ihm vereinbart?", fragte Robert.

„Das kann ich Ihnen …, das darf ich Ihnen nicht sagen. In welcher Beziehung stehen Sie denn zu Herrn Schneider"?, erkundigte sich die Bestatterin.

„Zu Herrn Schneider in keiner", war Roberts Antwort. „Ich bin der Sohn von Herrn Braun." Robert überreichte ihr die Sterbeurkunde. „Das sollte reichen."

Die Bestatterin las die Urkunde und blickte Robert erstaunt an. „Davon hat Herr Schneider nichts gesagt. Er wollte mir die Urkunde schicken. Er schien es recht eilig zu haben."

„Eile erübrigt sich bei einem Toten, nicht wahr?"

„Sie sprechen doch von Ihrem Vater?" Sie klang entrüstet.

„Sagen Sie uns bitte, was Sie mit Herrn Schneider vereinbart haben", Katja versuchte, das Gespräch wieder auf den Zweck des Besuches zu lenken.

„Wir holen den Leichnam ab. Der Verstorbene hat den Wunsch

geäußert, eingeäschert zu werden. Dazu müssen wir einen Termin im Krematorium beantragen. Das liegt in Kempten."

„Gibt es da keine Alternative?", fragte Katja.

Robert blickte sie an. „Warum?"

„Die beiden Betreiber sind vor einiger Zeit zu Bewährungsstrafen wegen Steuerhinterziehung verurteilt worden, weil sie Zahngold und Substituiv-Implantate schwarz verkauft haben."

„Ernsthaft?" Robert schüttelte den Kopf.

„Du musst eben meine Zeitung lesen, wir haben darüber berichtet", stichelte Katja.

„Das ist leider wahr", ergänzte die Bestatterin. „Das Krematorium hat jetzt neue Eigentümer, mit denen wir gut zusammenarbeiten. Wollen Sie den Sarg sehen, den Herr Schneider ausgesucht hat?"

„Nein, das ist nicht nötig", antwortete Robert.

„Sie sollten vielleicht noch wissen und bedenken, falls Sie eine Trauerfeier planen, dass der Leichnam von der Gerichtsmedizin noch nicht freigegeben wurde, sodass wir selbst noch keine Terminplanung haben."

„Es hat wie gesagt keine Eile". Robert übergab ihr eine Visitenkarte. „Wir haben noch einiges zu erledigen und ich wohne in Frankfurt. Ich möchte eines betonen: *Ich* bin Ihr Ansprechpartner und nicht Herr Schneider oder sonst wer."

Die Bestatterin nickte. Sie verabschiedeten sich.

Als Katja losfahren wollte, bat er sie, einen Moment zu warten. „Kann ich mein Telefon mit der Freisprecheinrichtung verbinden? Dann kannst du mithören", fragte Robert.

Katja drückte auf dem Display auf ein paar Symbole, und nachdem die Verbindung hergestellt war, tippte Robert eine Nummer in sein Telefon.

„Riemenschneider.".

„Guten Tag, mein Name ist Robert Hauser.

„Grüß Gott, Herr Hauser."

„Frau Riemenschneider, ich habe erfahren, dass Sie den Nachlass von Herrn Georg Braun verwalten."

„Das ist richtig, warum fragen Sie?"

„Ich bin der Sohn von Georg Braun und zusammen mit meiner Schwester ab jetzt verantwortlich für den weiteren Ablauf."

„Ihre Schwester?", klang es aus dem Lautsprecher. „Das ist das junge Mädel, das in den USA wohnt, die hat einen Vertreter benannt, so hat es mir jedenfalls Herr …"

„Schneider?", unterbrach Robert sie.

„Ja, Herr Schneider. Gut, ich bin heute vom Gericht informiert worden, dass Sie mich kontaktieren wollten. Sie gelten da als gefährlich."

„Wieso das?"

„Die zuständige Richterin rief mich vorhin an, um mich vor einem Herrn Häusler zu warnen. Er sei gefährlich."

„Damit hat sie mich gemeint?", fragte Robert ungläubig.

„Anscheinend."

„Wer hat das behauptet?", wollte Robert wissen.

„Ich weiß nicht, ob ich das sagen möchte", antwortete Frau Riemenschneider.

„Das sollten Sie", insistierte Robert.

„Sie wissen, dass Herr Schneider mit einer Juristin verheiratet ist?"

„Das weiß ich, er hat es mir gesagt."

„Sie wollte das Verfahren am Nachlassgericht beschleunigen, denke ich. Das kann nur in Ihrem Interesse sein."

„Das glaube ich nicht, denn weder sie noch ihr Mann wussten von mir. Schon gar nicht, dass ich Brauns Sohn bin. Meine Schwester ist kein Mädel, übrigens, sondern eine gestandene Chirurgin. Sie lebt in Miami." Eine kurze Pause trat ein, ehe Robert fortfuhr: „Frau Riemenschneider, ich würde Sie gerne treffen, es gibt einiges zu klären. Vor allem möchte ich wissen, ob einige Dinge, an denen mein Vater hing, dort sind, wo er sie beschrieben hat. In einer Stunde am Haus von Georg Braun."

„Das kann ich einrichten."

„Müssen wir die Polizei, Herrn Lindemann, informieren, dass wir die Wohnung betreten wollen?"

„Nein, das ist nicht notwendig. Also in einer Stunde." Frau Riemenschneider legte auf.

„So eine Dumpfbacke", sagte Katja und startete den Motor.

„Wen meinst du?", fragte Robert.

„Schneider natürlich. Der kann sich nicht deinen Namen merken und gab Häusler an. Du bist also gefährlich, gut zu wissen." Bevor sie losfuhr, drehte sie sich zu ihm und strich ihm zärtlich über die Wange.

Nach einer knappen Stunde standen sie vor dem Haus und kurz darauf bog der Lamborghini um die Ecke. Heraus stieg ein Mann, der sich als Riemenschneider vorstellte.

„Meine Frau hat mich gebeten, mit Ihnen zu sprechen. Gehen wir hinein." Riemenschneider drehte sich um und ging in das Haus.

„Der legt ja ganz schön los." Katja schüttelte ihren Kopf, nahm Roberts Arm und zog ihn ins Haus.

Oben an der Tür steckte Riemenschneider gerade den Schlüssel in das Schloss.

„Sehen Sie das Siegel nicht?", wollte Robert ihn aufhalten.

„Ach das", Riemenschneider löste das Siegel vorsichtig ab. „Das kleben wir nachher wieder dran." Er öffnete die Tür.

Sie standen in der Küche. Robert wandte sich Riemenschneider zu.

„Sie haben sicher nichts dagegen, wenn ich mich umsehe."

„Nein, natürlich nicht", erwiderte Riemenschneider und setzte sich. Robert nahm eine Liste aus seiner Aktentasche. Er ging ins Wohnzimmer und öffnete Schranktüren. Ab und zu setzte er einen Haken auf das Papier.

„Ich würde jetzt gerne in die Werkstatt gehen, hier oben bin ich fertig." Robert wartete die Antwort nicht ab, sondern nahm seine Tasche und ging die Treppe hinab. In der Werkstatt wiederholte er die

Inspektion, machte seine Haken und nach einer Viertelstunde kehrte er in die Küche zurück.

Er hörte, wie Katja fragte: „Wie kommt es, dass Sie mit dem Lamborghini unterwegs sind?" Robert blieb stehen und wartete die Antwort ab.

„Das ist eine tolle Kiste, die wollte ich unbedingt fahren." Robert sah, wie Katja lächelte. Sie sagte: „Eine Probefahrt, das kann ich verstehen, aber gleich mehrere?" Das stimmte nicht ganz, denn Robert und sie hatten das Auto nur einmal, bei ihrem ersten Besuch, gesehen. Robert musste lächeln. Katja fragte geschickt. „Der Wagen gehört Ihnen nicht, damit können Sie nicht immer unterwegs sein."

„Das ist nicht richtig", war Riemenschneiders Antwort. „Wir haben die Nachlasspflegschaft, sind für alles verantwortlich mit Vollmachten und allem Drum und Dran."

„Die Nachlasspflegschaft ist aber nur für Ihre Frau eingerichtet, oder auch für Sie, Herr Riemenschneider?"

Der ersparte sich die Antwort auf diese rhetorische Frage. Robert trat ein.

„Herr Riemenschneider, Herr Braun, also mein Vater, hat eine penible Aufstellung über Dinge gemacht, die ihm sehr viel bedeutet haben. Er hat präzise beschrieben, wo er sie verwahrt hat. Einige davon haben nicht nur einen emotionalen Wert, einige einen materiellen, manche davon ein beträchtlichen. Ich habe feststellen müssen, dass die Materiellen nicht mehr da sind, wo sie hätten sein müssen."

Riemenschneider schwieg und blickte Robert an.

„Wir haben das, das wissen Sie sicher, ähnlich mit wertvollen Uhren erlebt. Die sind wundersamerweise, nachdem wir in Gegenwart des Kommissars mit Herrn Schneider darüber sprachen, am folgenden Tag wieder aufgetaucht."

„Wollen Sie damit ausdrücken, dass wir die Sachen an uns genommen haben?", fragte Riemenschneider. „Unrechtmäßig, gestohlen nach Ihrer Auffassung?" Er war empört.

Robert blieb ruhig. „Ich kenne die Rechte und Pflichten einer Nachlasspflegerin nicht", sagte er, „ich kann mir aber vorstellen, dass sich die bis zur Klärung der Erbangelegenheit auf das Zahlen von Miete, Versicherungen usw. beschränken und darauf, dass darauf geachtet wird, dass Strom und Wasser abgestellt werden und die Post gesammelt wird. Spritztouren, denke ich, gehören nicht dazu. Da sind wir uns einig, nicht wahr?"

Riemenschneider nickte unmerklich. Robert sagte: „Bevor wir uns verabschieden, Herr Riemenschneider, machen Sie oder veranlassen Sie es so wie bei den Uhren, das wäre mein Vorschlag. Um der Angelegenheit genügend Nachdruck zu geben, werden wir uns anwaltlich vertreten lassen. Der Münchner Anwalt Doktor Kurtz wird das für uns übernehmen. Ich lasse Ihrer Frau seine Adresse zukommen. Auf Wiedersehen."

Als sie die Wohnung verließen, rief Katja Riemenschneider zu: „Vergessen Sie nicht, das Siegel wieder anzukleben."

- 18 -

Als Katja sich der Abzweigung der Autobahn Richtung Giesing näherte, sagte Robert: „Ich muss ein paar Tage nach Frankfurt in meine Wohnung. Kannst du mitkommen?"

Katja ließ sich einen guten Kilometer Zeit, um zu antworten. „Bist du dir da sicher?"

„Die Frage verstehe ich jetzt nicht."

Katja ließ einen weiteren Kilometer verstreichen.

„Nein Robert, es geht nicht. Du weißt, dass ich einen Auftrag habe und dazu muss ich hier vor Ort sein."

„Von Thalkirchen kann man doch zum Bahnhof fahren?"

„Mit der U-Bahn, meinst du? Dann musst du am Sendlinger Tor umsteigen."

Als Katja an der U-Bahn-Station anhielt, sagte Robert zu ihr: „Ich bin dir sehr dankbar, dass du mich begleitet hast. Dass du an meiner Seite warst. Es ist schon sehr merkwürdig, dass ich gedacht habe, ich würde allein durch den Rest meines Lebens ziehen müssen. Jetzt habe ich eine Schwester. Ich fühle mich nicht unbedingt verantwortlich oder zuständig für irgendetwas, was in den vergangenen Tagen passiert ist. Wahrscheinlich muss man sagen: in den letzten Jahren. Aber sortieren muss ich es. Zudem habe ich noch keinen richtigen Plan."

Katja sagte nichts dazu.

„Heute ist Mittwoch. Der Tag ist fast vorüber, um noch etwas bewerkstelligen zu können. Ich rufe dich an, wenn ich weiß, wie es weitergehen soll."

„Du bist immer willkommen, außerdem steht noch dein Müllsack in meiner Wohnung."

Robert stieg aus, und bevor er im Tunnel zu den Bahnsteigen verschwand, drehte er sich um. Katja winkte ihm zu.

Am Bahnhof angekommen kaufte sich Robert als Erstes eine Fahrkarte für den nächsten ICE nach Frankfurt. Eine Reservierung konnte er nicht bekommen, nur den Hinweis, er müsse gegebenenfalls einen der Fahrgäste von einem der für Spätreservierer vorbehaltenen Sitzplätze vertreiben. Dann kaufte er sich eine Auswahl von Autozeitungen, eine Leberkäs-Semmel und eine Cola. Gut drei Stunden später war er zu Hause.

Robert öffnete alle Fenster, um schwüle und abgestandene Luft der vergangenen Tage herauszulüften. Dann blätterte er kurz durch seine Post, checkte seine E-Mails, sah nichts, was ihn jetzt am Abend noch hätte beschäftigen müssen. Er goss sich einen Single Malt ein, einen Zentimeter hoch als Standard, einen zweiten für Heidi und den dritten beschloss er, Katja zu widmen, fand aber, dass ein Zentimeter zu wenig sei.

Robert ging zu seinem Humidor. Er nahm eine Sport-Largos von Romeo y Julieta, schnitt sie zurecht und zündete sie mit seinem Dunhill-Feuerzeug an. Er wohnte nicht so luxuriös wie Katja, aber immerhin hatte seine Wohnung einen Balkon mit Blick auf den Grüneburgpark. Er nahm einen Schluck, zog an seiner Zigarre und tippte in sein Telefon: „Bin zu Hause. Danke für alles." Er fügte ein rotes Herz-Emoji hinzu und schickte die SMS ab. Kurze Zeit später summte sein Telefon. Robert blickte auf die SMS, die eingetroffen war: „Gut. Schlaf gut. K." Katja hatte auch ein Herz-Emoji eingefügt, das sie vorne und dahinter mit Fragezeichen versehen hatte. *Romeo y Julieta*, dachte er, *wir werden sehen*. Er verzichtete aber darauf, das Herz-Emoji mit einem Ausrufezeichen zurückzuschicken.

Am nächsten Morgen saß er an seinem Schreibtisch und scrollte durch seine E-Mails. Zwei Anfragen des ICIJ-Netzwerkes musste er ablehnen. Auf seinem Rechner legte er in einer Cloud einen passwortgeschützten Ordner an, dem er Unterordner hinzufügte, in die er die Nachlassdokumente, so wie er sie hatte, ablegte. Ein zweiter erhielt den Namen ‚Bestattung' und ein dritter wurde als ‚Zagato 3' benannt. All das, was er in Papierform mitgebracht hatte, scannte er ein und verteilte die PDF auf die neuen Ordner. Er ließ sich Zeit und las jedes Dokument noch einmal sorgfältig durch. Als er auf die DNA-Analyse stieß, legte er einen weiteren Ordner an und nahm sich vor, irgendwann einen Stammbaum anzulegen.

Der Ordner ‚Zagato 3' blieb leer. Robert dachte an die Besuche in der Wohnung und Werkstatt von Georg Braun. Es fiel ihm noch schwer, ‚seines Vaters' zu denken. Dort hatte nichts auf die Existenz dieses Autos hingewiesen. Andererseits hatten sie keinen Einblick in weitere Räume oder Schränke erhalten, sodass seine Gedanken über die Existenz keinen Sinn machten. So wie Fritz Jordan über den Wagen berichtet hatte, wusste außer ihm und Georg – *immerhin*, dachte Robert, *jetzt ist er schon mal Georg* – niemand davon, dass sie sich damit beschäftigt hatten. Damit hatte er jedoch auch keinen Ansatzpunkt, um die Suche aufzunehmen.

Robert blickte auf seine Uhr. In Miami war es jetzt gerade erst sechs. Zu früh, um zu telefonieren. Er öffnete sein E-Mail-Fenster und bat Fritz Jordan um einen Rückruf „in der Angelegenheit Alfa Romeo."

Dann startete er eine Tabelle, in die er alle Adressen eintrug, die er von den bisher Beteiligten hatte. Für ein zweites Datenblatt blätterte er durch die Autozeitungen. Er entnahm den Anzeigen der angebotenen ‚Exquisite Classic & Performance Cars' wie es in einer Werbung hieß, die Adressen, die er in die Tabelle eintrug. Die ‚exquisiten Autos' wurden in England angeboten. Robert beschränkte sich auf Kontinentaleuropa. Er dachte, dass er im Moment ausschließen könne, dass der Zagato schon in Übersee sein würde, wozu er seit den Brexit-Bestrebungen auch Großbritannien zählte. Ohne Erfahrung konnte er den Händlern und Auktionshäusern keine Signifikanz zuordnen, sodass er die Reihenfolge nach den Orten festlegte. Ein erster Betrieb war am östlichen Stadtrand von München, ein zweiter in Hann. Münden und ein dritter in Montreux. Ein Blick in den Internetauftritt zeigte, dass alle Alfa Romeo in ihren Portfolios hatten, der in der Schweiz jedoch mit höheren Werten handelte.

Sein Telefon klingelte. Robert drückte auf den grünen Button und meldete sich. „Fritz Jordan", war die Antwort, „du hattest um einen Anruf gebeten."

Robert berichtete über die Erlebnisse der vergangenen Tage und fügte hinzu, dass es für eine Beerdigung und Trauerfeier noch keine Terminplanung geben würde, die er außerdem mit Heidi und ihm, Fritz, abstimmen wolle.

„Der Grund für meinen Anruf ist aber einer anderer, Fritz. Wir haben keinen Zugang zu Georgs Besitz, zu nichts, solange das Nachlassgericht Heidi und mich nicht als Erben anerkennt. Die Nachlasspflegschaft haben wir aufgefordert, das nicht als Selbstbedienungsladen zu betrachten. Doktor Kurtz hilft uns dabei. Ich habe aber nichts, was auf den Zagato3 hinweist, mit dessen Suche du uns beauftragt hast. Letzten Endes gibt es außer deiner Bitte nichts, was auf die Existenz eines solchen automobilen Schmuckstückes hinweist."

„Das, was ich dir jetzt sage, muss unbedingt unter uns bleiben!"

„Klar, Fritz, auch wenn ich es mir schwierig vorstelle, einen Gegenstand von knapp vier Metern Länge und anderthalb Metern Breite im Geheimen zu suchen."

Fritz Jordan musste lachen: „Informiert hast du dich offensichtlich schon ein wenig. Pass nur auf, dass du nicht drüber stolperst, er ist nur einen Meter hoch. Also gut, Robert. Georg und ich haben ein Schließfach bei einer Bank in in Genf. Darin befinden sich der Originalschriftverkehr mit Autodelta, auch Blaupausen für die Umrüstung zur Einspritzung und ein Satz Autoschlüssel. Vor allem Letztere sollten dir helfen."

„Schlösser kann man auswechseln", sagte Robert. „Ich käme mir albern vor, zu sagen, es wäre mein Auto und müsste dann hilflos am Tür- oder Zündschloss rumfingern."

„Verstehe ich, aber keine Sorge, es gibt so eine Art Diebstahlsicherung. Wo die ist, findest du im Schließfach."

„Das überzeugt mich nicht, Fritz. Wäre dem so, dann sollte das Auto in Georgs Garage stehen."

„Georg hatte sie zumeist ausgeschaltet, weil sie mühsam zu erreichen war. Der Schlüssel passt ins Schloss und das ist dein Vorteil."

„Na gut. Wie komme ich nach Genf?" Robert zögerte. „Nicht gerade eine geniale Frage." Er hörte Fritz am anderen Ende lachen.

„Stimmt. Notfalls kann ich dir ein paar Tipps geben." Jordan lachte wieder. „Ernsthaft. Die Bank hat eine Filiale im Chemin Louis-Dunant 17b, Postleitzahl 1202. Der Direktor dort ist Monsieur Jean-Claude Duvallier, ein guter Freund. Ich rufe ihn an und wir vereinbaren, dass du dich über Toten- und Erbschein ausweist. Das Fach hat ein digitales Schloss, die Kombination ist Heidis Geburtsdatum in der amerikanischen Variante. Wann meinst du, kannst du Duvallier treffen?"

„Lass mich überlegen. Am nächsten Dienstag, am frühen Nachmittag."

„Ich schicke dir den genauen Termin."

„Danke, Fritz, und liebe Grüße an Heidi."

Robert schaute in seine Tabelle. Als Nächstes wählte er die Nummer des Büros eines Kollegen in München. Dort antwortete eine Frauenstimme, die ihm die Bitte, mit ihm sprechen zu können, abschlug, er sei nicht im Hause.

Robert fragte, wann er ihn treffen könne, und als der kommende Montag angekündigt wurde, sagte er: „Ich komme aus Frankfurt, dann 14:00 bei Ihnen. Sie sehen meine Telefonnummer auf Ihrem Display. Schicken Sie mir bitte die Bestätigung bis morgen Mittag per SMS."

Anschließend rief er seine Werkstatt an und bat, seinen Wagen fertigzumachen. „Sollen wir ihn Ihnen morgen bringen?"

„Nein, danke, ich habe hier keinen Parkplatz. Ich komme am Montag um sieben und hole ihn", kündigte Robert an.

Dann meldete ein Piepton eine eingegangene SMS: „Termin Montag, 14:00 Uhr, bestätigt."

Geht doch, dachte Robert. Er überlegte kurz, ob er doch am Sonntag Richtung München fahren sollte, beließ es aber bei dem Gedanken. Stattdessen schrieb er Katja eine E-Mail und fragte sie, ob sie mit ihm einen alten Kollegen besuchen wolle und ob sie abends ein Treffen mit Harald Grosse vereinbaren könne.

- 19 -

Robert hatte seinen Jaguar pünktlich übernehmen können. Am Abend zuvor hatte er mit Katja telefoniert, die keine Zeit hatte, ihn tagsüber zu begleiten. Das Treffen mit Grosse würde klar gehen und er möge sie doch bitte abholen. Sie wäre am späteren Nachmittag wieder zu Hause.

Robert steuerte seinen F-Type auf die Autobahn. Für die Fahrt Richtung München hatte er gute vier Stunden eingeplant. Er hatte sich den Luxus eines 8-Zylinder allradgetriebenen Jaguar Cabriolets geleistet. Auf dem zweispurigen Abschnitt bis Würzburg würden ihn die 450 PS mit sanftem Brummen gleiten lassen. Falls notwendig, konnte er anschließend zügiger fahren. So schnell wie kürzlich Katja fuhr er nicht mehr. Als er den Wagen gekauft hatte, hatte er sich angesichts seiner jährlichen Kilometerleistung überlegt, ob er sich schon der Elektromobilität anschliessen sollte. Ihm gefielen die Autos nicht, zu groß, zu schwer. Er hatte auch keine Lust, auf einer längeren Tour Stromtankstellen aufzusuchen, die irgendwo abseits der Magistralen waren und wo, wenn überhaupt, Kaffee in ökologisch nachhaltigen Pappbechern ausgeschenkt wurde. So wurde es dieses zweisitzige Cabriolet, das nicht ganz so elegant daherkam wie das Coupé, bei Gelegenheit aber mehr Spaß machte. Zu diesem Spaß gehörte auch, dass er den Schalter für den Klappenauspuff hatte deaktivieren lassen. Dieses pseudosportliche Gimmick, das ihn an einen feuchten Furz erinnerte, fand er ausgesprochen überflüssig, und diese Art Aufmerksamkeit brauchte er nicht.

Er traf zur vereinbarten Zeit im Büro des Kollegen ein.

Am Empfang stellte er sich vor. „Ich habe einen Termin mit Ihrem Chef, mein Name ist Hauser.

„Einen Moment bitte", sagte die junge Sekretärin und verschwand hinter einer Tür. Robert blickte sich um. Alles machte einen auf gute deutsche Eiche furnierten Eindruck und so war auch die Einrichtung des Büros, in das er gebeten wurde.

„Herr Blessing erwartet Sie."

„Hallo, Heinrich, wie geht es dir", fragte Robert. Heinrich Blessing war wie er Journalist, aber 20 Jahre älter. Sie kannten sich lange genug. Blessing hatte Robert schon vor vielen Jahren das Du angeboten. Er hatte für dieselbe Zeitung gearbeitet, für die auch Katja schrieb, war aber vor mehr als zehn Jahren ausgeschieden, weil er mit der geplanten Ausrichtung des von ihm verantworteten Technikteils nicht einverstanden gewesen war. Jetzt war er freiberuflich tätig und schrieb zumeist für Magazine, die sich mit Oldtimern beschäftigten.

„Servus, Robert, danke gut. Hattest du eine angenehme Fahrt?" Er schüttelte Robert die Hand und bot ihm einen Stuhl an einem Konferenztisch an, der vor einem leeren Aquarium stand. „Möchtest du einen Kaffee, Espresso, ein Wasser?

„Gerne beides."

„Moni", rief Blessing, „bitte für mich auch."

Heinrich Blessing eröffnete das Gespräch. „Was führt dich zu mir? Es muss ein besonderes Anliegen sein, wenn du das mit deinem Recherchejournalismus nicht selbst lösen kannst."

Ehe Robert antworten konnte, kamen Kaffee und Wasser.

„Hast du neuerdings Interesse an alten Kaleschen?", fragte Blessing weiter. Robert nahm erst einmal einen Schluck.

„Um deine Frage zu beantworten: Ja und Nein. Heinrich, ich möchte dich um absolute Vertraulichkeit bitten." Blessing nickte, wenn auch zweifelnd. Ehe er selbst etwas sagen konnte, fuhr Robert fort. „Ich besitze zwei Autos, nein, besser gesagt, ich habe Zugriff auf zwei Fahrzeuge: einen Lamborghini Urus und einen seltenen Alfa Romeo.

„Um welchen Alfa-Typen handelt es sich denn?", fragte Blessing.

„Bei dem zweiten Auto handelt es sich um eine Giulia Tubolare Zagato 3."

Eher er weitersprechen konnte, unterbrach Blessing ihn: „Zagato 3, das kann ich mir nicht vorstellen." Robert konnte ihm ansehen, dass er den Termin bedauerte.

Robert sagte nichts und wartete ab, ob dazu eine Erklärung kam.

„Alfa Romeo hat nur zwei Varianten vom TZ gebaut, den ursprünglichen TZ, dann den TZ2 als reinen Rennwagen, den Tubolare Seconda Edizione. Es gab noch einen oder zwei, die von anderen Designern gezeichnet wurden, Pininfarina zum Beispiel. Von den TZ2 gibt es nur acht Originale. Von denen sind die Besitzer bekannt. Alles andere sind Fälschungen oder Repliken. Zagato hatte einen TZ3 geplant, so um 2000, das blieb aber nur ein Entwurf."

„Das ist mir bekannt", war Robert ein. „Ich bin aber davon überzeugt, dass wir ein Original haben. Alfa Romeo beziehungsweise Autodelta hat, wie du sicher weißt, etwa zur selben Zeit den Tipo 33 entwickelt und dann das TZ2-Projekt aufgegeben. Was allgemein aber nicht bekannt ist, ist, dass ein letzter TZ2 respektive dessen Motor von den Vergasern auf eine Motoreinspritzung umgerüstet werden sollte und auch ist. Um diesen Wagen geht es."

Blessing blickte ihn erstaunt an. „Das wäre eine Sensation, quasi der Prototyp eines Prototyps. Und diesen Wagen hast du?"

„Wieder ein Ja und ein Nein", antwortete Robert. „Der Alfa stand bei meinem Vater, der mit der Umrüstung beauftragt war. Georg Braun war sein Name. Mein Vater ist kürzlich gestorben. So bin ich in die Sache involviert worden. Lass dich durch unsere verschiedenen Nachnamen nicht irritieren. Familiengeschichte, die hier nichts zur Sache tut."

„Das tut mir leid, Robert."

„Danke. Jetzt zu deiner Frage, ob wir den Wagen haben. Wir haben ihn nicht und wir wissen auch nicht, wo er sein könnte."

„Du bist dir aber hundertprozentig sicher, dass es ihn gibt?"

„Das kann ich mit einem klaren Ja beantworten und auch belegen." Robert öffnete sein Tablet und zeigte Blessing Fotos, die er von Jordans Stick kopiert hatte. „Sieh auf die Tags der Fotos, die eindeutig zeigen, dass die Bilder aus diesem Jahr stammen. Zudem ist der Hintergrund Haus, Werkstatt und Garage meines Vaters. Ob er aber zuletzt gefahren ist, kann ich nicht sagen, er hat die alten italienischen PROVA-Testfahrzeug-Kennzeichen."

„Das wäre nicht das Problem", erklärte Blessing, „mit einem roten 07er-Kennzeichen könnte man ihn trotzdem bewegen. Du hast aber mehr, beispielsweise Fahrzeugpapiere?"

„Die gibt es. Schriftwechsel und Rechnungen, die liegen in einem Banktresor in Genf."

„Gut. Das ist wichtig. Ich will dir eine Story erzählen. Zeit hast du hoffentlich?"

„Ja natürlich!"

„Das Thema TZ2", begann Blessing, „ist ein sehr sensibles. Neben den Originalen gibt es fast zwei Dutzend Fälschungen. Ein Charakteristikum ist die Fahrgestellnummer, die immer vorhanden sein muss. Du kennst vielleicht den Begriff ‚Matching Numbers'."

Robert nickte.

„Matching Numbers bedeutet, dass ein Auto, sagen wir aus dem Jahr 1955, auch heute noch alle Originalteile hat und am Besten noch die Fabrikationsliste, die das nachweist. Der Papst der Motorsportjournalisten, Denis Jenkinson …"

„Der mit Stirling Moss 1955 die Mille Miglia gewonnen hat", warf Robert ein.

„Ja, der. Jenkinson war da sehr penibel, manche sagen kleinkariert. Er war der Auffassung, dass nach einem ersten Zündkerzenwechsel die Originalität schon nicht mehr gegeben sei.

„Das scheint mir wirklich engstirnig zu sein", meinte Robert.

„Das sehe ich ähnlich", fuhr Blessing fort. „Wie dem auch sei, bei Rennwagen ist das anders, die haben nach Motorschäden eventuell einen neuen bekommen oder sind nach einem Unfall repariert worden. Die Chassisnummer muss aber bleiben."

Er drehte seinen Laptop, sodass Robert auf den Bildschirm schauen konnte. „Siehst du, selbst in der Entwicklung der TZ hat es unterschiedliche Fronten gegeben, wenn auch alle jetzt die zweite Variante haben. Nun zu den angeblichen Fälschungen. Wenn du dir die Historie anschaust, dann erkennst du, dass die fast alle irgendwann mal einen Rennunfall hatten. Das ist sogar korrekt, oft kann man es in Listen mit Rennergebnissen überprüfen."

„Du hast vorhin nach den Papieren gefragt?"

„Wenn du die hast, ist das von Vorteil. Es gibt jedoch einen, ich möchte fast sagen, schwunghaften Handel mit Originaldokumenten, also wenn beispielsweise ein Auto, warum auch immer, völlig zerstört oder schon verschrottet ist, kannst du die Papiere verkaufen."

„Um die mit einem zwischenzeitlich gebauten Nachbau zu kombinieren", sagte Robert.

„Genau. Dann steigt der Wert, und wer nicht aufpasst, wird reingelegt."

„Weißt du da mehr?"

„Ja, aber das bleibt auch unter uns. Hier in der Nähe sind Spezialisten auf zwei dieser Autos reingefallen. Sie waren guten Glaubens. Als es aber um die Zulassung als Oldtimer oder vielmehr um das Zertifikat ging, um an Rennen im historischen Motorsport teilzunehmen, ist der Schwindel aufgeflogen, weil der Papierkram gefälscht schien. Was bestätigt wurde. Die prozessieren jetzt seit mehr als sechs Jahren, zivilrechtlich, um den Ankauf rückgängig zu machen. Dabei hätte ihnen der Preis von 3 Millionen für zwei dieser Autos schon auffallen müssen. Der war viel zu niedrig."

„Das ist doch eigentlich Betrug, oder nicht?", erkundigte sich Robert.

„Sollte man denken. Das Gericht hat den strafrechtlichen Aspekt zunächst in der Schublade gelassenm, man will den Ausgang der zivilrechtlichen Auseinandersetzung abwarten."

„Sag mal", bat Robert, „ich habe den Begriff der Replika gelesen. Erklär mir das bitte."

„Du kannst beispielsweise Oldtimermessen abklappern und dort auf Teilejagd gehen, bis du dein Lieblingsauto zusammen hast. In England beispielsweise gibt es beinahe eine Industrie, die alte Jaguar, die berühmten D- und C-Types, bauen, oft mit moderner Technik. Da kannst du eine originale Chassisnummer drantackern, solange eben auch Replika dransteht. Es ist ein Geschäft, auf jeden Fall, denn sagen wir, man braucht 100.000 € für den Bau, dann lässt sich eine gute Replika für das Drei- bis Vierfache verkaufen."

„Vorausgesetzt, das Vorbild ist selten genug", warf Robert ein.

„Richtig. Manche Sammler lassen sich Repliken bauen, mit denen sie fahren, um das Original zu schonen. Für die Rundfahrt um den

Tegernsee und für das Gefühl ist es egal, denn der Zuschauer weiß nicht, ob sie in einem fünf oder fünfzig Jahre alten Wagen sitzen, zumal restaurierte Autos oft neuer wirken als aktuelle Autos, die gerade vom Band gelaufen sind."

„Für die Fälschungen gilt das nicht?

„Nein, wie der Name schon sagt, ist eine Fälschung eine Fälschung eines Originals wie bei Gemälden, nur dass der Wert dann höher angesetzt wird. Zieht man sie nicht aus dem Verkehr, sinkt auch der Wert eines Originals, je mehr unterwegs sind."

„Wenn du jetzt unser Auto schätzen würdest, was stünde unter dem Strich?" Robert blickte auf seine Uhr.

„Vorausgesetzt, die Provenienz ist ohne Zweifel, nach Marktanalyse solltest du von 5 Millionen mindestens ausgehen. Was willst du jetzt machen, Robert?"

„Wir müssen das Auto erst finden." Robert musste lachen. „Aber du kannst vielleicht Augen und Ohren offenhalten und dann werden wir sehen."

Blessing gab ihm einen Tipp: „Such dir ein paar namhafte Spezialisten, die du kontaktierst, beispielsweise Dimbelby in Montreux. Soweit ich weiß, hat der sich gerade eines der Originale gekauft. In einem Interview hat er gesagt, er habe zwanzig Jahre verhandelt. Ich kenne ihn flüchtig. Wenn du in Montreux bist, bestell ihm Grüße. Bedenke auch, dass es in der Szene Individualisten gibt, gut vernetzt, die Autos dieser Preisklasse sozusagen unter der Oberfläche vermitteln, was aber völlig in Ordnung ist. Damit wird eine Nachforschung möglicherweise schwierig und langwierig. Gehen wir davon aus, dass ein neuer Besitzer damit auch fahren möchte, dann wird es öffentlich."

Sie standen auf und Robert wollte sich verabschieden.

„Kann ich eventuell auf deine Story zurückgreifen?", fragte Blessing.

„Katja Meyerhoff hat das Vorkaufsrecht auf die Geschichte", erwiderte Robert. „Ich denke, dass es Stoff für euch beide ist. Ihr müsst euch absprechen. Ich vertraue dir, dass du nicht vorpreschst."

„Nein, versprochen. Wie gesagt, das Thema ist sehr sensibel. Mit Katja bist du also unterwegs? Sie ist eine attraktive Person, als Journalistin und als Frau sowieso."

„Soll ich ihr das so mitteilen? Ich sehe sie nachher."

„Besser nicht." Blessing lachte und schüttelte Robert zum Abschied die Hand.

- 20 -

Robert tippte Katjas Adresse in das Navi seines Jaguars ein. Eine Dreiviertelstunde sollte die Fahrt quer durch die Stadt dauern. Er schrieb schnell eine SMS: „Bin gegen 17:00 bei dir. Freu mich. R."

Der Verkehr in der Münchner Innenstadt war mäßig. Robert konnte direkt vor Katjas Haus parken. Sie öffnete ihm. Robert umarmte sie und sagte: „Du warst recht sparsam gestern am Telefon."

„Komm rein und erzähl. Wir haben noch eine Stunde Zeit, bis wir losmüssen, um Harald zu treffen. Jodi, seine Frau, kommt auch. Kennst du sie?"

„Nein, eigentlich kenne ich auch Harald Grosse nicht sehr gut." Sie setzten sich ins Wohnzimmer und Robert berichtete kurz über die Ereignisse seit ihrer Rückkehr und dem Abschied. „Viel ist es nicht. Es klingt immer noch nach Nadel im Heuhaufen suchen."

„Dann steht bei dir als nächstes Genf auf dem Programm?, hörte Katja nach.

„Ja, morgen. Ich muss am frühen Nachmittag einen Bänker treffen. Ob ich zu dem Autohändler fahre, weiß ich noch nicht. Was meinst du?"

„Ich weiß nicht, ob ich dir da raten kann. Wahrscheinlich ist das Ergebnis ähnlich wie heute Nachmittag. Sie werden dir den Wagen auch nicht liefern können."

„Vermutlich nicht. Ich würde gerne schnell duschen. Schau doch mal nach, ob die eine Website haben."

„Du weißt, wo alles ist."

Als Robert wieder zurückkam, trug er einen dunkelblauen Anzug aus leichtem Wollstoff mit Pfauenaugenmuster. Seine nackten Füße steckten in schwarzen Slippern. Sein weißes Hemd stand offen und seine noch feuchten Haare waren zurückgebürstet. Katja konnte nicht verhehlen, dass er einen attraktiven Eindruck machte, sagte aber zu ihm: „Brauchst du noch eine goldene Kette, sonst mach besser einen Knopf mehr zu." Sie saß vor ihrem Computer. „Schau, hier ist die Seite. Ziemlich funky. Du würdest gar nicht denken, dass die Autos verkaufen. Lauter Videos, aber die superprofessionell. Hier", sie klickte eins an. „Das ist offensichtlich der Boss. Ein ziemlicher Schönling. Sie sind mit einem TZ2, den scheint er gerade gekauft zu haben, in der Toskana rund um Mugello unterwegs."

Robert schaute sich das Video an. „Scheint eine andere Nummer zu sein als viele der Betriebe hier. Andererseits ist es mir zu extrovertiert, um seriös zu sein. Dann solltest du mitfahren, dein Urteil bedeutet mir viel", ergänzte Robert seine Einschätzung.

„Mal sehen, was Grosse dazu sagt. Wir sollten uns auf den Weg machen."

„Nehmen wir meinen oder deinen Wagen"?, fragte Robert und wollte nach seinen Autoschlüsseln greifen, die er auf eine Kommode im Flur gelegt hatte.

„ÖPNV, wenn es dir recht ist."

Robert musste schmunzeln. „Na dann!"

Als er in der Thalkirchener U-Bahn-Station ein Ticket ziehen sollte, zeigte Katja ihm ihr Smartphone und die MVV-App. „Schon gekauft."

„Digitale Partnerkarte, hey, dann lass mich dich unterhaken, damit ich dich nicht verliere." Sie liefen die Schräge hinunter zum Bahnsteig und mussten am Sendlinger Tor wieder an die Oberfläche, wo Katja Robert zur 16er Tram dirigierte. Eine halbe Stunde später hatten sie die Haltestelle Taimerhofstraße erreicht und mussten noch ein Stück laufen, ehe sie das Zoe's betreten konnten.

Das Restaurant war hell und freundlich in Weiß und Rot gehalten. Über der Bar standen Aperol-Flaschen in Linie wie ein preußisches Garderegiment.

„Wir haben drinnen einen Tisch ", informierte Katja ihn und wies auf einen Tisch am Ende einer Reihe. „Dort sind schon Harald und Jodi." Sie winkte ihnen zu.

Grosse stellte Robert vor: „Jodi, das ist Robert Hauser, der Katja häufig vom stringenten Arbeiten abhält." Katja ignorierte Grosses Bemerkung. Die beiden Frauen begrüßten sich mit Wangenküssen, Robert schüttelte beiden die Hand. Sie setzten sich. Robert blickte sich um. Am übernächsten Tisch sah er die Gattin eines Talkshowmoderators im Gespräch mit einem Journalisten, der bei einem der norddeutschen Fernsehsender in dessen Drittem ebenfalls solchen Gesprächsrunden vorsaß. An den anderen Tischen saßen mehr oder minder bekannte Vorserienstars, SAT.1 und ProSieben mit ihren Studios waren nicht weit entfernt.

„Wie war die Fahrt durch die Stadt, viel Verkehr?", fragte Jodi als Einleitung.

„Katja hat mir ein Tramticket spendiert", antwortete Robert. Grosse grinste Katja an. „Dein grünes Gewissen, sorgsam behütet in einem Isar-Ufer-Penthouse."

„Ja und zu allem Unglück hing mein i8 noch am Ladekabel. Robert fährt so einen prolligen Achtzylinder, wahrscheinlich hätten wir mindestens einmal tanken müssen auf den 15 Kilometern. Außerdem hätte die Marke, die er fährt, nicht zu dem Habitat da draußen gepasst." Sie zeigte auf den Parkplatz, wo die übliche Melange aus Sportwagen und SUV aus Stuttgarter Produktion abgestellt war.

„Das Elektroleben ist voller Härten, voller leerer Batterien", witzelte Grosse. Er dankte der Kellnerin, die gerade einen Flaschenkühler samt Flasche an den Tisch gebracht hatte. Er schenkte ein. „Wenigstens sind die Gläser voll. Der Thunfisch hier ist sehr gut. Ich habe eine Flasche Cavalchina Custoza ausgesucht. Ich denke, dass er gut passen wird."

Sie prosteten sich zu.

„Robert, Sie hatten um dieses Treffen gebeten", äußerte Grosse und verteilte die Speisekarten.

„Ich möchte Katja wieder einmal vom Arbeiten abhalten."

„Dachte ich mir", kam Grosses trockene Antwort. „Vorher sollten wir aber essen."

Katja sagte zu Robert: „Ich nehme Dim Sum, weißt du, in Erinnerung an Malaysia und Singapur, dazu das Thunfisch-Steak. Das liest sich lecker: Sesam-Mantel mit Grillgemüse und Terriyaki-Soße."

„Nehme ich auch", meinte Robert zur Kellnerin, die auf die Bestellungen wartete. „Als Hauptgang bitte das Tatar von Yellow Fin Tuna mit Avocado und Wasabi-Soße aus der Vorspeisenkarte, wenns möglich ist."

Die Kellnerin nickte und schaute auf Harald und Jodi Grosse. Der blickte seine Frau an: „Bitte dreimal den Thunfisch, oder?"

„Einmal reicht aber für mich. Ich hätte gerne vorher die Wan Tan mit Garnelen", beantwortete Jodi die Frage ihres Mannes.

Grosse schloss die Bestellung mit seiner Vorspeise Glasnudelsalat mit Shrimps und dankte der Kellnerin, nachdem alles noch einmal vorgelesen worden war.

Katja fragte: „Soll ich kurz berichten?", wartete aber Roberts Antwort nicht ab. Sie referierte knapp über die vergangenen Tage, den kurzen Trip nach Miami und Roberts Familienzuwachs."

Jodi Grosse fragte ungläubig: „Sie wussten nichts von alldem?"

„Nein, nichts. Es ist auch noch nicht bis in die letzte Synapse vorgedrungen."

„Das glaube ich gerne." Selbst Grosse musste nicken.

„Ihr habt euch tatsächlich in den letzten Jahren nicht gesehen?", Jodi richtete die Frage an Katja.

„Nein, mal abgesehen von gelegentlichen PK, von denen wir für unsere Zeitungen berichteten", übernahm Robert die Antwort.

Die Vorspeisen waren gekommen. Für einen Moment ruhte die Unterhaltung.

Harald Grosse nahm den Faden wieder auf: „Robert, Sie möchten sich Katja wieder ausleihen?"

„Oh, Harald, diese Frage könntest du auch besser stellen", meinte Jodi kopfschüttelnd.

„Na ja, Jodi, er hat ja recht." Bevor Robert weitersprechen konnte, sagte Katja: „Deine Frau hat recht, ich bin kein Mietobjekt, obwohl …", sie nahm liebevoll Roberts Hand, „… ich viele Funktionen in seinem Leben habe, zuletzt PA."

Robert registrierte verdutzt diese Geste. „Ich habe meine Aktentasche aber immer selbst getragen."

Alle lachten.

„Worum geht es denn?"

Robert nahm ein Schluck des guten Weines. „Das Family Business können wir außen vorlassen. Es geht um die Suche nach einem extrem seltenen Alfa Romeo und da hätte ich Katja gerne dabei."

„Suche nach einem Auto?", forschte Grosse nach.

„Tu nicht so, Harald. Es geht um Millionen, da springst du eher an", sagte Katja.

„Touché." Jodi grinste.

Robert ergänzte: „Millionen, wirklich! Bisher habe ich mich damit auch nicht befasst, mit historischen Fahrzeugen und dem ganzen Drum und Dran."

Grosse fragte: „Das Teil ist weg?"

„Scheint so. Katja und ich haben, als wir zum ersten Mal in Georg Brauns Wohnung, so hieß mein Vater, und auch bei den folgenden Besuchen feststellen müssen, dass es andere Interessenten für das Inventar gibt. Katja hat das vorhin ja erzählt, Stichwort Nachlasspflegschaft."

Sie hatten den Hauptgang beendet. Grosse horchte nach, wer ein Dessert haben möchte, was mit unterschiedlicher Leidenschaft beantwortet wurde. „Aber eine Flasche Wein nehmen wir noch. Du fährst die Straßenbahn nicht selbst, Katja, oder?" Er bestellte eine weitere Flasche und bat um eine Zusammenstellung der verschiedenen Eissorten, vier Teller und Löffel.

Robert fuhr fort: „Natürlich ist es zunächst ein Menge Geld, die da auf dem Spiel steht. Es klingt möglicherweise unglaubwürdig, wenn ich sage, dass mir das an sich gleich ist. Unerwarteter Segen ist überflüssiger oder unnötiger Segen. Es geht mir mehr um das Prinzip und letztlich ist Diebstahl Diebstahl und strafbar."

Die anderen drei nickten zustimmend.

„Was ich heute Mittag gelernt habe", Robert drehte den Stiel seines Weinglases, „wenn auch nur in Andeutungen, ist die wirtschaftliche Potenz, die im Oldtimermarkt steckt. Möglicherweise auch gesellschaftliche Aspekte, was die Beteiligten betrifft. Es gibt ja auch Ansichten über die kulturelle Bedeutung alter Autos."

„Da schwadronieren die Kollegen von der Techniksektion auch immer von, wenn sie versuchen, einen Beitrag ins Blatt zu rücken. Ich bin da skeptisch, denn den Enthusiasten stehen doch einschlägige Journale zur Verfügung."

„Da stimme ich Ihnen in gewisser Weise zu", Robert nickte. „Ich habe mir ein paar dieser Zeitschriften angesehen, die im Grunde nur Werbeträger sind, kaum mal einen kritischen Artikel haben. Ich lehne mich möglicherweise zu weit aus dem Fenster, weil ich zu wenig darüber weiß."

„Kommen wir zu den Beträgen, die da eine Rolle spielen", sagte Harald Grosse.

„Das hat wohl zwei Aspekte", erwiderte Robert. „Beide sind finanzieller Natur. Der eine ist, dass wie in der Kunst die Nachfrage den Preis bestimmt. Manche Fahrzeuge sind nicht im Rahmen einer Kfz-Versicherung abgedeckt, sondern eben wie Kunstwerke durch vergleichbare Policen. Der zweite Aspekt ist der, dass die Nachfrage Fälschungen Tür und Tor öffnet, auch wie im Kunstmarkt."

Grosse unterbrach ihn: „Ihr geerbtes Auto gehört in diese Wertkategorie?"

„Offensichtlich. Von der Serie gibt es acht Exemplare, die so um die vier Millionen pro Exemplar gehandelt werden. Ich will nicht sagen, dass ein neuntes das Preisgefüge drückt. Nein, eher nicht, weil er ein Prototyp ist. Hinzu kommt aber, dass alle das Autodelta-Abzeichen tragen. Autodelta war die Rennabteilung von Alfa Romeo, die längst aufgelöst ist, was auch ein Alleinstellungsmerkmal zu sein scheint."

„Ich kann mir das für Kunstwerke, für Gemälde oder Bronzen, vorstellen, aber nicht für Autos." Jodi schien zu zweifeln.

„Was du sammelst, ist nicht von Bedeutung. Es ist selten oder der Künstler, bei uns die Autofabrik oder die Rennabteilung, ist von Bedeutung", antwortete Katja.

„Aber Autos?" Jodis Zweifel schienen nicht beseitigt.

Robert versuchte eine Antwort. „Jeder fängt mal klein an, mit Bildern, Uhren oder Fingerhüten. Einer eben mit Autos. Zunächst müssen sie keinen materiellen Wert haben, geben Spaß an der Sache oder der Technik. Sind sie selten, kommen Einladungen zu Veranstaltungen und die Sonne beginnt zu scheinen. Nehmt Ralph Lauren, den Modemogul. Der erhält regelmäßig Einladungen zu verschiedenen Concorso d´Eleganza, heimst für seine Bugattis Preise ein und strahlt in diesem Glanz."

„Das weckt Neid", ergänzte Katja, „und Nachahmer. Werner Schmalenbach, der Direktor der Kunstsammlung Nordrhein-Westfalen in Düsseldorf, hat Sammeln mit Besitzgier verglichen, aus der nicht notwendigerweise Qualität der gesammelten Gegenstände wächst, sondern Quantität. Für Ralph Lauren sind die infrage kommende Millionenbeträge wahrscheinlich Petitessen, seine Sammlung ist mit Sicherheit eine der besten weltweit. Aber wenn irgendein Oligarch dagegen anstinken möchte, dann geht er vielleicht andere Wege."

Robert ergänzte: „Heute Nachmittag habe ich von einem dieser Autos gehört, keine Frage, eine Fälschung. Interessant ist aber, dass es vor fast zwanzig Jahren in Italien einen Prozess gab, bei dem es um dasselbe Fahrzeug ging. Was die Gier betrifft: Ein Italiener hatte angeblichen Besitzern einen TZ2 in Kalifornien Liegenschaften zum Tausch angeboten, um das Auto, ein sogenanntes Rolling-Chassis, zu erhalten. Dazu gab es die Kopie von Verkaufsurkunden eines angeblich fertigen Autos und Fotos, die ein gewisser Olczyk, gerichtsnotorisch bekannt, gemacht hatte. Lange Rede, kurzer Sinn. Der neue italienische Eigentümer bekam keine Zulassung, verklagte den Verkäufer. Ein Gutachten bestätigte die Fälschung und eine mutige Richterin ordnete an, dass der Wagen komplett zerstört werden müsse, ähnlich wie man davon hört, dass Bulldozer Rolex vom Chinesenmarkt plattfahren. Der Italiener war erbost und verklagte den Gutachter, weil der seinen Wohlstand aktiv und fälschlich gemindert habe. Das ging über zehn Jahre."

„Eine echte Räuberpistole. Damit wollt ihr euch befassen?", fragte Grosse.

„Quatsch", antwortete Katja, „das Sendungsbewusstsein haben wir nicht. Aber schreiben möchte ich darüber. Übrigens danke, dass du von ‚Ihr wollt das aufklären' gesprochen hast. Dann ist das geklärt." Sie strahlte Grosse an.

- 21 -

„Nightcap?", fragte Katja. „Auf der Terrasse?"

„As ever." Robert verschwand in seinem Zimmer und kam in ‚seinem' Bademantel wieder zurück. In der Hand hatte er eine Sport Largos.

„Hast du auch eine für mich?"

„Wenn du einen Zigarren-Cutter hast." Katja stellte die beiden Tumbler auf die Brüstung der Terrasse und kam mit einem Taschenmesser wieder zurück. „Stammt noch von meinem Vater." Sie klappte den Cutter auf und Robert schnitt die Enden ab.

„Du rauchst?"

„Ich könnte jetzt sagen, die schlechten Gewohnheiten kommen von dir." Sie klickte ihr Glas gegen seins, trank und nahm einen Zug.

„Was die schlechten Gewohnheiten betrifft, könnten wir uns ja noch das ein oder andere vor uns haben", meinte Robert. „Auf dein Wohl."

„Was die schlechten Gewohnheiten betrifft, ist eine davon, dass du hier reinschneist und über mich bestimmst."

„Über dich nicht, Katja. Über deine Zeit, das mag stimmen. Ein ‚Nein' ist aber kein Fremdwort für dich, oder?"

Katja antwortete nicht. Sie stand auf, um die Flasche Scotch zu holen. Als sie nachschenkte, fragte Robert: „Würde deine Zeit dir erlauben, morgen mit nach Genf zu fahren? Anschließend könnten wir uns ein paar Tage in der Toskana erholen. Ich kann da ein Haus von Freunden nutzen."

„Wow, klingt verlockend. Aber nein!"

Jetzt schwieg Robert.

„Weißt du, ich glaube, dass Harald für seine Verhältnisse recht großzügig war. Ich muss zwar nicht mehr an jeder Konferenz teilnehmen, aber angestellt bin ich schon noch. Ich würde gerne einen Beitrag fertigstellen, um den er mich gebeten hat."

„Was ist das Thema?"

„Da gibt es zwei junge Adelige, die den Geflügelhof ihrer Eltern übernommen haben. Der ist mittlerweile geschlossen und die beiden Sprösslinge verdienen ihr Geld jetzt damit, womit junge, vermutlich wohlhabende Sprösslinge ihr Geld verdienen: mit Coaching."

„Das holt doch niemanden hinter dem Kachelofen hervor."

„Man muss nur eine Marktlücke finden. Sie bieten Seminare für gute Umgangsformen an, wahrscheinlich das, wofür wir noch in der Tanzstunde waren. Immerhin verbinden sie das mit einem Abendessen, wenn man will, und da lernst du, nicht zu kleckern. Es scheint aber was Reelles zu sein, es ist von der Industrie- und Handelskammer zertifiziert.

„Findest du nicht, dass dir der nötige Ernst für diesen Auftrag fehlt? Was machen sie?"

„Sie scheinen das Geld mit Schlafen zu verdienen. Schlaf- und Yoga-Seminare. Hier kannst du es sehen." Katja öffnete die Website des Angebotes. „Siehst du – Asanas."

„Dann gib mal Gas und sieh zu, dass du fertig wirst, damit du nachkommen kannst. Ich geh jetzt ins Bett, in mein eigenes Schlafprojekt."

„War das gerade eines deiner Bestimmungsseminare über mich?" Katja gab ihm einen Kuss. „Schlaf gut. Sehen wir uns morgen noch?"

Robert fuhr in Lustenau über die Grenze in die Schweiz. Er war leise aufgestanden, um Katja nicht zu wecken, hatte unterwegs ein Croissant und einen Espresso gefrühstückt. Er hatte jetzt an einer der vielen Tankstellen zum Tanken gehalten und um eine Vignette zu kaufen. Die Schweizer waren noch nicht richtig ins digitale Zeitalter aufgebrochen, anders als ihre österreichischen Nachbarn, wo das Kleben, damit das Abkratzen, entfiel. Die Strecke nach Genf war die längste Distanz, die man auf Schweizer Boden zurücklegen konnte, und wegen des Tempolimits entsprechend langweilig. Nach der Hälfte des Weges hielt er für einen Schümli, einen Kaffee, an, war aber froh, bald den Genfer See im Blickfeld zu haben. Er fuhr zum Hotel Century, das er von früheren Besuchen kannte, und bekam noch ein Einzelzimmer, spartanisch, doch ausreichend für eine Nacht, vor allem aber in kurzer fussläufiger Entfernung zur Bank und per Bahn zur Rue d'Etraz in Montreux, wo der Oldtimerbetrieb von Jonathan Dimbleby beheimatet war. Bevor er zur Bank aufbrach, rief er dort an und bat um einen Termin am späten Nachmittag. Als Grund gab er an, ihnen einen seltenen Wagen anzubieten, was ja nur zur Hälfte geflunkert war.

„Kommen Sie, wann es Ihnen passt, es ist heute ruhig."

„Merci, à bientôt."

Duvallier erwartete ihn bereits. „Wie geht es meinem Freund Fritz?", fragte er nach der Begrüßung. „Zuerst aber mein Beileid zum Tod Ihres Vaters."

„Sie wissen auch davon?"

„Wissen Sie, Herr Hauser, oder darf ich Robert sagen? Das Schweizer Bankgeheimnis mag noch sicher sein. Der Gossip, entschuldigen Sie, Familiengeheimnisse, sind gelegentlich ein offenes Buch."

Robert nickte. Er wusste nicht so recht, ob er den deutlich Älteren mit Jean-Claude anreden konnte.

„Tja, wissen Sie, ich danke Ihnen für Ihr Mitgefühl. Ich bin ehrlich. Meine Trauer hält sich in Grenzen, dafür kam die Vaterschaft doch zu überraschend."

„Das kann ich verstehen. Ich bin Jean-Claude. Gehen wir in den Tresorraum. Leider kann ich Sie heute Abend nicht zum Nachtessen einladen, längere ältere Verpflichtungen."

„Kein Problem, Jean-Claude."

„Hier ist Ihr Fach, ich lasse Sie allein."

Robert tippte Heidis Geburtsdatum auf die Tastatur. Mit einem leisen Klicken öffnete sich die Tür. Robert holte tief Luft. *Was mich hier jetzt wohl alles erwartet?*, fragte er sich. Vor ihm lagen mehrere Dokumentenmappen, die jeweils mit einem beschrifteten Etikett markiert waren. Er nahm die Mappen aus dem Fach und legte sie auf einen Tisch. Dahinter kamen vier Schachteln zum Vorschein, in Blau und Rot. Auf den Blauen stand sein Name, auf den Roten Heidis.

Robert musste lachen: blau für Jungs und rot für Mädchen, Gott sein dank nicht rosa. Er öffnete seine Schachteln. In jeder lag ein Zettel, unterschrieben von Georg Braun und auch von Fritz Jordan. Sie enthielten denselben Text: „Liebe Heidi, lieber Georg, es ist wahrscheinlich ausgeschlossen, dass ihr gemeinsam hier steht. Wer von euch zuerst seine Schachteln öffnen kann, lässt die anderen unbeachtet. Wir vertrauen euch. Georg und Fritz."

Was für ein Kitsch, dachte Robert. Der Kitsch materialisierte sich in Goldmünzen und Bargeld, Schweizer Franken und Dollar. Robert verschloss die Schachteln und schob sie in das Fach. Auch die Dokumentenmappen legte er zurück, bis auf die mit der Aufschrift Alfa Romeo

GTZ3. Er nahm den Hörer des Tischtelefons und wählte Duvalliers Nummer, die er auf einem auf den Tisch geklebten Blatt fand.

„Ja, Robert?"

„Jean-Claude, ich möchte mir gerne einige Dokumente kopieren. Besteht die Chance auf eine Beglaubigung?"

„Kein Problem, meine Sekretärin holt Sie ab und hilft Ihnen. Ich unterschreibe die Beglaubigung."

Beides war schnell erledigt. Robert und Duvallier verabschiedeten sich. „Viel Erfolg, und ich hoffe, wir sehen uns einmal alle zusammen", gab er Robert mit auf den Weg.

Kurze Zeit darauf stand Robert vor einem mehrstöckigen Eckhaus. Es sah mit seinen Erkern und Türmchen wie ein Mini-Kreml aus, nur dass der farbenfroher schien und nicht mit scheußlichen ockerfarbenen Steinen verklinkert war. Dafür war wahrscheinlich im Gebäude mehr Farbe, wenn auch kapitalistische, aber da konnte man im Kreml auch nicht mehr sicher sein.

Robert lief um das Gebäude herum. Einen Showroom mit Eingang fand er auf den drei zugänglichen Seiten nicht, die vierte, durch ein Tor unzugänglich, mündete auf einen Hof. Auf der Seite der Avenue stand er vor einer Tür und einer Messingarmatur mit Klingeln. Nachdem ihm geöffnet worden war, kletterte er die Treppen bis zum vierten Stock empor, wo ihn ein Mitarbeiter auf Englisch begrüßte und in einen Konferenzraum führte. Einen Moment später sah sich Robert dem Schönling von der Website gegenüber, der sich als Jonathan Dimbleby vorstellte, dazu noch ein junger Mann, der sich mit einem italienischen Namen präsentierte und als Einziger einen Anzug mit Krawatte und Strunztuch trug.

„Ich danke Ihnen, dass dieser unangemeldete Termin so kurzfristig zustande kommen konnte", begann Robert die Unterhaltung. Sie saßen um einen Glastisch herum, der auf der Unterseite eine Aluminiumtragfläche eines WWII-Flugzeuges zeigte. Er hatte gelesen, dass die Verwandtschaft Jonathans in der Air Force geflogen war und auch zu den rennbegeisterten Bentley-Boys gehört hatten, wenn auch nicht in deren vorderen Linie.

„Sie haben angedeutet, dass Sie mit uns über ein seltenes Automobil sprechen wollen."

„Das ist richtig." Robert berichtete kurz über die zurückliegenden Tage, den Zagato 3 betreffend. „Ich komme zu Ihnen, weil ich weiß, dass Sie einen der originalen TZ2 besitzen. Kompliment übrigens zu Ihrem Internetauftritt. Die Videos sind ja richtige Appetithäppchen."

„Dann sprechen wir sozusagen über einen ‚Barn-Find', einen Scheunenfund?"

Robert war erleichtert, dass sein Anliegen, sein Wagen nicht als unwahrscheinlich und unmöglich existierend abgetan wurde.

„Kann man so sagen", erwiderte er, „nur dass ihn schon jemand gefunden hat und, um es ehrlich zu sagen, wir wissen nicht, wo er ist."

Jonathan strich nachdenklich über sein Kinn. „Sie wollen uns beauftragen, ihn zu finden und zu vermarkten?"

„Für beides kein eindeutiges Nein, aber auch kein Ja. Die Vermarktung, um damit zu beginnen, würden wir, also meine Schwester, die in den USA lebt, und ich mit dem Bestbieter machen, es sei denn, Sie finden den Wagen. Ohne uns geht es nicht, Sie oder wer auch immer, würde sich mit Hehlerware beschäftigen müssen, da wir den Wagen im Moment als gestohlen betrachten."

„Können Sie das denn beweisen?", fragte der junge Italiener.

Robert öffnete seine Aktenmappe und legte die Fotokopien der Dokumente aus dem Banksafe auf den Tisch."

„Sehen Sie, hier ist die ‚Identificazione e Carateristische Dell'Autoveiculo ', ausgestellt 1966 für ein Chassis mit der Nummer 109. Hier die Rechnung von Autodelta mit einem symbolischen Betrag, für den sie meinem Vater den Wagen überlassen haben. Neu kostete er um die 40.000 Mark. Dann gibt es noch die Korrespondenz mit den Anforderungen der Modifikation und ein paar Daten von Prüfläufen des Motors auf einem Schenck-Prüfstand."

Die Fotokopien wechselten durch die Hände. Beeindruckendes Nicken, bis Jonathan fragte: „Können Sie ausschließen, dass es keine Fälschungen sind?"

Robert wollte sagen: „Schnuppern Sie mal dran, dann merken Sie, dass die Bögen frisch bedruckt sind", sagte aber stattdessen: „Die Kopien sind keine Stunde alt."

„Sie haben die Originale?"

„Natürlich. Die sind gar nicht so weit von hier in einem Bankschließfach sicher verwahrt. Außerdem habe ich in Erfahrung bringen können, dass der Automobile Club d'Italia ACI, der die Papiere ausstellte, dies seiner Zeit handschriftlich machte, wie hier zu sehen. Bei Heinrich Blessing in München, Grüße übrigens von ihm, habe ich gesehen, dass es auch zeitgenössische maschinengeschriebene Zulassungen geben soll, die jedoch nicht als echt gelten. Er hat mir aber gesagt, dass die Fahrgestellnummer häufiger verwendet wurde."

„Sie kennen Heinrich? Ja, das stimmt. Damals gab es die EU in der heutigen Form nicht. Wenn Sie ein Auto über die Grenze bringen wollten, war ein Carnet notwendig. Autodelta hat sich das einfach gemacht. Sie haben eins genommen, das sie schon für ein Fahrgestell hatten, sodass manche ihrer Wagen zwei Fahrgestellnummern hatten."

„Das ist interessant, macht es jedoch nicht einfacher. Heinrich und ich sind Kollegen, wenn auch mit unterschiedlichen Schwerpunkten. Bei seinem lag es buchstäblich nahe, dort zu beginnen", sagte Robert. „Um auf Ihre Frage zurückzukommen", fuhr Robert fort, „ob Sie uns bei der Suche helfen können, ein Ja. Ich kann mir vorstellen, dass der Wert die Idee entstehen lässt, den Zagato unter anderem über Sie anzubieten."

„Das ist möglich, wenn auch nicht sehr wahrscheinlich. Manchmal werden seltene Stücke auch durch Einzelpersonen vermittelt."

„Davon habe ich gehört. Ich vermute aber, wir haben da einen Verdacht, dass die betreffende Person diese Connections nicht hat und sich, wie ich, ein paar Autozeitungen gekauft hat, um an Adressen zu kommen."

„Sie wollen den Wagen nicht behalten?, fragte Jonathan.

„Ich nicht, ich bin nicht so ein Car-Buff. Meine Schwester müsste ich fragen."

„Okay, wenn wir den Wagen finden sollten, aber nicht in die Vermittlung eingeschaltet werden, würden wir das in Rechnung stellen und das nach unseren Kommissionsgebühren berechnen." Er wandte sich an seinen jungen Mitarbeiter. „Hol doch bitte eine Kommissionsliste."

Robert überflog die Zahlen. „Das ist in Ordnung. Zahlung bei Erfolg. Ich denke, der Wert von 3 oder 4 Millionen rechtfertigt den Aufwand."

„Das setzen Sie niedrig an."

Robert blickte Jonathan fragend an.

Der antwortete: „Durch die Motoreinspritzung ist er auf jeden Fall ein Unikat, was sich wertsteigernd auswirkt. Andererseits", er machte eine kurze Pause, „er wurde nie für Rennen benutzt, wie Sie sagen, stand immer in der Garage Ihres Vaters. Damit fällt auch eine wertsteigernde Rennfahrerpersönlichkeit aus. Na ja, das ist auch bei den TZ2 nicht viel anders: Der einzige richtig bekannte Fahrer war Andrea de Adamich, noch in seinen Anfangszeiten."

„Macht das wirklich so einen Unterschied?, fragte Robert.

„Prinzipiell ja", antwortete Dimbelby. „Sehen Sie, Kollegen von uns in England, Hartley, wurden gerade von Ihrem deutschen Formel-1-Star beauftragt, einige seiner Supersportwagen zu verkaufen. Zumeist Ferrari. Ein individuell für den Werkspiloten ausgestatteter 2016er Ferrari F12tdf steht beim Junior für 800.000 € in der Liste. Der Senior verkauft denselben Typ für 100.000 weniger, weil der ohne die ganzen Gimmicks angeboten wird."

„Hätten Sie den Auftrag gerne gehabt?", fragte Robert arglos.

Dimbelby lächelte. „In aller Bescheidenheit, unser Portfolio bewegt sich meistens eine 10er-Potenz darüber, wie Sie vom TZ 2 wissen, und unser Interessentenkreis ist ein anderer. Dann haben die Autos keine

Geschichte, außer, dass ihr Landsmann dringesessen hat. Die einzige Parallele ist die, dass die Kollegen die Autos über und an Interessenten schneller verkaufen konnten, als sie brauchten, um sie auf ihrer Website zu inserieren. Lesen konnte man davon nur durch einen Instagram-Post und Berichte in der einschlägigen Presse. Wir machen das mehr als Broker. Wenn uns ein Fahrzeug angeboten wird, besichtigen wir es vor Ort beim Verkäufer und lassen es dort, bis wir einen Interessenten haben."

„Deswegen haben Sie keinen Showroom?, vermutete Robert.

„Richtig. Wir haben auch einiges in unserem Depot."

Der junge Italiener fragte: „Haben Sie daran gedacht, die Dokumente für den Fall, dass der Wagen nicht gefunden wird, ohne Auto anzubieten?"

Robert blickte ihn erstaunt an. „Wie das?"

„Nun ja, allein die haben einen signifikanten Wert."

„Um dann aus ein paar alten 1960er-Heizungsrohren einen Rahmen zusammenzuschustern und einen TZ2 zu bauen."

Die drei lächelten. „So war das nicht gemeint. Das könnte für das Alfa-Romeo-Museum in Arese interessant sein. Wenn Sie sich mit der Materie weiter beschäftigen, Sie sind Journalist", Dimbelby blickte auf die Karte, die Robert ihm gegeben hatte, „also, wenn Sie sich damit weiter beschäftigen wollen, werden Sie sehen, dass es eine Reihe von Betrieben gibt, die darauf ‚spezialisiert' sind. Ein paar davon sind gleich jenseits der Grenze."

„Zusammen mit den Originalpapieren hätten Sie ein Originalfahrzeug, wenn es gut gemacht ist", sagte der Jüngere.

„Das Original wäre dann eine Replik oder gar eine Fälschung?", vergewisserte sich Robert.

„So in etwa."

„Ich möchte Ihnen noch einmal für die interessante Stunde danken. Das war sehr aufschlussreich."

„Müssen wir einen Vertrag aufsetzen für unsere Bemühungen?", fragte Dimbelby.

Robert lächelte. „Nein, Sie sind Brite, da wissen wir, dass ein Handschlag reicht."

Dimbelby lächelte auch. Er wies auf seinen Mitarbeiter, der Robert geöffnet, sich aber nicht wesentlich am Gespräch beteiligt hatte. „Gut! Maurizio, mein Stellvertreter, wird Ihr Ansprechpartner sein. Hat mich gefreut, Sie kennenzulernen. Noch ein Tipp. Besuchen Sie Il Corridore, einen Alfa-Rennfahrer aus Pistoia. Die Adresse finden Sie in den italienischen Pagine bianche."

Robert nahm wieder die Treppe. Mit einem Blick auf seine Uhr dachte er, dass ein Spaziergang entlang des Seeufers helfen könne, den Tag nochmals zu überdenken. Er war von der riesigen Fontäne beeindruckt, mit deren Gischt die Abendsonne kleine bunte Kaskaden zauberte. Pistoia als nächstes Ziel.

Auf dem Weg zurück ins Century kaufte er in einer Denner-Filiale zwei Sandwiches und eine Dose Calanda Bier. Jetzt allein in einem Restaurant zu essen, dazu hatte er keine Lust. Sein Hotelzimmer mit Blick auf einen kleinen lebhaften Platz sollte genügen. Außerdem wollte er Katja anrufen.

- 22 -

Robert war in aller Ruhe aufgebrochen und hatte gerade den Montblanc-Tunnel passiert. Das Wetter im Aostatal lud nicht zum Offenfahren ein. Er hatte auf einem Rastplatz bei Courmayeur angehalten und suchte auf seinem Smartphone Candy Dulfers Baloise Session, die jetzt von YouTube in die Meridian-Sound-Anlage seines Jaguars gestreamt wurde. Der Tempomat stand auf knapp über 130 und der wenige Verkehr ermöglichte ein ruhiges, zügiges Vorwärtskommen.

Mit Katja hatte er verabredet, sie Freitag am Firenze-Peretola Amerigo Vespucci Airport zu treffen, „wenn dir der Air Dolomiti Flug um viertel nach acht nicht zu früh ist."

Katja hatte gemault, er würde ihr keine Alternative ermöglichen, worauf Robert gefragt hatte, ob sie den bayerischen Landadel schon getroffen habe.

„Ja", hatte sie geantwortet, „ein junges Paar, eigentlich ganz sympathisch."

„Uneigentlich kannst du deinen Beitrag auch hier bei mir schreiben. Wir könnten nach deiner Ankunft noch durch Florenz bummeln und nachmittags in Pistoia Il Corridore besuchen". Er verriet aber nicht, dass er die Verabredung noch nicht getroffen hatte.

„Stierkämpfe besuche ich prinzipiell keine." Katja klang vergnatzt.

„Il Corridore, Katja, der Rennfahrer, wir sind in Italien, Corridas gibt es hier nicht. Du hast mich sicher wegen der knisternden Verbindung nicht richtig verstanden", kam Robert ihr entgegen.

„Überredet, Robert. Du lässt ohnehin nicht locker."

„Stimmt. Der eine wartet, dass die Zeit sich wandelt, der andere packt sie kräftig an und handelt, stammt von Dante Alighieri, ein schlauer Florentiner, dort aber in Ungnade gefallen. Ich will mir Mühe geben, dass mir das bei dir nicht passiert."

„Mehr als Handgepäck ist gestattet?", fragte Katja.

„Du hast dein Ticket heute Abend."

Bis Genua hatte er dreimal ,Lily was here' gehört. Der Song war von Eurythmics-Gründer Dave Stewart für Candy Dulfer geschrieben worden, der sie anfangs auf einer Akustik-Gitarre begleitet hatte. Später, wie auf dem Konzert in Basel, wurde sie von Uco Bed und seiner Fender Stratocaster begleitet, was wie eine Frischzellenkur für den mehr als dreißig Jahre alten Song wirkte und den richtigen Groove brachte.

Hinter Genua hatte er das Dach geöffnet und genoss den kurvenreichen Abschnitt der Autostrada Azzura mit gelegentlichen Ausblicken auf das Meer. Er passierte La Spezia, durchquerte die Versilia und verließ nach einer weiteren Stunde bei Cecina die Aurelia, die Fortsetzung der Autobahn. Nach ein paar Kilometern ins Landesinnere öffnete er mit einer Fernbedienung ein eisernes Tor für ein Haus in der Nähe der Tre Communi. Freunde von ihm, die beruflich mehrere Jahre in Los Angeles verbringen mussten, hatten ihm das Haus samt einem Austin Healey überlassen, weswegen er zumeist nicht mit dem eigenen Auto anreiste.

Robert quetschte seinen Jaguar neben den Healey in die Garage und brachte sein Gepäck ins Haus. Er öffnete alle Fenster und ließ die Brise, die vom Meer heraufzog, die abgestandene Luft aus den Räumen blasen. Mit einem Campari-Soda setzte er sich auf einen der Deck-Chairs, die neben dem Pool standen, öffnete seinen Laptop und suchte die Adresse und Telefonnummer von Il Corridore, Franco Boroni, in Pistoia heraus. Dort antwortete eine Frauenstimme, die Boronis Tochter gehörte. Zu seiner Erleichterung konnten sie englisch miteinander sprechen und sein Besuch schien für den alten Herrn willkommen: „Er spricht gerne über seine Rennfahrerzeiten."

Robert deaktivierte seine deutsche SIM-Karte. Dann buchte er Katjas Flug samt zusätzlichem Gepäck und schließlich schickte er ihr eine E-Mail mit Flugnummer, Abflug- und Ankunftszeit sowie seiner italienischen Mobilfunknummer. Die E-Mail beendete er mit „Buon volo, ci vediamo venerdì a Firenze, ciao Robert."

„Gib nicht so an mit deinen paar Brocken Italienisch. Fino a venerdi. K." simste Katja kurz darauf. Mit dem letzten Schluck Campari döste Robert ein.

Als er eine Stunde später wieder erwachte, schloss er alle Fenster, duschte, zog Bermudas und ein Polohemd an. Vorsichtig setzte er den Healey zurück, der sofort angesprungen war, aus der Garage. Er fuhr nach Montescudaio, dem Hauptort der Tre Communi, um die Hausverwaltung zu informieren, dass er für ein paar Tage im Haus wohnen würde. Nebenan in der Bar trank er einen Espresso im Stehen und empfing die Grüße der zumeist männlichen Gäste, die sich im Laufe der Zeit an ihn gewöhnt hatten. Auf dem kleinen Postamt leerte er das Postfach, sortierte Briefe, steckte die wichtigen Dinge in einen großen Briefumschlag, den er nach Los Angeles schickte. Das war die einzige Art von Miete, nach der Post zu sehen und Haus und Hof in Ordnung zu halten. Dann fuhr er in einen Supermarkt nach Cecina, um einzukaufen. Zurückgekehrt überprüfte er die Qualität des Wassers im Pool und schwamm ein paar Bahnen. Abends nahm er ein Fahrrad und radelte ins La Volte auf eine Pizza und einen halben Liter Rosso. Für den Rückweg stärkte er sich mit einem Kaffee und einem Grappa. Die Frage „Roberto, ancora solo, senza donna? Immer noch allein ohne Frau?" ließ er unbeantwortet und dachte: *Wartet ab.*

Am nächsten Morgen bezog er die Betten frisch und suchte Handtücher. Zum Saubermachen hatte er keine allzu große Lust. Er wusste um Katjas Manie, saubere Badezimmer zu haben, also gab er sich Mühe. Das Haus hatte im Niveau der Garage einen Keller. Robert schaute dort nach den Rennrädern, an denen seine Gastgeber nicht gespart hatten. Nachdem er sich in sein Trikot gezwängt hatte, fuhr er seine Standardrunde von 40 Kilometern und legte anschließend noch ein paar Poolbahnen nach.

So erfrischt setzte er sich auf die Terrasse in den Schatten von Pinien und las, was er im Internet über Boroni finden konnte, um nicht gänzlich unvorbereitet am nächsten Tag bei ihm aufzutauchen. Il Corridore gehörte zu einer Gruppe namens ‚Piloti Pistoiesi‘, die eine Reihe von bekannten italienischen Rennfahrern hervorgebracht hatte. Darunter auch Carlo Chiti, eine der Schlüsselfiguren, zuerst von Ferrari, dann von Autodelta, das er mitgegründet hatte. Chiti war schon vor mehr als zehn Jahren verstorben. Robert hoffte auf tiefergehende Informationen, weil Boroni sich von Chiti noch einen TZ2 hatte bauen lassen, der sich in einigen technischen Details von den vorherigen unterschied. Auf seinem Moleskine Tablet bereitete er Fragen vor und ließ dazwischen ausreichend Platz für die Antworten. Dann stöpselte er den dazugehörigen Smart-Pen an das Ladegerät.

Er überlegte, was ‚Let us call it a day' auf Italienisch heißen würde, und fand, dass ‚Finiamo la giornata' ganz gut klingen würde. Er würde es bei passender Gelegenheit bei Katja anbringen.

- 23 -

Robert war im Jaguar zeitig aufgebrochen und den weiteren Weg über die Autobahn genommen, wo er hoffte, den Berufspendlern auf der rumpligen Fi-Pi-Li, der gebührenfreien Straße zwischen Livorno und Florenz, zu entgehen. Er fand einen Parkplatz gegenüber der Ankunftshalle und wartete am Informationsschalter, wo er seinen Presseausweis gezeigt und darum gebeten hatte, Katja nach der Landung auszurufen.

„Spinnst du, mich ausrufen zu lassen!" Katja begrüßte Robert dennoch mit einer herzlichen Umarmung. „Während ich warten musste, war ich gleich der Mittelpunkt."

„Ich hoffe, für den ganzen Flieger." Sie sah bezaubernd aus in einem kalkweißen Kaschgora-Kostüm, dessen Rock ihre Knie umspielte. Dazu eine schlichte einreihige Jacke und schwarze Slingback-Pumps.

„Prada, nehme ich an?", fragte Robert und nahm ihren Koffer.

„Du zeigst eine erstaunliche Expertise. Was liegt an?"

„Wir haben noch Zeit, Was hältst du von einem Bummel plus Lunch in der Stadt?"

„Klingt gut!"

Sie parkten an der Piazza Vittorio Veneto und spazierten am Arno entlang bis zur Ponte Santa Trinita.

„Schau, da vorne ist die Ponte Veccio. Es ist aber kein Vergnügen, sich da durch die Massen zu quälen. Laß uns lieber hier in die Via de Tournabuoni abbiegen."

Katja, die zum ersten Mal in Florenz war, sagte nach ein paar Schritten: „Da hast du gleich die Luxusmeile ausgesucht."

„Ehre, wem Ehre gebührt, so wie du angezogen bist". Es machte ihm sichtlich Spaß, an Katjas Seite an den Designer-Läden vorbeizulaufen. „Heute nur Window-Shopping. Das lässt sich aber nachholen, nächste Woche oder so."

Bei Bulgari bogen sie rechts ab und fanden noch einen Tisch im Paszkowski mit Blick auf die Piazza della Repubblica.

„Das ist zwar eine Neppbude", meinte Robert, was Katja angesichts der sich auf den Sesseln lümmelnden US-Amerikaner bestätigen konnte. „Man kann aber ganz gut essen." Robert orderte Tramezzini, einen Champagner-Cocktail für Katja und Pellegrino für sich.

„Dein Vater wäre wahrscheinlich als Erstes zu Feltrinelli in die Buchhandlung da drüben gegangen", sagte Robert.

„Mein Vater war etwa zehn Jahre jünger als er. Sie haben sich tatsächlich kennengelernt. Es war aber eine schwierige Freundschaft, weil Giacomo immer radikaler wurde und schließlich in den Untergrund ging. Bei dem Versuch, einen Hochspannungsmast zu sprengen, hat er sich selbst mit in die Luft gejagt. Die Russen und die italienischen Kommunisten versuchten vergeblich, die Veröffentlichung von Pasternaks Doktor Schiwago in Italien zu verhindern. Sein Verlag hat hervorragende Autoren, kein Zweifel."

„Vermisst du ihn?"

„Meinen Vater? Ja. Nicht wegen des Penthouse in München. Er war ein weltoffener, unglaublich toleranter und großzügiger Mensch, der mir viel beigebracht hat." Katja legte eine Hand auf Roberts Arm. „Weißt du, es ist wichtig, eine gute Basis zu haben, und damit meine ich nicht die finanzielle, wenn die auch hilfreich ist. Und es sicher auch privilegiert."

Sie nahmen jeder noch einen doppelten Espresso. Robert zahlte, als Katja kurz zum Nasepudern verschwand. Sie nahmen die Vigna nuova als direkten, kürzeren Weg zum Auto.

Eine knappe Stunde später hatten sie Pistoia erreicht. Von der Stadtgrenze zu Boroni waren es noch ein paar Kilometer. Schließlich hielten sie kurz vor der Kuppe eines Hügels vor einem Haus, dessen Putz schmutziggrau aussah. Das Dach war flach und die Fenster vergittert. Links vom Haus führte ein breiter plattierter Weg zu einer Terrasse, wo der Weg sich gabelte und in ein unteres Stockwerk führte, das wegen der Hügellage über eine lange Fensterfront verfügte.

Robert betätigte die Glocke und bald öffneten zwei Frauen die Tür, Mutter Maria und Tochter Raffaela Boroni, die sie hereinbaten. Ohne sich lange mit Formalien aufzuhalten, sagte Raffaela: „Papa wartet schon im Allerheiligsten."

Sie führte Katja und Robert eine Stiege hinunter, an deren Ende sich ein großer Raum öffnete, der zwei große Türen aufwies, durch die Autos hätten fahren können. An der Stirnseite der Treppe waren zwei Reihen Regale angebracht, die zweifellos Boronis Archiv enthielten. An der gegenüberliegenden Seite wie auch an der Längswand waren Regale angebracht, auf denen Pokale und andere Memorabilien aus Boronis Rennfahrerkarriere standen. Boroni selbst saß im Sessel einer Sitzgruppe. Raffaela, die bei der Begrüßung die Nachnamen nicht verstanden oder schon wieder vergessen hatte, stellte sie vor: „Papa, Katja und Robert Hauser", worauf der alte Herr antwortete: „Seien Sie willkommen, gestatten Sie mir, dass ich sitzen bleibe. Die Gelenke, Sie verstehen."

„Papa, die beiden sind mit dem neuesten F-Type gekommen."

„Dann muss ich Ihnen etwas zeigen. Wann kommt mein Mechaniker und Ingenieur Baghetti?"

„Ich sollte sie anrufen, wenn die Hausers eingetroffen sind."

Katja blickte Robert an und zog eine Augenbraue hoch, doch der grinste nur.

Boroni erhob sich erstaunlich flink von seinem Stuhl. „Kommen Sie mit." Er öffnete eine der großen Türen, lief voraus um das Haus herum und klappte dann ein Garagentor hoch. Dahinter stand glitzernd ein Jaguar E-Type Coupé, das vorne eines der alten kleinen italienischen schwarzen Kennzeichen hatte, in das in Weiß ein PI mit Ziffern eingeprägt war. Er setzte sich hinter das Steuer und startete den Motor. Bald zogen Öl- und Benzinschwaden durch den Raum.

Boroni stellte sich zu ihnen. „Toll, nicht wahr? Mein E-Type war der erste, der in der Toskana zugelassen wurde. Wenn wir damit zum Baden an den Strand fuhren, mussten die Carabinieri oft Menschenaufläufe, die die Straße blockierten, auflösen. Wenn meine Alfas nicht fuhren", er lächelte entschuldigend, „bin ich damit sogar Bergrennen gefahren." Boroni schaltete die Zündung wieder aus.

Als sie wieder vor den großen Raum zurückkehrten, standen dort zwei Herren, die Boroni als seinen Mechaniker Fausto Giugno und Techniker Emmanuele Baghetti vorstellte. Sie setzten sich und Robert entschuldigte sich, dass Katja und er zu wenig Italienisch sprechen würden. Raffaela sagte, dass sie gerne übersetzen würde.

Robert sagte: „Bevor ich auf mein Anliegen zu sprechen komme, erzählen Sie doch bitte von Ihrer Karriere, Franco."

Boroni berichtete von seinen verschiedenen Rennwagen, immer Alfa Romeo. „Die waren übrigens hier unten untergebracht. Das war mein Rennstall, meine Basis. Viel Platz brauchten wir nicht, wir sind immer auf eigene Achse zu den Rennen gefahren. Raffaela manchmal auf dem Rücksitz." Er ging von Pokal zu Pokal und erzählte zu jedem eine Anekdote.

„Papa, mach es bitte kurz", sagte diese. Giugno und Baghetti lachten. „Du möchtest nur, dass nicht von deinen Schlingeleien erzählt wird."

Giugno übernahm: „Autodelta kam mit dem Tipo 33 nicht in Gang, jedenfalls nicht für uns. Der TZ, den Franco, fuhr, war in seiner Klasse nicht mehr wettbewerbsfähig, und so bat er Carlo Chiti, der wie wir aus Pistoia stammte, ihm noch einen TZ2 zu bauen, mit Verbesserungen natürlich, und schon gab es wieder Pokale."

„Es ist aber wichtig, zu wissen, dass Francos TZ2 eine eigene offizielle Chassisnummer hatte."

„Ich vermute, worauf Sie anspielen wollen", sagte Robert, aber bevor er weitersprechen konnte, unterbrach ihn Giugno.

„Sie sind Giorgos Sohn? Bravo! Giorgio e le donne!" Er lachte, als Raffaela übersetzte: „Georg und die Frauen."

„Das habe ich schon verstanden, war wohl so", kommentierte Robert trocken, aber Giugno ließ nicht locker: „Haben Sie noch mehr Geschwister?"

„Georg hat noch eine Tochter, meine Halbschwester. Von weiteren weiß ich nicht. Aber vielleicht können Sie mir helfen."

Den letzten Satz übersetzte Raffaela nicht. Robert ließ sich nicht anmerken, ob er verärgert war. Ein Mobiltelefon, das auf dem Tisch lag, klingelte. Raffaela nahm den Anruf an.

„Ah, Paolo. Come stai? Ja, wir sitzen alle zusammen, Papa, Fausto, Emmanuele, Katja und Robert Hauser." Für einen Moment hörte sie zu und sagte dann zu Katja und Robert: „Paolo, Conte Marenzi, ist begierig, Ihre Geschichte zu hören. Er schlägt vor, dass wir uns zum Essen treffen, ein wenig früh für unsere Verhältnisse, aber das macht nichts, Sie müssen ja noch weiter. Er hat übrigens auch einen TZ2 gehabt."

„Kommt Mutter mit?", fragte Franco.

„Ich frage sie, aber ich glaube nicht."

Franco Boroni strich, als sie auf der Straße vor Roberts Jaguar standen, zärtlich über die Motorhaube.

„Wollen Sie fahren?", fragte Robert.

„Ma Certo! Aber gerne", war Francos Antwort. Raffaela nahm Katja zur Seite und sagte: „Lass sie, dann haben wir einen Moment für einen Girlie-talk."

Im dritten Auto saßen Fausto Giugno und Emmanuele Baghetti.

„Wir sehen uns im Da Mizio", rief Franco allen anderen zu. Robert wollte ihn kurz einweisen, aber Franco winkte ab.

„Einmal Corridore, sempre Rennfahrer." Er legte die erste Fahrstufe ein und düste los. Anders konnte Robert das nicht bezeichnen.

„Wir nehmen eine andere Strecke", radebrechte Boroni. Bald fuhren sie auf der SS716 Richtung San Felice. Den Hinweis auf eine Tempobeschränkung tat er verächtlich ab, bremste aber vehement vor einer AutoVelox-Radarfalle, was andere Verkehrsteilnehmer zu wütendem Hupen veranlasste. Franco fuhr auf der rechten Spur, schaltete zweimal mit dem Downshift-Paddel und erreichte bald 180.

„Dilettante", rief er. Robert überlegte, ob er eventuelle Speeding-Tickets als Betriebsausgaben geltend machen konnte und wo.

„Cilindri?", fragte Boroni.

„Otto", war Roberts Antwort.

„Cavalli?"

„Quattrocentocinquanta."

„Benissimo, immerhin dreimal so viel wie mein TZ 2 hatte."

Ohne weitere Unterhaltung hatten sie die Via Pacinotti mit dem Ristorante Da Mizio erreicht. Franco Boroni stieg aus, warf Robert den Schlüssel zu: „Bella macchina e bella figura", weil in diesem Moment auch Katja und Raffaela in einem Fiat 500 eintrafen. Während sie auf die beiden Techniker warteten, suchte ein Maserati Spyder eine Parklücke.

„Paolo, du bist uns untreu geworden, du fährst Maserati", rief Baghetti dem Neuankömmling zu, als ein älterer Herr ausstieg, korrekt und teuer gekleidet von der Krawatte bis zu den Schuhen. Conte Marenzi winkte den Männern, er küsste Raffaela und begrüßte Katja mit einem Handkuss.

Das Restaurant war um diese Zeit noch leer. In der Mitte des Gastraumes war ein Tisch gedeckt, Brot, Oliven und Wasser standen auf der weißen Tischdecke. Amizio, der Chef, dirigierte seine Gäste herein. Er bat den Conte, den Platz am Kopfende des Tisches einzunehmen, und der forderte Robert auf, zu seiner Rechten Platz zu nehmen und Boroni zu seiner Linken. Katja und Raffaela saßen in der Mitte, die beiden Techniker am Ende.

„Wir machen es einfach", schlug Marenzi vor. „Ich habe schon bestellt." Amizio brachte mehrere Platten, die mit Salami, Käse und Bruschetti gefüllt waren. Er bot Weiß- und Rotwein an, den der Conti als sehr guten Hauswein ankündigte.

„Salute!" Er hob sein Glas, „greift zu." Unzweifelhaft hatte er die Gesprächsführung übernommen. „Es ist gut, dass Sie Franco besuchen und mit ihm seine Erfolge wieder aufleben lassen. Gibt es für alte italienische Rennfahrerstorys genügend Interesse in Deutschland?"

Bevor Robert antworten konnte, rief Baghetti: „Paolo, Robert ist der Sohn von Giorgio Braun."

„Giorgio, toller Mann, wie geht es ihm? Und Sie sind tatsächlich sein Sohn?"

Der Conte schien nicht zu wissen, dass Georg Braun tot war. Ehe in der Runde weitere offensichtlich Eskapaden seines Vaters erzählt wurden, sagte er schnell: „Georg ist kürzlich verstorben."

„Das tut mir leid. Hat er bis zuletzt gearbeitet?"

„Soweit ich weiß, ja", antwortete Robert. Als ihn Marenzi verdutzt anschaute, fügte er hinzu: „Ich erfuhr erst durch seinen Tod, dass er mein leiblicher Vater ist."

Baghetti schaltete sich wieder ein. „Robert sucht den letzten TZ, den wir gebaut haben."

„Ah, den, wo ihr endlich eine Benzineinspritzung einbauen wolltet."

„Genau den."

„Robert, Sie müssen wissen, dass Giorgio völlig vernarrt in das Auto war", sagte Fausto Giugno. „Wir hätten ihm am liebsten nur den Motor gegeben."

„Nicht mal das", warf Baghetti ein. „Chiti hatte ihm vorgeschlagen, die Technik bei Giorgio zu bauen, nach Arese zu bringen, das heißt nach Settimo Milanese, wohin Autodelta nach den Anfangsjahren in Undine hatte umziehen müssen. Giorgio bestand aber auf seinen eigenen Prüfstand."

Fausto erzählte weiter: „Ihr Vater hätte gerne einen Ferrari 250 GTO gehabt. Dafür fehlte ihm aber das Geld. Die TZ2 wurden spaßeshalber als Baby-GTO bezeichnet, eine gewisse Ähnlichkeit gibt es zwischen den beiden Modellen. Deshalb wollte Giorgio ein komplettes Auto."

Amizio servierte den nächsten Gang, ein Florentiner Steak.

116

„Bella", der Conte wandte sich an Katja, „wenn Sie Vegetarierin sind, Amizio hat üblicherweise einen sehr guten Fisch auf der Karte."

„Nein, ist in Ordnung, und Conte Marenzi, üblicherweise nennt man mich Katja."

Raffaela lachte ein perlendes Lachen. „Oh, Paolo, die Zeiten der Medici sind vorbei. Wir Frauen haben heute richtige Namen, einen Führerschein und arbeiten." Auf dem Weg zum Restaurant hatte Raffaela Katja ein wenig ausgefragt. Katja hatte von ihrem Beruf erzählt, war den Antworten zu ihrem Verhältnis zu Robert aber ausgewichen.

Baghetti nahm den Gesprächsfaden wieder auf. „Giorgio wollte deshalb auch die ursprüngliche Motorhaube, die des ersten Typs. Die sieht dem Ferrari ziemlich ähnlich und könnte Ihnen helfen, Ihren zu identifizieren."

„Trotzdem", schaltete sich Marenzi wieder ein, „es scheint mir eine mühsame Suche zu sein, zu werden. Jedoch, warten Sie, Raffaela, in der kommenden Woche findet doch die Rally ‚Straße der Mathilde de Canossa' statt?"

„Sie startet am Donnerstag in Salsomaggiore Terme."

„Entschuldigen Sie, Raffaela, wenn ich Sie unterbreche. Was ist die ‚Straße der Mathilde de Canossa'?", fragte Katja, die fürchtete, das Gespräch könnte sich mit einem weiteren Thema in die Länge ziehen.

„Es ist ein Gran Premio, eine Oldtimerveranstaltung über zwei Tage."

„Warum sollte das für uns wichtig sein?"

„Bel…, ich meine, Katja, Sie könnten einen weiteren Einblick in die Szene nehmen. Ich habe gesehen, dass Sie einen Jaguar fahren, es gibt eine Kategorie für moderne Autos", sagte Marenzi.

„Nein, da sind nur aktuelle Ferrari und Maserati zugelassen. Sonst geht es nur mit einem historischen Fahrzeug", antwortete Raffaela.

„Wir könnten mit einem Austin Healey teilnehmen. Gibt es denn noch freie Plätze?", fragte Robert.

„Du willst doch nicht …?" Katja schüttelte verneinend den Kopf.

„Warum denn nicht? Gehört zu deiner Stoffsammlung für Grosse."

Marenzi sagte: „Raffaela, du hast doch Verbindungen. Schau mal, ob für Katja und Robert noch ein Platz frei ist, wenn nicht, dann sicher mit einer Presseakkreditierung."

„Ich tu, was ich kann", antwortete Raffaela und bat Katja, ihr ihre Namen, Autotyp und Kennzeichen aufzuschreiben. Sie schob ihr eine Papierserviette zu.

„Kannst du mir das Kennzeichen sagen?", bat Katja Robert.

„Nein, das habe ich nicht im Kopf, müssen wir, falls nötig, nachreichen. Hier sind noch meine E-Mail-Adresse und meine Telefonnummer."

„Mit deutscher Vorwahl?"

„Nein, es ist ein italienischer Mobilfunkanschluss."

„Was ist eigentlich aus eurem TZ2 geworden, Paolo"? Franco lächelte, als ob er die Antwort kennen würde.

„Sie haben einen besessen?", fragte Robert.

Marenzi nahm einen Schluck. „Ihr wisst, dass diese Autos nur eine kurze Rennkarriere hatten. Unserer gehörte einem Rennfahrer aus Florenz, der den wegen seiner Scheidung verkaufen musste. Mein Bruder und ich haben uns die Kosten und die Nutzung geteilt. Wir sind abwechselnd an den Wochenenden an den Strand der Versilia gefahren, um …"

„Mädels aufzureißen. Das willst du jetzt bitte nicht sagen", stoppte Raffaela ihn.

„Natürlich nicht, Raffaela, auch wenn es so war."

„Womit Sie sagen wollen, dass Sie dort Ihre Frauen kennengelernt haben", bestätigte Robert ihn.

„Ja, anschließend haben wir das Auto weiterverkauft und wir alle vier sind seither glücklich verheiratet. Wissen Sie, Tazio Nuvolari hat einmal gesagt, Autos und Frauen sind wie Liebe und Schmerz. Es ist besser, die Frauen, dieselbe, zu lieben als umgekehrt. Das wird dann noch kostspieliger." Er lachte. Raffaela verdrehte die Augen und sagte zu Katja: „Kommen Sie, wir trinken unseren Espresso draußen, ich möchte eine Zigarette rauchen."

Nach einer weiteren Zigarettenlänge verabschiedeten sich alle voneinander mit dem Versprechen, sich um die Teilnahme an der Rallye zu kümmern.

Bald waren Katja und Robert wieder auf der Autobahn. Sie näherten sich dem Autobahnende in Rosignano Marittimo. Jetzt, am Freitagabend, füllte sich die Straße mit Urlaubern.

„So ein Arsch", sagte Katja, als ein SUV mit Tessiner Kennzeichen mit Meterabstand hinter ihnen herfuhr und auf die Lichthupe drückte.

„Lass ihn, er wird schon sehen, was er davon hat." Robert wechselte auf die rechte Seite und ließ ihn passieren.

Zwei Kilometer später kam der Verkehr vor der Mautstelle auf allen Spuren zum Stehen. Robert wechselte auf die linke gelb markierte Spur, winkte dem Tessiner zu und passierte die Mautstelle, ohne anhalten zu müssen.

„Siehst du", grinste er, „wir sind eher an unserem Campingplatz." Robert zeigte auf ein kleines Kästchen, das neben dem Rückspiegel angebracht war. „Das ist der Türöffner."

- 24 -

Es war stockdunkel, als sie in Roberts Haus angekommen waren. Er hatte Katjas Gepäck genommen und es, als sie gebeten hatte: „Zeig mir mein Zimmer", dort abgestellt.

„Hier ist alles, was du brauchst", hatte er gesagt, den Rest zeige ich dir morgen. Katja blickte ihn an, wünschte „Gute Nacht" und schloss die Tür.

Jetzt, am mittleren Vormittag, saß er auf der Terrasse und arbeitete. Allerdings schien ihm der Begriff Arbeit sehr dehnbar zu sein, denn geleistet hatte er nichts. Er dachte über die vergangenen Tage nach, über den Verlust und Zuwachs in der Familie. Aber auch ‚Familie' erschien ihm fremd, er lebte seit geraumer Zeit allein. Er vermisste dabei nichts, genoss die Unabhängigkeit, die man als Verantwortungslosigkeit benennen oder kritisieren konnte. Er fand nicht einmal, dass die vergangenen Tage sein Leben auf den Kopf gestellt hatten. Es war eine Herausforderung, die es zu sortieren galt.

„Hey, du bist ja schon wach." Katja kam zu ihm und strich ihm über den Kopf. Sie sah bezaubernd aus, ungekämmt. Auf ihrer Stirn glitzerten noch einige Wassertropfen, mit denen sie sich den Schlaf aus den Augen gewaschen hatte. Sie trug ein lässiges bodenlanges Trägerkleid, setzte sich zu ihm und zog die Knie unters Kinn. „Machst du mir einen Kaffee?"

Robert stand auf und ging zum Herd. Er füllte die Espressokanne, zündete die Gasflamme an und fragte, ob Katja frühstücken wolle. Da das Angebot überschaubar war, schob er hinterher: „Ein Cornetto aus der Mikrowelle oder Obst."

„Alles ist recht, du wirst es richten."

Robert kam mit einem Tablett wieder auf die Terrasse und schenkte den Kaffee ein. „Ich zeige dir nachher Haus und Hof und dann fühl dich wie zu Hause. Frag nicht und lass dich nicht bitten, so würde meine Großmutter jedenfalls sagen."

Nach dem zweiten Kaffee und einem Pfirsich sprang Katja auf und nahm Roberts Hand: „Schlossführung!"

Robert ließ sich hochziehen und übernahm dann die Führung.

„Meine Freunde habe das genial gemacht. Du siehst, dass das Haus in den Hügel hineingebaut ist. Wir stehen hier auf der Terrasse, die das Dach des alten Hauses ist. Dreh dich um. Links ist das Zimmer, in dem du geschlafen hast, rechts ist meins. Wie bei dir in München, en suite. Jeder hat sein Bad. Dazwischen ist die Küche mit Esstisch.

Alle drei Räume haben Glasfenster und Türen, du lebst praktisch im Freien." Er ging mit Katja eine Treppe hinunter. „Um in die unteren Räume zu gelangen, musst du immer diesen Weg nehmen. Vielleicht richten sie eine Wendeltreppe ein. Das Geschoss hier ist eine Kopie des oberen. Eigentlich umgekehrt, denn das hier ist das ursprüngliche Haus. Ein Raum mehr, der als Arbeits- oder Gästezimmer genutzt werden kann. Unter uns sind ein geräumiger Keller und die Garage." Sie gingen wieder nach oben an die Brüstung der Terrasse. „Ich finde, der Pool ist purer Luxus, aber man muss zum Baden nicht dauernd ans Meer, das du in rund 10 Kilometer Entfernung siehst."

Katja reckte sich und fragte: „Wo siehst du das Meer?"

„Das ist der Mare vista. Als man anfing, hier Häuser zu vermieten, war das Meer genauso weit weg, klar. Du konntest es aber sehen, weil die Olivenbäume noch nicht so hoch waren. Jetzt musst du für den Meerblick schon auf einen Stuhl klettern."

Sie blickten auf die Olivenbäume, die sich an den Pool anschlossen.

„Hast du Pläne für den Tag"?, fragte Katja.

„Nein", antwortete Robert. „An den Strand zu fahren, macht keinen Sinn am Wochenende, da sind zu viele Touristen, aber auch Italiener aus dem Landesinneren. Wenn du nichts aus der Stadt brauchst, bleiben wir hier und faulenzen. Heute Abend essen wir hier."

„Faulenzen in zwei Stunden. Ich schreibe meinen Artikel für Harald zu Ende. Vielleicht hast du Lust, ihn zu lesen, bevor ich ihn abschicke."

„Mach ich gerne". Robert gab Katja noch den Code für den Internetzugang und erklärte ihr die Verbindung zum Drucker. „Ich lese nicht so gerne am Bildschirm. Ich schreibe in der Zeit ein Update an Fritz und Heidi."

„Das hast du schön und sympathisch geschrieben", sagte er, nachdem er den Beitrag gelesen hatte. „Du weißt, dass ich von diesen Dingen, Coaching, Yoga, Ayurveda, nicht viel halte. Aber du hast es so ausgedrückt, dass ich Lust bekommen könnte, mehr drüber nachzudenken." Robert gab Katja die Blätter zurück und fragte: „Wollen wir den Artikel eintüten und einen Spaziergang zum Briefkasten machen?"

„Das ist nicht dein Ernst?"

„Doch natürlich. Schau, Im New Yorker habe ich kürzlich einen Artikel gelesen, der die Überschrift trug, dass E-Mails uns krank werden lassen. Der Autor zitiert aus einer wissenschaftlichen Veröffentlichung: Je länger ein Individuum sich in einer gegebenen Zeitspanne mit E-Mails beschäftigen muss, desto höher ist sein Stresslevel in dieser Zeit, gemessen unter anderem am Anstieg der Herzfrequenz", berichtete Robert.

„Da steigt eher meine Herzfrequenz, wenn ich das höre." Katja tippte dabei eine E-Mail an Grosse. „Wer hat das denn behauptet?"

„Unser Kollege Cal Newport, eigentlich ist er Professor für Computerwissenschaft, hat den Artikel geschrieben. Professoren sollte man immer Glauben schenken, nicht wahr?"

Katja kopierte ihren Artikel in die E-Mail, drückte auf Senden und klappte den Laptop zu. „Haralds Puls wird bestimmt langsamer, jetzt, da ich seinen Auftrag erledigt habe. Was gibt es übrigens heute Abend zu essen, oder wollen wir ausgehen?"

Nein, ich dachte eher an ein Candle-Light-Dinner, schwarzes Cocktailkleid mit Ausschnitt, Smoking, Kerzenschein."

„Für den Ausschnitt habe ich nicht den passenden Schmuck. Wir sind gestern bei Bulgari vorbeigekommen. Jetzt, da du mit dem Auto bald Millionär sein wirst …"

„Das war ich vorher auch." Robert erzählte ihr kurz von den vier Schachteln, blau und rot, im Genfer Bankschließfach. „Das Problem ist nur, dass in Italien Beträge über 2 000 Euro nicht cash bezahlt werden können. Schwarzgeld, du weißt. Ihr habt ja ausführlich eure Meinung darüber geschrieben."

„Nehmen wir Conte Marenzi mit, der wird schon eine Lösung finden."

Robert schmunzelte. „Der hat dich wohl beeindruckt, Bella?"

„Ja irgendwie schon. Aussterbende Spezies, solche Männertypen. Immerhin aber Männer. Wäre das Restaurant gestern ein Museum gewesen, hätte er eine Inventarnummer in der Anthropologie-Abteilung, spätes neunzehntes Jahrhundert.Du übrigens auch, frühes Zwanzigstes."

Später begann Robert, den Tisch auf der Terrasse zu decken. Tatsächlich legte er Servietten auf das Tischtuch, Gläser und Besteck, das auf mehr als eine Pizza schließen ließ. Er trug zu einer leichten schwarzen Hose ein weißes Leinenhemd, darüber eine Schürze. Er machte Katja ein Kompliment, als sie mit einem bodenlangen schulterfreien Trägerkleid im Patchwork-Muster auf die Terrasse trat. Um den Hals trug sie eine eng anliegende zweireihige Perlenkette.

„Möchtest du einen Aperitif?"

„Gerne, was bietest du mir an?"

„Frühes zwanzigstes Jahrhundert. Martini. Mit Olive, Zitronenzest oder nackt?"

„Oliven bitte, zwei."

Robert brachte die Drinks. Sie standen an der Brüstung und beobachteten die Sonne, die in einem glutroten Ball zügig hinter dem Horizont verschwand. Im Hintergrund spielten Chick Corea und Gary Burton. Dass die CD auch den Titel ,The New Duets' trug, empfand er als Zufall, auch wenn er sich insgeheim über das erneute Duett mit Katja freute. Vor allem aber liebte er den ätherisch duftenden Klang von Burtons Vibrafon, das sich mit Coreas Klavier zu einem vibrierenden Sound ergänzte.

Robert servierte den ersten Gang: Tagliatelle con Tartuffi. Die intensiv duftenden Trüffeln hatte er an einem der Obststände entlang der Straße gekauft. Er öffnete eine Flasche Strido und ließ Katja kosten.

„Sehr gut, ein Merlot"„, meinte sie.

„Der Wein stammt aus einem kleinen Weingut in Riparbella." Er zeigte ihr das Etikett, auf dem Strido und der Jahrgang 2011 zu lesen war.

Der zweite Gang war eine Entenbrust mit Mango, dazu gratinierten Fenchel, und schließlich zum Kaffee ein Haselnusskrokant.

„Exzellent, Robert. Danke." Mittlerweile war es stockdunkel. „Lass uns runter zum Pool gehen, dort sitzt man gemütlicher."

„Ich räume schnell ab." Robert brachte Teller und Besteck in die Küche und schaltete die Beleuchtung ein, die den Pool in einem warmen indirekten Licht leuchten ließ. Er nahm Flasche und Gläser und sie setzten sich auf die komfortablen Sonnenliegen. Robert füllte die Gläser nach und sie plauderten über dies und jenes, bis Katja aufstand und ihn bat: „Hilf mir mal." Sie drehte ihm den Rücken zu, sodass er die Häkchen öffnen konnte. Katja schlüpfte aus dem Kleid und sprang nackt ins Wasser.

„Komm, es ist herrlich." Das Wasser hatte durch die Hitze des Tages noch eine angenehme Temperatur. Sie paddelten eine Weile, bis Katja auf Robert zuschwamm und ihn küsste.

„Wir kennen uns jetzt viele Jahre", murmelte sie zwischen den Küssen, nachdem Robert gesagt hatte: „Ist das nicht ein bisschen schnell?" Sie zog ihn mit sich, lehnte sich an eine Wand. „Komm!" Sie liebten sich im Wasser.

Hinterher trocknete Robert sie ab und trug sie auf die Terrasse.

„Gehen wir zu mir oder zu dir?"

In Roberts Zimmer liebten sie sich noch einmal, länger und zärtlicher. Katja blieb bei ihm.

Robert erwachte einmal während der Nacht. Leise erhob er sich und ging ins Badezimmer. Ganz gegen seine Gewohnheit setzte er sich und dachte, *so fängt es an, wenn eine Frau im Haushalt ist.* Er wusch sich und schob sich unter das Laken, das sie beide während der Nacht vor der kühlen Luft, die über die offene Tür die Vorhänge gebauscht und über sie hinweggestrichen war, bewahrt hatte. Katja war nur bis zur Hüfte bedeckt. Sacht zog er das Laken bis zu ihren Schultern. Es wäre blöd, wenn sich nach der Hitze der Nacht jetzt eine Verkühlung einstellen würde, das Fieber der Leidenschaft vom Fieber einer Erkältung abgelöst würde. Könnte er sich vorstellen, diese Fürsorglichkeit immer für eine Frau aufzubringen? Für Katja? Darüber schlief er wieder ein.

- 25 -

Als er wieder wach wurde, saß Katja an seiner Bettkante. Sie trug eines seiner Hemden. Über einem Bikini. Sie hielt ihm einen Becher hin, der nach Kaffee duftete.

„Ich denke, dass das Wasser nichts taugt, außer zum Waschen, und wir ein paar Flaschen Mineralwasser naturale besorgen sollten, damit du morgens in alter Gewohnheit frohgemut in den Tag startest."

„Andere Länder, andere Bräuche", erwiderte er und bekam zur Antwort: „Andere Tage, andere Frauen. Komm, trink deinen Kaffee und wir schwimmen ein paar Runden und gehen dann ins Dorf zum Frühstücken."

„Andere Frauen, andere Regeln", seufzte Robert unhörbar, schlüpfte in seine Badeshorts und gönnte sich einen mutigen Kopfsprung in den Pool.

Den Sonntag wie auch die folgenden Tage verbrachten sie mit gepflegtem Müßiggang. Für beide war es eine neue Erfahrung miteinander, denn bisher waren ihre Kontakte immer beruflich gewesen. Persönliches war außer ein paar Basics stets außen vor geblieben. Robert wusste mehr, wenn auch nicht alles, von Katjas Lebensweg als umgekehrt. Mit dem neuen Vater war Robert etwas zugänglicher geworden, vertrat aber die Meinung, im Hier und Jetzt zu leben und für dieses Hier und Jetzt selbst verantwortlich zu sein.

„Alles andere erscheint mir als Spökenkiekerei, und aktuelles eigenes Versagen auf eine schwierige Jugend zurückzuführen, ist mir zu einfach", hatte er gesagt. Katja konnte sich dem nicht in allem anschließen. Robert bestand auf seiner Ansicht und meinte: „Weißt du, einen richtigen Vergleich als Adoptivkind habe ich natürlich nicht, es sei denn mit dir. Mein Elternhaus hatte nicht die Kälte eines Waisenhauses, aber auch keine elterliche Zärtlichkeit, so dazwischen. Finanziell war nie Mangel, es war mehr oder weniger eine Versorgungsstation."

„Zärtlich bist du." Katja und Robert hatten eines Morgens einen frühen Spaziergang über den leeren Strand gemacht, das noch kühle Meerwasser genossen und ließen sich jetzt von der höher steigenden Sonne wärmen.

„Schön, dass es dir gefällt. Ach, das klingt viel zu lahm, Belassen wirs dabei." Er nahm Katjas Kopf und küsste sie.

Mittlerweile hatte Raffaela Boroni angerufen und eine E-Mail angekündigt, die ihre Teilnahme an der Rallye bestätigen würde. „Wir sehen uns am Donnerstag bei der technischen Abnahme, ich fahre mit einer Freundin, ciao."

Die E-Mail traf kurz darauf ein, informierte über Zeiten, Hotels, Ablauf und Wettbewerbsregeln, darunter der Hinweis, gefahren würde nach Chinesenzeichen. Robert und Katja, die beide noch nie eine Rallye gefahren hatten, googelten den Begriff.

Auf einer Website stießen sie auf den Hinweis, dass sich der Fahrer den Angaben des Co-Piloten unbedingt fügen müsse und Diskussionen zeitlich nicht möglich, buchstäblich nicht zielführend seien.

„Willst du ans Steuer oder soll ich fahren? Wir können wechseln, davon steht nichts in den Vorgaben", fragte Robert arglos.

„Tust du jetzt nur so naiv?" Katja lachte. „Du fährst und ich sage dir, wo es lang geht, und diskutiert wird nicht."

„Wie heißt es im Film Casablanca? ‚Ich glaube, dies ist der Beginn einer wunderbaren Freundschaft.'" Robert stimmte in Katjas Lachen ein.

„Aber interessant, dass du den Film erwähnst, zwei der Charaktere heißen Ferrari und Renault, sind zwar Männer und keine Autos. Du könntest mir deinen Healey zeigen", schlug Katja vor, stand auf und wuschelte Robert durchs Haar.

„Warte kurz, ich schicke den Freunden in San Francisco schnell ein Kabel. Wenigstens pro forma will ich fragen, ob wir den Wagen nutzen dürfen."

Sie gingen in die Garage, aus der Robert den britischen Sportwagen herausfuhr. Hellblau lackiert mit weißen Flanken, Speichenrädern und blauem Leder im Inneren. Robert erklärte ihr kurz ein paar Fakten. „1965 Austin Healey 3000 MkIII." Er öffnete die Motorhaube: „Reihensechszylinder mit 150 PS, drei Doppelvergaser. Die einzustellen ist friemelig, weshalb ich mir gut vorstellen kann, warum Georg mit einer Benzineinspritzung für Autodelta experimentierte. Gott sei dank ist es Linkslenker."

Sie gingen zurück auf die Terrasse, wo Roberts Mobiltelefon eines SMS ankündigte. Er las sie: „Kein Problem, bring den Healey heil zurück und viel Erfolg."

Zu Katja sagte er, seine Freunde hätten zurückgekabelt und grünes Licht gegeben. Er schlug ihr vor, in den Ort zu fahren, um dort ein Klemmbrett und zwei Stoppuhren zu kaufen.

„Wenn wir jetzt in einen fünfzig Jahre alten Wagen steigen, passt du dann deinen Sprachstil auch dieser Zeit an und schickst Kabel?", fragte Katja.

„Ich finde den Ausdruck Simsen blöd", meinte Robert und öffnete für sie die Beifahrertür.

„Danke.",

„Siehst du, Erinnerungen an vergangene Zeiten sind nicht so ganz verkehrt."

- 26 -

Am Donnerstag hatten sich Katja und Robert noch mit der Beschilderung der zu erwartenden Sonderprüfungen vertraut gemacht. Katja meinte, es sei ziemlich kompliziert, wohingegen Robert sagte, dass sie bei der Teilnehmerzahl wahrscheinlich immer genug Zeit hätten, sich die nächste Etappe oder Wertungsprüfung zu überlegen. „Nur Letzte sollten wir nicht werden." Auch hatten sie sich die Teilnehmerliste angesehen, auf denen ein TZ2 gemeldet war. Bei diesem waren als Fahrer und Beifahrer zwei Italiener notiert. Bei einem Alfa Romeo Canguro mit nachfolgender Startnummer war in den jeweiligen Spalten ein N. N. als Platzhalter angegeben. Auch fehlte ein Foto des Autos, das bei den meisten anderen gezeigt wurde.

„Das ist interessant", meinte Robert. „Canguro war eine TZ2-Version vom Karosserieschneider Bertone. Ein einzelnes Exemplar, das im Museum stehen sollte. Praktisch kann ich mir eine Teilnahme nicht vorstellen. Wir werden es morgen sehen."

Gegen elf am Freitagmorgen machten sie sich auf den Weg und erreichten drei Stunden später Salsomaggiore Terme. Sie tankten den Healey, Robert überprüfte Öl und Wasser. Auf der Piazza Berzieri wurde ihnen ein Platz zugewiesen, was bei etwa 110 Teilnehmern ziemlich eng war. Dazu füllte sich die Piazza mit Passanten und Zuschauern, die die Lancia, Maserati, Porsche, Ferrari oder Jaguar bewunderten. Sie fuhren den einzigen Healey, der wenig später die technische Abnahme problemlos passierte, wozu sie sich nach Aufforderung zum Grand Hotel Salsomaggiore begeben mussten. Sie klebten ihre Startnummer, 97, an die Türen und das Rallyeschild vorne auf die Motorhaube. Sie öffneten das Dach und zogen ein Tonneau Cover über Sitze, Lenkrad und Armaturen, das mit fingernagelmordenden Druckknöpfen befestigt wurde. „Das machst besser du, Robert", hatte Katja vorgeschlagen.

Sie trugen ihr Gepäck, eine Reisetasche und einen Kleidersack, ins Hotel. Am Morgen hatte Robert diese auf den Küchentisch gestellt und Katja gebeten, ihre Utensilien hineinzulegen. Sie hatte ihn verwundert angeschaut. „Einen gemeinsamen Koffer? Jetzt schon?"

„Deine Slips und meine Shorts werden sich schon vertragen, mehr brauchen wir nicht. Für Kleid und Anzug für heute Abend nehmen wir einen Kleidersack, da ist noch eine große Tasche dran, die du nutzen kannst. Mehr Platz haben wir nicht im Kofferraum."

Der Check-in war schnell erledigt. Ihr Zimmer lag im ersten Stock. Robert blickte auf seine Uhr. „Halb sechs. Wollen wir uns den Ort ansehen und einen Aperitif nehmen? Wir haben noch Zeit, das Dinner beginnt erst gegen acht."

Als sie die Treppe hinunterliefen, winkte ihnen aus der Lobby Raffaela Boroni zu.

„Ciao, Katja, ciao Roberto. Come va?" Raffaela wartete die Antwort nicht ab, sondern beendete ihr einchecken. Dann kam sie zu den beiden, begrüßte sie mit Wangenküssen und stellte ihre Begleiterin als Lady Fiona Barton vor. „Fi hat mich gefragt, ob ich mit ihr zusammen fahren möchte. Sie ist mit einem Jaguar XK 120 gekommen." Zu Lady Barton sagte sie: „Katja und Roberto haben uns vor ein paar Tagen in Pistoia besucht. Sie suchen einen seltenen Alfa Romeo, so einen, wie Papa mal hatte."

„Pleased to meet you, ich bin Fiona." Sie schüttelten sich die Hände.

„Habt ihr eure Startnummer schon?", fragte Katja.

„Ja, 98."

Katja lachte. „Dann können wir ja hinter euch herfahren."

„Wollen wir nachher an denselben Tisch?"

„Machen wir", antwortete Katja. „Treffen wir uns kurz vorher hier in der Lobby?"

Sie spazierten durch den Ort, wo immer noch Teilnehmer eintrafen. Robert hatte auf der Teilnehmerliste neben bekannteren Alfa-Romeo einen TZ2 und einen Canguro gesehen.

„Gesehen habe ich keinen der beiden", meinte er. Sie saßen vor dem Café Rigoletto gegen über dem Gebäude der Terme. „Ich sehe das aber gelassen. Erstens wissen wir nicht, ob unserer darunter ist, und dann sehen wir sie morgen." Sie ließen ihre Gläser klicken und genossen einen frischen Schluck Prosecco.

Das nächste Glas Prosecco wurde ihnen angeboten, als sie mit Raffaela Boroni und Lady Barton auf der Terrasse vor dem Speisesaal standen.

„Wenn es einen Concorso d´Eleganza für die schönsten Kleider gäbe, müsstet ihr euch den ersten Platz teilen", meinte Robert. Sie stießen miteinander an.

„Charmer, Affascinante, Charmeur", waren die Kommentare, denen Katja hinzufügte: „Bist du froh, dass du nicht Paris heißt und dich nicht entscheiden musst?"

Robert nahm Katja in den Arm, küsste sie auf den Mund und flüsterte ihr ins Ohr: „Das galt nur den Kleidern. Bei den Frauen liegst du mit Abstand vorn." Raffaela, die bemerkt hatte, dass die Distanz zwischen den beiden, die noch in Pistoia geherrscht hatte, aufgehoben schien, zwinkerte Katja zu: „Siete una bella coppia."

Ihren Tisch zu finden war nicht schwierig, denn die Plätze waren nach Startnummern verteilt. Dort saß schon ein Paar, beide ergraut und was die Konfektionsgröße betraf, einige Nummern größer als Robert und seine drei Begleiterinnen. Die beiden standen auf und stellten sich als Lisbeth und Oskar Wirtz, Startnummer 96, 300 SL vor.

Robert übernahm die Honeurs auf Englisch: „Lady Fiona Barton, Raffaela Boroni, Katja …"

„Hauser", unterbrach sie ihn und fügte auf Deutsch hinzu. „Und Robert Hauser."

„Dann sind wir ja nicht ganz allein, sprachlich, meine ich", sagte Lisbeth Wirtz. Ihr Mann fragte: „Mit welchen Autos nehmen Sie teil?"

„Fiona und Raffaela mit einem Jaguar, wir mit einem Healey", beantwortete Robert die Frage.

„Ihren habe ich gesehen", meinte Oskar Wirtz. „Sind Sie Italiener? Dafür sprechen Sie unsere Sprache gut."

„Sie spielen auf das italienische Kennzeichen an", log Robert. „Ich bin Südtiroler, wohne aber die meiste Zeit in der Toskana. Sie fahren einen 300 SL."

„Ja, als Roadster. Wir haben noch einen Flügeltürer, eine Pagode und ein 170 V Cabriolet. Es ist immer schwer, zu entscheiden, womit wir fahren wollen."

„Sind Sie auf eigene Achse hierher gekommen? Sie wohnen in der Nähe von Koblenz. Kennzeichen!", fragte Katja.

„Wir lassen unsere Autos immer zu den Veranstaltungen transportieren. Sonst wäre die Anreise zu mühsam, ohne Klimaanlage, Navi usw. Und Sie, Lady Barton?

„Für mich ist das ein Teil des Vergnügens. Ich nehme nicht einmal den Tunnel. Die Fähren gehören dazu. Zwei, drei Etappen durch Frankreich und die Schweiz."

„Sie müssen viel Zeit haben. Geht es dem Adel so gut in England?" Bis auf Lisbeth Wirtz, die die Plumpheit ihres Mannes wahrscheinlich gewohnt war, und Fiona waren die anderen eher peinlich berührt.

„Wie es dem Adel geht, kann ich Ihnen nicht sagen, jedenfalls nicht direkt", Fiona lächelte Wirtz an. „Ich bin im Vorstand einer großen, der ältesten Bank in England. Ich könnte nun sagen, dass mein Stundenkonto hoch im Plus ist, Wochenend- und Nachtarbeit. Das ist auch so. Andererseits reichen mir Laptop und Hotelzimmer und wenn es viel zu telefonieren gibt, bleibe ich einfach einen Tag länger im Zwischenziel. Homeoffice, quasi. Sie kennen das ja mittlerweile auch in Ihrem Land. Mister Wirtz, wenn Sie einen Kredit brauchen, sagen Sie es nur. Ihre Bonität lässt sich schnell prüfen."

Wirtz lachte laut auf: „Kein Bedarf, Lady Barton. Wenn es irgendwann nicht mehr reichen sollte, verkaufe ich einen unserer Oldtimer.,

„Dann lassen wir das Geschäftliche. Schließlich wollen wir zwei Tage Spaß im Auto in dieser schönen Landschaft haben." Fiona wollte die Unterhaltung einem anderen Thema zuwenden. Robert jedoch fragte: „Womit verdienen Sie Ihr Geld?"

Lisbeth Wirtz rückte ihr goldenes Armband zurecht. „Wir sind im Immobiliengeschäft, deutschlandweit. Wir suchen Objekte in attraktiven Gegenden, sanieren sie und versuchen, sie zu verkaufen."

„Klingt nicht nach sozialem Wohnungsbau", sagte Robert.

„Nein, das überlassen wir dem Staat."

„Good evening, Bon soir, guten Abend, Buona sera". Am Tisch der Rallyeleitung stand ein älterer Herr mit grau meliertem Haar, dunkelblauem Nadelstreifenanzug und dezenter Italo-Ferreti-Krawatte. „Herzlich willkommen hier in Salsomaggiore Terme in der Emilia, dem Land der Motoren, wo einige der wichtigsten Automobilfabriken Italiens gegründet wurden. Sie sind alle gesund hier angekommen, darüber freuen wir uns. Wie mir die technischen Kommissare sagten, gilt das auch für ihre Fahrzeuge. Das Wetter ist gut und die Wettervorhersage verspricht zuverlässig Sonne und blauen Himmel. So steht einem erfolgreichen Verlauf nichts im Wege." Er machte eine Pause und nahm sein Glas. „Traditionell begrüßen wir am ersten Abend einen Gast besonders, der die weiteste Anreise hatte. Heute Abend ist es eine Sie: Lady Fiona Barton aus England." Als sich erster Beifall regte, hob er das Glas und eine Hand. „Einen Moment bitte. Begrüßen Sie mit mir auch Lady Bartons Copilotin, Raffaela Boroni, die Tochter unseres treuen Freundes Franco, Il Corridore. Für die unter Ihnen, die mit seinem Namen nicht vertraut sind, Franco war einer der bekanntesten Rennfahrer Italiens, zu seiner Zeit natürlich. Erheben wir unsere Gläser auf das Wohl der beiden Fahrerinnen, auf unser aller Wohl und auf eine schöne Veranstaltung." Er hob sein Glas. „Ach und noch eins, sitzen Sie nicht zu lange zusammen, der Tag wird anstrengend morgen."

- 27 -

Die Startzeit für die erste Etappe war auf 8:45 festgelegt. Gestartet wurde unter der italienischen Flagge im Abstand von einer Minute zwischen den Teilnehmern.

„Ich habs dir ja gesagt, wir werden viel Zeit haben, anderthalb Stunden, bis wir an der Reihe sind", sagte Robert zu Katja, als sie ihr Gepäck in den Kofferraum luden.

„Wollen wir uns die Autos noch einmal anschauen?", fragte Katja.

Robert lächelte. „Du meinst, wir sollten den TZ2 genauer unter die Lupe nehmen."

„Der steht 30 Startnummern vor uns", Katja blickte auf die Starterliste. Sie machten sich auf den Weg nach vorn und liefen an den anderen Startern entlang. Sie hatten Raffaela gebeten, ihren Healey nach vorne zu fahren, falls sie nicht rechtzeitig zurück sein würden, um selbst die Startposition zu erreichen. Rund 200 Meter weiter vorn sahen sie zwei TZ2, einer war rot. Die Besatzung des hinteren wartete neben ihrem Auto und rauchte.

„Una bella macchina", begrüßte Robert die beiden, die laut Starterliste Italiener, Vater und Sohn, waren. Er lief um den Wagen herum, tat bewundernd und beugte sich zum Seitenfenster hinunter und schaute hinein.

„Toll original", sagte er zu den beiden. „Wer darf fahren?"

„Io", antwortete der Ältere, „mein Sohn muss noch Erfahrung sammeln."

„Darf ich Sie nach der Fahrgestellnummer fragen?" Katja hatte das Angebot einer Zigarette angenommen und ließ sich gerade Feuer geben.

„Kennen Sie die denn alle?, hinterfragte der Ältere. „Warum wollen Sie die wissen?"

„Na ja, vor Ihnen geht doch noch einer aus der Serie. Das finde ich ungewöhnlich."

Sie betrachteten alle die Variante, die vor dem italienischen Wagen auf den Start wartete. Der Wagen war in Orange lackiert.

„Das ist übrigens eine Originalfarbe, wie sie ganz am Anfang der Serie bei den Prototypen benutzt wurde. Unserer ist eine Replik, die wir vor ein paar Jahren kaufen konnten." Beide Italiener lachten. „Ein Original wäre außerhalb unserer Möglichkeiten. Die Veranstalter haben uns aber akzeptiert, ebenso wie zwei Jaguar, jeweils ein D- und ein C-Type, wo die Originale in noch höheren Regionen gehandelt werden als die TZ2. Das ist also nicht ungewöhnlich, dass wir teilnehmen können."

„Haben Sie die Fahrer des Autos gesehen? Ich kann mir vorstellen, dass Sie gut fachsimpeln könnten", erkundigte sich Robert.

„Nein, das ist komisch. In der Tat haben wir sie noch nicht getroffen, gesehen kurz. Gesprochen haben wir noch nicht miteinander, vielleicht heute Abend."

„Dann viel Erfolg. Alles Gute." Sie verabschiedeten sich und gingen zum Healey zurück.

„Klingt suspekt, nicht wahr? Vor allem, weil die Startnummer in der Liste einem Canguro zugeordnet ist", meinte Robert. „Hast du die Kennzeichen gesehen? Österreichisches Kennzeichen. Darunter schien noch ein anderes zu sein, das konnte ich jedoch nicht genau erkennen oder überprüfen."

Als sie ihren Healey erreichten dankte Robert Raffaela und übernahm das Steuer. Sie winkten den Wirtzens im 300 SL zu. Dann fiel die Flagge für sie und sie nahmen die Etappe in Angriff. In den Orten sorgten Beamte der Polizia Municipale für freie Durchfahrt, selbst wenn Ampeln auf Rot standen. Carabinieri auf Motorrädern begleiteten die Teilnehmer und garantierten unterwegs ein zügiges Durchkommen. Nach anderthalb Stunden hatten sie den Passo della Cisa erreicht, wo eine Kaffeepause auf sie wartete.

„Wir haben uns wacker geschlagen, bisher kein einzige Mal verfahren", meinte Katja, die im Roadbook jedes Zeichen abgehakt hatte. „Jetzt müssen wir aber warten, sonst gibt es Strafpunkte wegen zu früher Ankunft. Da vorne sind Fiona und Raffaela, reihe dich hinter sie ein."

Bei der Ankunft erhielten sie die Abfahrtszeit für den kommenden Abschnitt, der wieder viel Zeit gewährte, um in Ruhe Kaffee und Cornettos zu sich zu nehmen. Mit Fiona und Raffaela unterhielten sie sich über die schöne Landschaft, waren sich zugleich einig, dass das geforderte Tempo nicht viel Zeit ließ, um die Fahrt hinsichtlich Land und Leute zu genießen.

„Obwohl das immer versprochen wird von den Veranstaltern", sagte Fiona, die regelmäßig Rallyes fuhr.

Die beiden TZ2 sahen sie nicht während der Pause, passierten aber später den Orangen, der mit geöffneter Motorhaube am Straßenrand stand.

„Halt mal an", bat Robert Katja, die in diesem Abschnitt am Steuer saß. „Ich laufe schnell hin und frage, ob ich helfen kann." Er grinste. Katja war aber schon ausgestiegen und losgelaufen. „Bleib sitzen", sagte sie.

Als sie bei dem gestrandeten TZ2 eintraf, schlossen die beiden Fahrer sogleich die Motorhaube, sodass sie keinen Blick auf den Motor werfen konnte.

Sie traf auf zwei Männer, die Basecaps und große Sonnenbrillen trugen. Einer war glattrasiert, den anderen schmückte ein Van-Dyke-Bart mit unrasierten Wangen.

„Danke, dass Sie gehalten haben", sagte der Bartträger auf Deutsch. „Die Assistenz der Rallye war schon da, es war nur ein lockerer Keilriemen."

„Okay, dann gute Fahrt." Sie lief zurück zum Healey. „Komische Typen."

„Was war das denn für eine Nummer?", fragte Robert

„Ist doch klar. Der Fahrer ist der Techniker. Der Beifahrer muss nur lesen können." Sie lachte. „Meinst du, dass es dein ...", fragte Katja.

„Keine Ahnung, fahren wir weiter." Doch bevor Katja wieder auf die Straße fahren konnte, dröhnte das andere Auto an ihnen vorbei, kein Winken, kein Gruß.

In La Spezia mussten sie die letzte Sonderprüfung der Etappe absolvieren, wo zu einem bestimmten Zeitpunkt ein Schlauch überfahren werden musste, der mit einer Uhr verbunden war. Robert hing halb aus dem Wagen, um den richtigen Zeitpunkt des Reifenkontaktes mit dem Schlauch nicht zu verpassen. Er zählte dabei die Sekunden herunter und bei null erklang ein deutliches Ping.

Robert hatte Katja weiter für die letzten 50 Kilometer entlang der Badeorte auf schnurgerader Straße das Steuer überlassen. Sie hatte aber keine Augen für die Bagni und das gelegentlich aufblitzende Meer rechts von ihnen.

„Il Corridora, Respekt, Katja, du fährst wie eine Rennfahrerin. Heel-and-Toe-Shifting. Bremsen, Zwischengas und Schalten in einem Guss. Lernt man das im i8"?

„Halt die Klappe, ich muss mich konzentrieren."

Die abschließende Zeitkontrolle war auf der Piazza Marconi in Forte dei Marmi, von wo sie zum Hotel in der Marina Pietrasanta geleitet wurden. Den offenen Autos wurde ein Platz in der Tiefgarage zugewiesen, alle anderen, darunter auch der SL von Oskar und Lisbeth Wirtz und der rote TZ2, blieben auf dem Hotelparkplatz draußen.

In der Lobby erhielten sie die Schlüsselkarten für ihr Zimmer. Die Rezeption war eine ovale geschwungene Holzkonstruktion. Hinter der Brüstung standen zwei Desktops, einer für die Reservierungen und ein zweiter, etwas abseits, zeigte Bilder der Überwachungskameras. Der braun-weiß gekachelte Fußboden war blank poliert. Gegenüber der Rezeption stand ein kleiner Schreibtisch mit Desktop und Drucker, den die Gäste bei Bedarf nutzen konnten.

Katja hüpfte schnell unter die Dusche, während Robert noch einmal in die Tiefgarage lief. Als er zurück ins Zimmer kam, sagte er: „Der orange TZ2 steht jetzt auch in der Tiefgarage nahe der Ausfahrt."

„Mach dich schic, Paris. Wir treffen uns gleich mit Fiona und Raffaela."

„Hoffentlich ohne die anderen", meinte Robert. „Bin gespannt, ob wir die Crew, denen wir helfen wollten, treffen."

Das Abendessen war eine Folge von Meeresfrüchten, zu denen ein Pino Bianco Rubicone gereicht wurde, der mit seinem Zitrusduft Fisch und Krustentiere hervorragend begleitete. Zwischendurch drehte Robert mit einer Zigarettenlängenausrede eine Runde an den Tischen vorbei. Er hätte das Lexikon der Bartträger um enige imponierende Varianten bereichern können, seinen Van-Dyke fand er aber nicht. Die weitere Unterhaltung drehte sich um den bisherigen Verlauf der Veranstaltung, darüber froh zu sein, dass die Autos in der Hitze durchgehalten hatten und die abendliche Pause wohlverdient sei.

- 28 -

Für die ersten Startnummern begann der Sonntag früh um 8:30 auf der Piazza Marconi. Katja und Robert hatten wie am Vortag über eine Stunde Zeit und nahmen sich die für das Frühstück und Auschecken. Mit halbem Ohr hörten sie vom Verschwinden eines Teilnehmers. Das wurde jedoch nicht als ungewöhnlich empfunden, denn es traten immer wieder Defekte auf, die eine weitere Teilnahme verhinderten. Robert hatte ihre Taschen schon im Auto verstaut. Wieder im Zimmer sagte er: „Du, die meisten Autos, die gestern in der Tiefgarage parkten, sind noch da, nur der Alfa nicht mehr."

„Du meinst, das könnte unser Zielobjekt sein?", fragte Katja.

„Das wäre ein Zufall. Kann ich mir nicht vorstellen. Ich habe aber so ein Bauchgefühl."

Katja und Robert nahmen das Treppenhaus zur Lobby. Dort angekommen sagte Katja: „Setz dich an den Computer und mach irgendwas. Tu so, als ob es nicht funktioniert."

„Was soll ich machen?"

„Irgendwas, schreib einen Liebesbrief", schlug Katja vor.

„Wem?"

„Na mir, sei nicht so begriffsstutzig." Katja ließ einen Moment verstreichen und ging dann zur Rezeption. Sie zeigte ihren Presseausweis und fragte: „Kann ich kurz einen Bericht an meine Redaktion schicken?"

„Nehmen Sie bitte unseren Gäste-Computer dort drüben", sagte die junge Frau an der Rezeption und wies auf den Platz, wo Robert saß.

„Habe ich versucht, der Herr scheint Schwierigkeiten zu haben. Vielleicht helfen Sie ihm. Bei mir drängt es, der Bericht über die Veranstaltung muss weg und unsere Startzeit ist in wenigen Minuten."

Die Rezeptionistin zauderte einen Moment. „Gut, dann nehm Sie den linken PC hier. USB-Anschlüsse sind seitlich an der Tastatur." Sie wies auf den PC, der auch die Bilder der Überwachungskameras zeigte.

„Danke, ich beeile mich." Der Computer war ein Mac. Katja tastete schnell auf der Rückseite, ob sich dort eine SD-Karte befand. Sie schraubte ihren Montegrappa-Kugelschreiber auf, der einen USB-Stick enthielt, und steckte ihn in eine Buchse. Dann startete sie den Finder, um zu sehen, ob auf der SD-Karte Videodateien vorhanden waren, die sie auf ihren Stick kopierte. Pro forma öffnete sie den Webbrowser mit einem E-Mail-Programm und schickte sich selbst einen Text auf ihre Zeitungsadresse. Robert spielte seine Rolle gut und hielt die Angestellte vom Empfang auf. Als diese schließlich wieder an ihren Platz kam, hatte Katja alle Programme geschlossen, stand auf und bedankte sich.

„Noch mal 150 Kilometer ins Landesinnere, eine Sonderprüfung. Hast du heute Morgen auf die Zwischenergebnisse geschaut"?, fragte Robert.

„Habe ich."

„Ja und? Katastrophe?"

Katja lachte: „In unserer Klasse auf Platz zwei und im Gesamtklassement auf Rang sechs, einen Platz hinter Fiona."

„Stress, das müssen wir halten."

„Dann fahr jetzt los, die Flagge ist unten." Bis Fivizzano war die Strecke mehr oder weniger gerade. Dann hatte Robert Hände und Füße voll zu tun, den Schnitt bis zum Passo di Cerretto, wo es wieder eine Kaffeepause gab, zu halten. Der Rest der Etappe einschließlich der Sonderprüfung war dagegen einfach zu bewältigen. Pünktlich waren sie am Ziel, wo ihre Bordkarte gestempelt und eingesammelt wurde. Fiona und Raffaela hatten auf sie gewartet und gemeinsam fuhren sie zum Mittagessen nach Reggio Emilia.

Dort waren in einem Restaurant Tische gedeckt, vor dem auf der Piazza die Teilnehmer ihre Autos parken konnten. Den orangen TZ2 entdeckten sie nicht. Dagegen schienen alle anderen Teilnehmer das Ziel erreicht zu haben. In der Nähe des Einganges stand ein Tisch mit den Pokalen.

„Ich fürchte, die Preisverleihung wird sich hinziehen. Hier scheint ja jeder einen Preis zu bekommen."

„Nimm du einen Prosecco", schlug Robert Katja vor, als eine Kellnerin mit einem Tablett voller Gläser vor ihnen stehen blieb. „Ich nehme ein Wasser wegen der Rückfahrt später."

Ein kaltes Buffet lud sie ein, die Teller zu füllen. Kaum, dass die Teilnehmer ihre Plätze gefunden hatten, begann derselbe Herr, der Rallye-Direktor, der sie in Salsomaggiore begrüßt hatte, mit der Preisverleihung.

„Meine Damen und Herren, liebe Oldtimer-Enthusiasten. Wir haben es geschafft und sind unfallfrei hier am Ziel eingetroffen. Meine Gratulation an Sie alle. Gestatten Sie mir, mit der Preisverleihung zu beginnen. Schon am Freitag konnten wir Lady Fiona Barton für die weiteste Anreise auszeichnen. Heute freue ich mich, ihr und ihrer Copilotin Raffaela Boroni den Preis des besten Damen-Teams überreichen zu können. Bitte kommen Sie zu mir auf die Bühne."

Applaus kam auf, der sich fortsetzte, als die ersten drei des Gesamtklassements ausgezeichnet wurden. Dann die Klassensieger. „Herr und Frau Hauser, bitte kommen Sie auch zu mir herauf." Katja nahm den Pokal in Empfang, wurde auf beide Wangen geküsst und zusammen mit Robert wieder an ihren Tisch verabschiedet. Dort wurden sie herzlich von Raffaela und Fiona umarmt.

„Anfängerglück", meinte Katja. „Es war aber toll, anstrengend. Danke, Raffaela, dass Sie die Teilnahme ermöglicht haben."

Nach einem Espresso verabschiedeten sie sich voneinander.

„Wir nehmen die Autobahn über Bologna und Florenz. Bis Prato können wir zusammen fahren", schlug Raffaela vor. Dort winkten sie sich zu. Katja und Robert fuhren weiter in die Tre Communi, wo sie gegen 18:00 eintrafen.

„Ich bin ganz schön k. o." Katja stellte den Pokal auf den Terrassentisch. Robert brachte Tasche und Kleidersack ins Haus und kam mit zwei Flaschen Nastro Azzuro Bier wieder heraus.

„Möchtest du auch eins?" Bevor er die Flaschen öffnen konnte, hängte sich Katja an seinen Hals, umarmte und küsste ihn. „War toll, danke."

Sie stießen an. Auf Roberts Bemerkung „Im Koffer hat es auch keinen Tumult gegeben" antwortete Katja: „Ich weiß nicht, was morgen anliegt, ob wir schnell wieder nach Deutschland zurückmüssen. Können wir heute Abend irgendwo noch einmal in Ruhe essen gehen?"

„Weil wir keine richtige Spur haben, haben wir keine Eile, machen wir. Ich rufe im Le Giunche an, ob wir dort noch einen Tisch bekommen, halb neun, oder ist das zu schnell?"

Als Robert frisch geduscht und umgezogen wieder auf die Terrasse trat, saß Katja vor ihrem Laptop. „Ich schau mir gerade die Videos der Überwachungskameras an."

„Das hat Zeit bis morgen", meinte Robert und wollte den Bildschirm schließen.

„Nein, warte. Lass mich bitte schnell auf meine E-Mails gucken." Sie machte ein paar Klicks auf der Tastatur, öffnete eine Seite, las und errötete.

„Lies mal vor", schlug Robert lächelnd vor und legt ihr eine Hand auf die Schulter.

„Come lie with me and be my love / Love lie with me / Lie down with me

Under the cypress tree / In the sweet grasses / Where the wind lieth
Where the wind dieth / As night passes / Come lie with me
All night with me / And have enough of kissing me / And have enough of making love / And let our two selves speak …"

„Ist nicht von mir", sagte Robert und küsste Katjas Haar. „Ist von Lawrence Ferlinghetti. Es drückt aber mein aktuelles Empfinden aus.E Er küsste sie noch einmal.

„Sag den Tisch ab!"

„Ich hab ihn noch nicht bestellt", sagte er und zog sie ins Schlafzimmer.

- 29 -

„Komm, sei nicht so faul. Ich habe Hunger." Katja war bereits angezogen. „Der Kühlschrank hat sich nicht von selbst gefüllt. Wir müssen einkaufen."

„Das lohnt sich nicht. So lange sind wir nicht mehr hier", knurrte Robert verschlafen.

„Schon Pläne?"

„Nein, eigentlich nicht. Kochen, wenn es auch nur Frühstück ist, heißt planen, einkaufen, zubereiten und spülen." Er rekelte sich. „Gib mir zehn Minuten."

Als Robert in Bermudas und Polohemd auf die Terrasse kam, saß Katja vor ihrem Laptop. „Ich schaue mir gerade die Videos der Überwachungskameras an." Er klappte ihn zu. „Das hat Zeit bis später. Wir fahren in die Bar Lupo in den Nachbarort."

Eine gute Stunde später saßen sie wieder auf der Terrasse und schauten gemeinsam die Videos an. „Konzentrieren wir uns auf die Tiefgarage."

„Schau, da bist du ja."

Robert blickte auf die Uhrzeit. „Mach mal schneller, das sind die Aufnahmen vom Abend." Katja spulte vor. „Stopp", sagte Robert.

„Hier, um fünf, da ist der Wagen noch da. Spul weiter." Der Zeitstempel rückte auf halb sieben. Katja zeigte auf den Bildschirm. „Das sind die beiden, der ohne und der mit Bart. Was machen die denn?" Der Wagen wurde die Auffahrt hochgeschoben. Katja wechselte auf die Aufnahmen des Parkplatzes. „Da schieben sie ihn weiter, warum nur?"

„Wenn man es positiv sieht, wollten sie uns nicht stören. Der Wagen ist ja ziemlich laut."

„Wenn nicht", meinte Katja, „sieht es so aus, als ob sie sich aus dem Staub machen wollten, unbemerkt." Sie konnten die Aktion auf den Videos verfolgen. Einige wenige Teilnehmer der Rallye waren bereits an ihren Autos und überprüften die Technik, was die geöffneten Motorhauben vermuten ließen. Niemand nahm Notiz von den beiden, die den Wagen schoben. Dann verschwanden sie von den Videos. Sie schauten noch auf eine weitere halbe Stunde und sahen in den letzten Minuten einen BMW SUV, der einen geschlossenen Anhänger zog, groß genug, um ein Auto zu transportieren.

„Das könnten sie sein. Kannst du das vergrößern?", fragte Robert. In diesem Moment kündigte ihr Mobiltelefon eine SMS an. „Von Raffaela." Katja las sie vor: „Hallo, ihr beiden. Alles gut? Schaut auf die Website der Rallye, da gibt es schöne Fotos von euch. Auf bald."

„Das schauen wir uns auf meinem Laptop an, lass das Video stehen." Robert holte seinen Rechner und sie öffneten die Seite.

„Wir sind schon gut getroffen, findest du nicht auch?" Mit einem Lächeln scrollte Katja durch die Bilder.

„Hmm, ja", die Antwort war einsilbig.

„Du bist ja ausgesprochen enthusiastisch über unseren Auftritt." Sie blickte ihn an. Robert sagte nur: „Du bist mir im Original lieber. Gibt es auch Fotos von den TZ2?" Katja ließ die Bilder weiterlaufen. „Da ist der Rote der Italiener, warte. Nicht besonders gut getroffen, aber hier ist der andere."

Das Bild zeigte den orangen TZ2 in einer seitlichen Ansicht, halb von vorne. „Die Typen sind nicht zu erkennen. Das Kennzeichen?, fragte er. Katja vergrößerte das Bild auf dem Bildschirm. „Schreib auf: GU 656." Robert notierte Buchstaben und Ziffern. „Jetzt noch mal zu den Videos", schlug er vor. Katja stellte den BMW ein und vergrößerte auch dieses Bild. „56 MB" las sie vor.

„Komplett muss es heißen GU656 MB, was meinst Du?, fragte Robert.

„Denke ich auch. Hilft uns das weiter? Dasselbe Kennzeichen an zwei Fahrzeugen?"

„Nicht sofort, nicht in diesem Moment. Soweit ich weiß, gibt es in Österreich Wechselkennzeichen, also eins für zwei oder drei Autos. Selbstredend kann immer nur eins damit fahren."

„Können wir denn herausbekommen, auf wen die Zulassung ausgestellt ist?, wollte Katja wissen.

„Lass mich überlegen. Hmm. Kann deine Zeitung uns nicht helfen?"

„Glaube ich nicht, eventuell bei deutschen Kennzeichen, bei internationalen haben sie sicher keinen Zugriff. Lindemann, der Polizist?"

„Der nicht, auch wenn er zuletzt einen ganz netten Eindruck gemacht hat. Den möchte ich nur ungern fragen, wir machen doch eine private Ermittlung, Miss Scarpetta."

„Miss Scarpetta?"

„Hast du nie Patrica Cornwell gelesen?"

„Die Krimiautorin?"

„Ja, die."

„Ah, Kay Scarpetta, die Gerichtsmedizinerin. Wir sind doch noch alle am Leben." Es entstand ein kurzer Moment, der Katja unangenehm war. „Entschuldige, Robert. Dein Vater …"

Robert nahm ihre Hand. „Der ist mir nach wie vor fern. Mach dir da keine Gedanken, bitte!" Er stand auf, küsste sie und holte aus der Küche einen Weinkühler. Er schenkte Katja und sich ein Glas ein, stieß mit ihr an: „Auf uns, Katja, auf uns beide, auf die Lebenden."

Sie tranken und vergaßen für den Moment den Anlass ihres Aufenthaltes. Nach einem zweiten Glas sprangen sie in den Pool und schwammen, bis Robert sagte: „Warte, ich habe eine Idee. Ich rufe meine Werkstatt in Frankfurt an, die verkaufen Autos und lassen die zu. Sicher haben die einen Tipp, wie wir weiterkommen."

Als Katja wieder auf die Terrasse kam, hörte sie Robert sagen: „Herr Müller, ich brauche den Namen eines Kfz-Halters. Können Sie mir da helfen?" Sie konnte die Antwort nicht hören. Sie gab Robert ein Zeichen, um mithören zu können.

„Ich müsste einen triftigen Grund für die Anfrage haben. Handelt es sich um eine deutsche Zulassung?"

„Unglücklicherweise nicht. Es ist eine österreichische Registrierung. Das macht es sicher schwieriger?"

„Nicht unbedingt", war Müllers Antwort. „Es gibt das EUCARIS-Register. Ich muss nur überlegen, wie."

Robert unterbrach ihn, bedeutete Katja gleichzeitig, den Mund zu halten. „EUCARIS?"

„Das ist das European Car and Driving Licence Information System, also das europäische Fahrzeug- und Führerscheininformationssystem. Da bekommt man jede Information. Ich muss mir nur überlegen, wie ich da drankomme. Wissen Sie was? Schicken Sie mir bitte die Daten per SMS, ich schaue, dass ich Ihnen helfen kann."

„Herr Müller, herzlichen Dank, mach ich. Es sind aber zwei Registrationen, fällt mir gerade ein, eine aktuelle österreichische und eine ältere aus Italien. Sie rufen mich an?"

„Mache ich, bis später."

Am späteren Nachmittag meldete sich Müller wieder: „Zu dem PROVA-Kennzeichen kann ich Ihnen nichts sagen, außer, dass es sie nur für Werkstätten, Händler oder Überführungsfahrten gibt. Nur in Italien selbstredend. Heute haben sie nur ein kleines P, was heißt, dass Ihres zu alt ist, um in EUCARIS aufzutauchen, geschweige denn damit zu fahren."

„Ähnlich wie unsere roten 06er- oder 07er-Nummernschildern?"

„Stimmt. Erfolgreicher war ich bei der österreichischen Registration.

Halter ist da eine Rotations-Garage in Muttendorf, Petzendorfstraße 9. Finden Sie eventuell nur unter dem Gemeindenamen Dobl-Zwarin, die Postleitzahl ist 14902. Halt, nein, das ist die Ortskennzahl, die Postleitzahl ist 8143. Könnte sein, dass die Ihnen fürs Navi hilfreicher ist als der Ortsname."

„Danke, Herr Müller. Ihre Auskunft hilft mir sehr. Ich melde mich, wenn ich wieder in Frankfurt bin."

Katja, die mitgehört hatte, hatte den Ort bereits gegoogelt. „Das ist in der Nähe von Graz, fast 800 Kilometer von hier." Sie zog eine Schnute: „Wieder ein Tag im Auto!"

„So oder so", meinte Robert. „Nach Hause, das heißt zu dir, ist es fast gleich weit. Wir müssen nicht alles auf einmal fahren. Wenn meine Erdkundekenntnisse reichen, ist Venedig auf halber Strecke."

„Damit wir uns dann auf der Rialto-Brücke ewige Liebe schwören", grinste Katja.

„So in etwa, für den Moment reicht mir hier ein Kuss und dann gehen wir ins Le Giunche."

- 30 -

Statt Venedig hatten sie sich für Grado entschieden, das nur ein paar Kilometer abseits der Autobahn lag. Katja half, das Haus aufzuräumen. Bevor sie starteten, hatten sie eine Weile auf der Terrasse gesessen und darüber gesprochen, ob sie schon etwas Signifikantes erreicht hätten. Sie konnten sich nicht einmal sicher sein, ob der orange Wagen wirklich der war, den sie suchten, und wenn, welchen Weg sie einschlagen müssten, um seiner habhaft zu werden.

„Immerhin haben wir jetzt eine Adresse, die uns weiterhelfen kann", meinte Robert. Sie standen an der Brüstung. Sie blickten noch einmal über die Olivenbäume in Richtung Meer.

„Wenn du es sehen möchtest, müsstest du auf meine Schultern klettern", hatte Robert vorgeschlagen, worauf Katja gesagt hatte: „Nein, ich habe in den vergangenen Tagen zu viel gegessen, ich bin zu schwer für dich. Ehrlich gesagt, es ist schön hier und ich würde gerne wiederkommen."

„Zum Wiederkommen müssen wir erst wegfahren. Außerdem müsstest du dich an den Gedanken gewöhnen, dass das zunächst nur mit mir geht."

„Der Gedanke ist so schrecklich nicht. Also los."

Sie fuhren, Florenz und Bologna passierend, auf der A13 Richtung Parma. Viel Verkehr war nicht. Robert hatte den Tempomat eingeschaltet, was Katja zu der Bemerkung veranlasste, er fahre wie ein Rentner. „Eile mit Weile", war seine Antwort. „Wir kommen zügig voran."

Die Autobahn war praktisch schnurgerade. Das Dach des Jaguars war offen, und ab und an wurden sie von Autos überholt, aus denen ihnen Kinder zuwinkten, die auch den Jaguar im Vorbeifahren fotografierten.

„Man könnte denken, wir sind berühmt", lachte Katja, die zumeist zurückwinkte.

„Hättest du gerne Kinder?", fragte Robert unvermittelt. Katja antwortete nicht. Robert blickte sie an. Er bemerkte oder glaubte zu sehen, dass ein trauriger Zug über Katjas Gesicht zog. Bevor er jedoch etwas sagen konnte, antwortete sie: „Ich war mal schwanger. War in einer festen Verbindung, wir dachten ans Heiraten." Eine Pause entstand, bevor sie weitersprach. „Dann hatte ich eine Fehlgeburt, ziemlich kompliziert. Seither kann ich keine Kinder mehr bekommen."

Robert fühlte sich unbehaglich, dachte, dass das nicht unbedingt ein Thema sei für eine Fahrt im offenen Auto über die Autobahn, fragte trotzdem: „Dein Partner? Du hast nie davon erzählt."

„Der ist mittlerweile verheiratet, seine Frau erwartet das zweite Kind. Es war zwei Jahre, bevor wir in Singapur waren." Sie schwieg, sagte dann: „Da vorn musst du abbiegen, Richtung Venedig und Triest."

146

In Grado übernachteten sie im Grand Hotel Astoria. Sie bezogen ihr Zimmer. Als Robert fragte, ob sie gleich zu einem Bummel durch den Ort aufbrechen oder sich lieber im Meerwasserpool auf dem Dach erfrischen wolle, sagte Katja nur: „Schlaf mit mir."

Später hatten sie doch noch einen Spaziergang durch die alte Stadt gemacht, die von Touristen ziemlich überlaufen war. Die Bagni der Goldinsel hatten sich geleert, sodass auch die Restaurants voll waren, bevor die einen wieder in ihren Hotels und die anderen im Hinterland des Friaul verschwanden.

Katja und Robert hatten in der Nähe des Jachthafens im La-Dinette einen Tisch nahe am Wasser gefunden. Ihr Blick konnte über die vielen Inseln schweifen und sich dahinter in der Weite des Meeres verlieren. Sie hatten keinen allzugroßen Appetit und es bei einem Teller Babette Pesto e Mongole belassen und dazu einen Teraroza Rosé genommen.

„Wir können uns hier auf die Österreicher morgen einstimmen", sagte Robert. „Vor dem Ersten Weltkrieg haben die Habsburger hier gehaust, es galt als die Österreichische Riviera."

Nachdem er die Hälfte seiner Pasta verspeist hatte, sagte er unvermittelt: „Katja, es tut mir leid, wenn ich dir vorhin auf der Fahrt zu nahe gekommen bin. Ich wusste es nicht, sonst hätte ich nicht gefragt."

„Mach dir keine Gedanken. Du konntest es nicht wissen. Ich spreche nicht darüber, auch wenn ich die Erfahrung machen musste, dass in meinem Alter Beziehungen offensichtlich immer noch mit Mutterschaft verbunden sind. Nochmals, mach dir keine Gedanken, ob du mich verletzt haben könntest. Hast du nicht! Im Übrigen: Tempi passati. Zeit heilt Wunden, wie du weißt. Dass du die Narbe nicht bemerkt hast …"

„Ich achte halt nicht auf Äußeres. Die inneren Werte sind mir wichtiger."

Katja lachte ein herzliches Lachen. „So siehst du aus. Deswegen fährst du so einen unauffälligen Jaguar, der sich jetzt auf vielen Smartphones befindet."

„Du führst mich jetzt aufs Glatteis. Im Jaguar schlägt auch ein grosses Herz."

Katja lachte wieder, genauso herzlich. „Du willst mich doch wohl nicht mit deinem Jaguar ..."

„Vergleichen, willst du sagen. Ich sag ja: Glatteis. Jetzt wäre ich doch lieber auf der Rialto-Brücke. Mit dir, mit deinen äußeren, vor allem mit deinen inneren Werten."

- 31 -

Sie waren so früh aufgebrochen, dass der Nachtportier noch im Dienst war, als sie nach der Rechnung fragten.

„War alles in Ordnung?", fragte er besorgt. „Der Frühstücksraum hat noch nicht geöffnet".

„Alles gut, wir haben ein straffes Programm vor uns." Katja legte ihm eine Visitenkarte mit ihrer Zeitungsadresse auf die Theke. „Bitte übernehmen Sie die Adresse für die Rechnung." Sie gab ihm ihre Kreditkarte.

Robert hatte ganz gegen seine Gewohnheit das Tempolimit auf der italienischen Autobahn ignoriert. Katja hatte ihn auf das Tutor-System der Geschwindigkeitskontrolle hingewiesen. Er hatte nur geschmunzelt und gemeint, zwanzig über den erlaubten 130 sei nicht so. Außerdem habe Italien, soweit er wisse, einen entsprechenden Rechtsakt der EU zur grenzüberschreitenden Strafvollstreckung noch nicht umgesetzt.

„Wenn man reich ist", hatte Katja kommentiert, „ interpretiert man die Gesetze nach eigenem Geschmack, weil ein Ticket in den finanziellen Peanuts-Bereich fällt. Du gewöhnst dich schnell."

Das blieb jedoch das einzige Geplänkel. Auch sie war froh, am Ende des Tages wieder zu Hause in München zu sein. Jedenfalls hatten sie das überlegt, als sie losgefahren waren.

Sie hatten die schöne Landschaft des Julischen Venetien und des Friauls ignoriert. In der Nähe von Tarvis waren sie nach Österreich eingereist und waren zügig durch Kärnten und die Steiermark gefahren. Hier hatte sich Robert an die vorgegebene Geschwindigkeit gehalten.

„Nicht mehr so eilig?"

„Österreichs Polizisten gelten als erfahren. Sie dürfen unter bestimmten Voraussetzungen die Tempoüberschreitung von Fahrzeugen schätzen. Konnte ich im Focus lesen, auch der ADAC hat darauf hingewiesen. Mit einem Kleinwagen, im Land zugelassen, scheinen sie großzügiger zu schätzen, ist jedenfalls mein Eindruck."

Am späten Vormittag waren sie in Muttendorf eingetroffen und mussten sich zu der Adresse der Rotations-Garage durchfragen. Sie fanden sie schließlich am Ortsausgang. Robert parkte auf einem geräumigen Vorplatz, der an zwei Seiten von einem rechtwinklig gebauten Gebäude umfasst war. Links davon, in kleinem, mit einem Rasen versehenen Abstand stand ein geräumiges Wohnhaus. Gegenüber auf der anderen Seite der Zufahrt befand sich ein Gebäude mit fünf Garagentüren.

Alle Türen waren verschlossen. Es gab auch keine Schilder, die auf ein Büro oder die Werkstatt hingewiesen hätten.

„Es wäre wohl doch schlauer gewesen, uns vorher anzumelden. Dann hätten wir einen Hinweis, welche Tür die richtige ist. Aber gut, überlass mir das Reden", schlug Katja vor. „Mich kennen sie ja und du sprichst nur Italienisch."

Sie klopften, rüttelten an den Türen des größeren Gebäudes. Nichts geschah.

„Dann müssen wir zum Wohnhaus", meinte Katja. Dort an der Haustür drückte sie lange auf die Klingel. Sie mussten einen Moment warten, bis die Tür geöffnet wurde. Vor ihnen stand ein Mann in einem Overall, auf dessen Brusttasche Rotations-Garage gestickt war.

„Mein Name ist Katja Meyerhoff, das ist Roberto." Sie ließ offen, ob Roberto Meyerhoff, Hauser oder sonst wie hieß.

„Mathias Ferk. Was kann ich für Sie tun?"

„Entschuldigen Sie unseren Überfall. Wir sind an einem Auto interessiert."

Ferk schien unschlüssig zu sein.

„Wir sind lange unterwegs gewesen, um sie zu treffen", sagte Katja. Ferk blickte auf den Jaguar, konnte das Kennzeichen aber nicht lesen, nur erkennen, dass es kein Österreichisches war.

„Sie kommen aus Deutschland."

„Aus Frankfurt."

„Na gut, dann kommen Sie herein." Er führte sie durch einen Flur in ein geräumiges Büro. Robert hielt Katja etwas zurück und flüsterte ihr zu: „Ich bin mir nicht ganz sicher, ob er einer der beiden ist, die wir gesehen haben."

„Wir haben von Ihnen gehört", eröffnete Katja das Gespräch. „Sie haben einen guten Ruf in der Oldtimer-Szene, auch bei uns. Haben Sie Ihren Betrieb hier? Ihre Werkstatt und vielleicht auch Ihre Verkaufsräume? Als wir angekommen sind, haben wir nur die verschlossenen Türen gesehen, keine Fenster." Sie lächelte ihn gewinnbringend an.

„Die Fenster sind auf der anderen Seite."

„Das haben wir nicht gesehen. Wir wollten natürlich auch nicht ungebührlich und neugierig über Ihr Grundstück laufen."

„Spricht Ihr Begleiter deutsch?" Ferk blickte auf Robert.

„Er versteht ein wenig, aber sprechen? Nein", antwortete Katja. „Wenn es notwendig ist, übersetze ich es ihm, muss dabei aber Englisch sprechen."

„Soso."

Der so stumme Robert hatte Gelegenheit, sich im Büro umzusehen. Es war schlicht und praktisch eingerichtet. An einer Wand befand sich ein Regal mit Pokalen und einigen gerahmten Fotografien, an der gegenüberliegenden ein Regal mit alten Schreib- und Rechenmaschinen und historischen Telefonen. Auf einem Foto glaubte er seinen Van-

Dyke-Bartträger zu erkennen. Er schubste Katjas Fuß und zwinkerte in die Richtung des Regals.

„Sie haben eine beeindruckende Sammlung von Preisen", nahm Katja Roberts versteckten Hinweis auf. „Darf ich mir die ansehen?" Sie wartete die Antwort nicht ab, stand auf und betrachtete die Pokale. Ferk trat neben sie und sagte: „Wir haben an diesen Veranstaltungen teilgenommen, einmal aus Marketinggründen, vor allem aber aus Spaß an den Rallyes. Es ist kompetitiv, jedoch längst nicht so kostspielig, wie, sagen wir, Rundstreckenrennen, vor allem, wenn historische Automobile eingesetzt werden."

„Oldtimer sind nun nicht beim Discounter erhältlich, wie heißt er bei Ihnen? Hofer, nicht war?"

Ferk blickte sie an. „Sie sprechen die Inhaber der Hoferschen Muttergesellschaft in Deutschland an. Sind ja bekannte Sammler."

„Die leben, man könnte sagen, im Verborgenen."

„Wenn Sie in Ihrem Land Zeitung gelesen haben, sind Sie über den Prozess informiert, der vor ein paar Jahren in Essen oder Düsseldorf, ich weiß es nicht mehr genau, stattgefunden hat. Das mit dem im Verborgenen leben mag richtig sein. Als es aber um Autos ging, suchte man die Öffentlichkeit. 2011 standen sie in Pebble Beach mit einem Klassenpreis für ein 380K Mercedes Cabrio aus den 1930er-Jahren auf dem Podest, bewundert von Kirk und Michael Douglas oder Ralph Lauren, der zugegebenermaßen einen der schönsten Bugattis besitzt. Da muss auf dem Sparbuch mindestens eine Milliarde sein, um eine entsprechende Sammlung anzulegen. Nicht unsere Liga, ehrlich gesagt."

„Einen Bugatti 57 SC Atlantic Coupé, nicht wahr? Sie arbeiten jetzt nicht mehr in diesem Bereich?", fragte Katja.

„Nein", antwortete Ferk. „Wir haben unser Geschäftsfeld verändert. Die Instandsetzung von Autos haben wir aufgegeben, wir vermieten jetzt Stellplätze oder Garagen hier bei uns. Wir haben aber auch entsprechende Liegenschaften bis hin nach Graz."

„Den Reparaturbetrieb haben Sie komplett aufgegeben?"

Ferk streckte seine Hände vor: „Kein Motoröl mehr unter den Fingernägeln. Wir sind jedoch noch mit Ersatzteilbeschaffung im Geschäft. Wenn Sie wollen, zeige ich Ihnen, wie wir das machen. Wenn es für Ihren Begleiter nicht zu langweilig ist."

„Er ist durchaus visuell eingestellt, beobachtet gerne das Äußere, um sich Gedanken zum Inneren zu machen."

Sie verließen Büro und Haus und gingen in das Gebäude, vor dem der Jaguar geparkt war. Ferk schloss eine Tür auf, öffnete eine Innentür. Sie standen in einem Raum. Der auch gut ein biochemisches Labor hätte sein können. Es war sozusagen klinisch rein. Auf den Tischen standen PC und das übliche Büromaterial.

„Gehen wir in den nächsten Raum", schlug Ferk vor. „Sie sehen hier eine Mischung aus Fotostudio und Werkstatt." Tatsächlich war eine Lichtanlage, die einem Werbefotografen alle Ehre gemacht hätte, installiert, mit der eine größere Fläche, aber auch Tische illuminiert werden konnten. An den Wänden war Werkzeug angebracht, auch einige rollbare Werkzeugtische waren vorhanden. „Sehen Sie, das ist unser Business. Im nächsten Raum ist noch eine Garage, nicht interessant."

„Doch, lassen Sie uns einen Blick hineinwerfen. Ich bin gespannt, ob dort der gleiche Reinheitsgrad herrscht wie hier", bat Katja arglos. Die Garage war jedoch leer.

„Was wir hier machen ist Folgendes. Wir fotografieren Teile, die wir dann mithilfe von CAD in dreidimensionale Druckvorlagen umwandeln. Wenn Sie wollen, kann ich Ihnen die technischen Details erklären."

„Danke, das ist, glaube ich, nicht notwendig. Sie könnten uns jedoch erzählen, worin Ihr Markt besteht."

„Da sind wir nach wie vor mit historischen Fahrzeugen verbandelt. Wir sind in der Lage, wie gesagt, aus einem Foto, das zweidimensional ist, eine 3-D-Vorlage zu machen. Wichtig ist das für Teile, die nicht mehr am Markt sind und die individuell gefertigt werden müssen.

Dazu haben wir noch einen Raum, quasi eine Werkstatt, die entsprechend mit 3-D-Druckern, Drehbänken und so weiter ausgerüstet ist. Ich dachte, dass Sie das nicht unbedingt interessiert."

„Mal weg von der Technik. Wenn ich Sie richtig verstehe, könnten wir ein Foto von Roberto machen und Sie könnten ihn als Figur in jeder Größe ausdrucken."

„So in etwa, das wäre das Prinzip", schmunzelte Ferk.

„Ich könnte Ihnen also einen Gegenstand, sagen wir, einen seltenen Oldtimer bringen, und Sie bauen mir quasi einen neuen", fragte Katja.

„Selbe Antwort: so in etwa. Wir können natürlich nicht alles fertigen. Dafür arbeiten wir dann mit anderen Betrieben zusammen."

„Herr Ferk, mal etwas ganz anderes. Ich habe in Ihrem Büro ein Foto mit Ihnen und einem Herrn mit Bart gesehen. Ich bin soeben eine Rallye in Italien gefahren und meine, ihn dort gesehen zu haben."

Ferk strich sich über die Haare. „Wenn Sie die ‚Straße der Mathilde de Canossa' in Saltmaggiore meinen, dann könnte das gut sein. Ja, richtig, jetzt kommt mir die Erinnerung. Sie hatten angehalten und gefragt, ob Sie mir Hilfe leisten könnten. War Ihr Begleiter hier Ihr Copilot?"

Katja überging die Frage. Sie forschte stattdessen nach: „Hat Ihr Rallye-Partner einen Namen?"

„Warum wollen Sie den wissen?"

Katja empfand diesen Moment als kritisch. Auf Robert konnte sie nicht bauen, denn der war der schweigsame, nicht sprachkundige Italiener. Sie zögerte kurz, entschloss sich dann aber zu sagen: „Vielleicht erinnern Sie sich, dass wir mit einem britischen Roadster teilgenommen haben. Ich bin mehr von alten Italienern fasziniert, Autos, meine ich." Sie sagte das mit einem Blick auf Robert. „Ihren Alfa Romeo fand ich faszinierend und ich hätte mich gerne mit Ihnen oder Ihrem Freund darüber unterhalten."

„Das Auto ist in der Pebble Beach Ebene angesiedelt, von der wir vorhin gesprochen haben. Einige Millionen. Ich glaube auch zu wissen, dass Wolfgangs Auto unverkäuflich ist."

„Wolfgang?"

„Ja, Wolfgang Esser. Wie gesagt, ich denke, dass Wolfgang nicht an einem Verkauf interessiert ist."

„Wie kommen Sie darauf, dass ich den Wagen kaufen möchte?" Katja tat harmlos. „Ich finde, dass das Auto klasse aussieht, gut klingt und ich würde ihn gerne mal fahren." Alle drei hatten sich mittlerweile an einen Tisch im ersten Raum gesetzt. „Sie haben Kontakt zu Wolfgang Esser?", fragte Katja.

„Ja klar. Wir fahren Rallyes zusammen, erfolgreich, wie Sie gesehen haben. Er ist oft hier. Zudem ist er ein Verbindungsglied zu Firmen in Deutschland, von denen eine der bekanntesten auf dem Alfa-Sektor die von Georg Braun in der Nähe von München ist."

Robert blieb reglos. Katja registrierte, dass er intensiv zuhörte und die Informationen speicherte. Sie merkte auch, dass er sich am liebsten an der Unterhaltung beteiligt hätte. Sie lächelte ihn an und versuchte, ihm ein „Vertrau mir" zu vermitteln.

„Die Firma von Braun ist ein guter Partner", sagte Ferk. „Er hat eine Fabrikation mit ausgezeichnetem Ruf. Wenn jemand eine Kurbelwelle oder ein Radlager braucht, ist er eine erste Adresse. Metallurgisch ist er ein As. Oft bekommt er die notwendigen Blaupausen von uns."

„Sie meinen CAD-Dateien, die Sie ihm per E-Mail schicken? Mir fällt gerade ein: Warum sind Sie die ‚Straße der Mathilde de Canossa'nicht zu Ende gefahren? Und eine zweite Frage: Ist Ihr TZ2 ein Original?"

„Tja, die erste Frage lässt sich einfacher beantworten. Wir hatten Probleme mit dem Motor. Der Rallye-Service hat uns helfen können. Wolfgang meinte jedoch, dass die Hitze nicht unbedingt förderlich sein würde, und deswegen haben wir abgebrochen."

„Und die Antwort auf die zweite Frage?", erinnerte Katja Ferk.

„Das hat mich nicht interessiert. Wolfgang hat die technische Abnahme veranlasst."

„Aber Sie hatten einen Canguro gemeldet?"

„Wenn Sie den Begriff kennen, dann wissen Sie sicher, dass Bertone eine Karosserie für den TZ2 gezeichnet hat. Etwas gefälliger und weicher in der Linienführung. Wir haben den Namen verwendet, um keine unnötige Aufmerksamkeit zu wecken, wenn zwei TZ2 an der Veranstaltung teilnehmen."

„Eine andere Frage, Herr Ferk. Sie sind mit einem österreichischen Kennzeichen gefahren?"

„Richtig, Frau Meyerhoff. Mit einem Wechselkennzeichen von uns. Wolfgangs Auto hat eine italienische PROVA-Zulassung. Er dachte, er könne damit nicht in Italien fahren. Eine deutsche Registration mit 07er- oder Oldtimer-H-Kennzeichen wollte er nicht machen."

„Wissen Sie, warum nicht? Hat er keine Papiere für die Zulassung?"

„Das kann ich Ihnen nicht beantworten."

„Für Ihr Wechselkennzeichen gilt vermutlich auch, dass Sie das ein oder andere Dokument brauchen."

Ferk lächelte. „Der Wagen stand ja hier. Nicht allzu lange allerdings. Wolfgang hatte uns gebeten, ihn systematisch zu fotografieren. Das haben wir gemacht. Dann sind wir die Rallye gefahren. Für die zwei Tage sind wir halt das Risiko mit den Kennzeichen eingegangen. Was sollte schon passieren?"

„Schließlich haben Sie auch nur einen Tag teilgenommen." Katja lächelte auch. „Jetzt noch einmal zu Ihrem Job. Wollte er mit Ihrer Hilfe quasi ein Ersatzteildepot anlegen?"

„Wissen Sie, das wäre möglich. Wir hinterfragen unsere Auftraggeber nicht und übernehmen nur den Auftrag. Nachvollziehen kann ich allerdings, dass Wolfgang an uns herangetreten ist. Es gab beispielsweise Nachfragen nach Felgen für die TZ2, die längst nicht mehr produziert werden. Die hätte übrigens die Firma von Georg Braun gefertigt."

„Klingt interessant, was Sie sagen", sagte Katja. „Ich vermute, dass Ihnen die Exklusivität von Wolfgang Essers Auto bekannt ist."

„Natürlich. Wir sind früher immer wieder mit Reparaturen der TZ und der TZ2 beschäftigt gewesen."

„Auch der TZ2?", fragte Katja erstaunt.

„Warum erstaunt Sie das? Da sind doch einige unterwegs, die auch an Rennveranstaltungen teilnehmen und manchmal zerknautscht zu uns kommen. Insofern ist es gut, wenn es einen Vorrat an Ersatzteilen gibt."

„Oder eine Blaupause, um einen neuen Wagen zu bauen."

„Warum nicht, wenn man ihn als Replik ausgibt."

„Wie schätzen Sie denn den Wagen von Esser ein?"

„Sicher ist der alt. Anders als die Rennserie von Autodelta war der Motor modifiziert, sodass ich vermute, dass es ebenfalls ein Nachbau ist."

„Das ist gut zu wissen", meinte Katja, ließ sich nicht anmerken, dass sie mit Ferk nicht einer Meinung war. „Steht das Auto in einer Ihrer Garagen?"

„Nein, wir waren fertig. Wolfgang ist heute Morgen wieder nach Hause gefahren. Sie haben ihn knapp verpasst."

„Können Sie mir seine Kontaktdaten geben?", bat ihn Katja.

„Warum sind Sie so interessiert?"

Katja hatte die Frage befürchtet. „Ich bin Journalistin. Meine Zeitung will eine Serie von Artikeln bringen, die sich mit automobilen Preziosen beschäftigt, mit der Leidenschaft zu sammeln, allerdings unter dem Aspekt, dass der Markt anfällig ist für Fälschungen. Ähnlich wie in der Kunst." Sie hoffte, dass ihre Antwort nicht allzu lahm klang.

„Das ist ein interessantes und ebenso schwieriges Thema." Ferk setzte sich, nahm ein Blatt Papier, auf das er die Adresse und Telefonnummer notierte. „Ich bin mir aber nicht sicher, ob er gleich nach Hause fährt."

„Dann wollen wir Sie nicht weiter aufhalten. Vielen Dank für Ihre Zeit."

Sie verabschiedeten sich. Als Robert gewohnheitsmäßig auf die Fahrerseite seines Jaguars ging, sagte Katja: „Lass mich fahren, sonst schöpft er womöglich Verdacht."

Sie winkte Ferk noch einmal zu. Sie beobachteten, wie der den Bakelithörer eines der alten Telefone nahm und wählte.

„Mit Sicherheit ruft der jetzt Esser an", meinte Robert.

32

„Was haben wir?" Robert und Katja saßen an dem Esstisch in ihrer Wohnung in der Meichelbeckstraße. Um die Glasplatte zu schonen, hatte sie eine grüne Filzdecke aufgelegt. Robert deutete auf den Filz. „Kennst du die Geschichte ‚Spieler-Glück' von E. T. A. Hoffmann aus seiner Sammlung ‚Die Separationsbrüder'?"

„Nein, warum?"

„Ich komme mir vor wie der Obrist. Freie Interpretation der Geschichte: Ich, wir, sind dem Auto über die Schweiz nach Italien und zurück hierher gefolgt. Der Obrist, der um eine Frau gespielt hat, hatte seinen Widersacher in der Falle, nur die von ihm geliebte Frau war tot."

„Schon wieder dieser Männervergleich. Auto und Frau, hatten wir doch schon in Pistoia. Eine wirklich großzügige Interpretation von Hoffmann."

„Wenn wir Glück haben", schmunzelte Robert, „haben wir Esser in der Falle. Ich dagegen habe das Glück, die geliebte Frau lebend an meiner Seite zu wissen."

Katja kommentierte das nicht. Sie sagte stattdessen: „Gib mir mal die Adresse von Esser." Sie tippte Güldnerer in die Suchleiste von Google-Maps, wartete einen Moment, bis das Programm den Ort gefunden hatte, und sagte: „Das sind drei Häuser in einer Einöde, nicht allzu weit von hier. Deine Autogeschichte scheint sich nur in ländlicher Einöde abzuspielen. Lass uns weitersuchen."

Sie tippte Wolfgang Esser, Güldnerer in die Suchleiste des Webbrowsers, fand da aber nichts.

„Mach mal eine Rückwärtssuche bei der Telefonnummer", schlug Robert vor. „Ich habe bei beiden Nummern, Festnetz und Mobil, nur die Mailbox erreicht." Die Suche verlief ergebnislos, sie erhielten nur die Mitteilung, dass Teilnehmer der Rückwärtssuche widersprochen haben könnten.

„Lust auf eine Landpartie?"

„Erst, wenn wir die Post angesehen haben. Das meiste ist für dich. Du hättest mir sagen können, dass du einen Nachsendeauftrag an meine Anschrift gestellt hast. Die Nachbarin im Erdgeschoss hat gemault, weil der Postbote bei ihr klingeln musste, nachdem mein Postkasten voll war."

„Ist das so schlimm?"

„Für die ja. In Eigentümerversammlungen meckern die Älteren oft, wenn hier zu viel Wasser von Besuchern verbraucht wird."

„Passiert das oft bei dir?"

„Die Frage gehört sich nicht, Robert!"

Robert sortierte die Werbung aus. Zurück blieben ein paar Rechnungen, die er beiseitelegte. Einen Brief von Kurtz gab er Katja. Er öffnete einen Umschlag vom Gericht. Nachdem sie gelesen hatten, tauschten sie die Blätter.

„Was haben wir hier? Offizielle Todesbescheinigung, das ist schon mal gut."

„Dann hat das Gericht die Erbschaftsfrage geklärt, Heidi und du. Die haben sich wirklich beeilt. Kurtz schlägt vor, dass er sich um alles Weitere kümmert", Katja blickte von ihren Papieren auf.

„Das ist auch gut."

„Er schreibt, dass du dich um die Beerdigung kümmern sollst."

„Hmm, muss wohl sein. Gibt es einen Hinweis auf das Auto und das Bankschließfach"?, fragte Robert. Sie überprüften die Schriftstücke auf einen solchen Hinweis.

„Nein, da ist nichts erwähnt. Kurtz schlägt weiter vor, dass du dich auch um die Wohnungsauflösung kümmerst."

„Das habe ich befürchtet. Dazu müsste ich einen Schlüssel von der Wohnung haben. Es gibt Firmen, die das übernehmen."

„Die finden wir im Internet", meinte Katja. „Zuvor musst du aber die persönlichen Dinge zumindest ansehen."

Robert rief Kommissar Lindemann an, der ihm mitteilte: „Ich weiß, dass alles geregelt ist. Ich hätte mich auch bei Ihnen gemeldet. Ich muss Ihnen noch die Hausschlüssel geben."

„Sagen wir in einer knappen Stunde?"

„Passt, aber bitte nicht später, sonst erst morgen."

„Bis gleich", und zu Katja gewandt: „Kommst du mit, bitte?"

„Wir könnten anschließend gleich nach Güldnerer fahren, um nach Esser zu sehen."

Lindemann trafen sie im Vorraum des Polizeigebäudes. Auf dem Weg dorthin hatten sie überlegt, ob sie ihn in die Suche einbeziehen sollten. Sie waren aber übereingekommen, angesichts eines mehr oder weniger nicht vorhandenen, das heißt unauffindbaren Autos, und des Bankschließfaches die Polizei nicht offiziell einzuschalten. Sollten daraus Probleme entstehen, müsste sich Kurtz offiziell und im gesetzlichen Rahmen darum kümmern müssen.

„Denk dran", hatte Katja zu Robert gesagt, „dass wir beide dem ICIJ verpflichtet sind. Das viele Geld sollte uns nicht korrumpieren, die Dinge außerhalb unserer Standards zu regeln."

Lindemann hatte ihnen die Schlüssel übergeben und ihnen versichert, dass alles geregelt sei. Er gab ihnen auch den Hinweis, die Schlösser wechseln zu lassen, und die Adresse eines Schlüsseldienstes.

„Rufen Sie die an, berufen Sie sich auf mich. Ich kenne die ganz gut, beruflich müssen sie uns gelegentlich helfen. Sie kommen wahrscheinlich sofort, um Ihnen zu helfen", hatte der Kommissar vorgeschlagen.

„Dann sollten wir seinem Vorschlag folgen, was denkst du, Robert?" Der Schlüsseldienst war bereit und der Wechsel war binnen Kurzem erledigt.

„Wir müssen nach Güldnerer", sagte Robert. „Können Sie uns den Weg erklären? Schicken Sie die Rechnung bitte an diese Adresse." Er bat Katja um eine Visitenkarte, die er übergab.

„Danke, morgen oder übermorgen habe Sie sie. Güldnerer werden Sie vermutlich nicht im Navi finden. Fahren Sie am besten die B318

Richtung Tegernsee. In Warngau hinter der Unterführung nach links und kurz hinter Allerheiligen wieder links Richtung Gotzing. Fahren Sie dann langsam, damit Sie das Schild an einem Wanderparkplatz nicht übersehen, die Häuser liegen rechts von der Straße in einer Lichtung."

Katja, die am Steuer saß, fand die drei Gehöfte ohne Mühe. „Sieht nicht danach aus, als ob hier die große Oldtimerwelt zu Hause ist", meinte sie. Argwöhnisch wurden sie von einer Bewohnerin des ersten Bauernhofes betrachtet, die die Frage nach Esser unwirsch beantwortete: „Nicht bei uns."

„Dann fragen wir bei Ihren Nachbarn", erwiderte Robert. Dort erhielten sie dieselbe Antwort. Wolfgang Esser war nicht bekannt. Nur der letzte Bauer sagte: „Nein, ein Wolfgang Esser wohnt hier nicht. Auch nicht bei den anderen hier in der Umgebung." Er lächelte. „Wir kennen uns hier seit Jahrzehnten, seit Generationen. Das Fremde fällt sogleich auf."

„Danke, dass Sie uns geholfen haben", Katja lächelte zurück, worauf der Bauer noch sagte: „Beinahe hätte ich nicht mehr daran gedacht. Wir haben vorne an der Straße am Parkplatz eine gemeinsame Kiste für Zeitungen und Post. Ab und zu waren Briefe für einen Wolfgang Esser darin. Die haben wir dem Postboten immer wieder zurückgegeben."

„Ohne Nach- oder Weitersendungsverfügung?"

„Wozu? Wir kannten ihn nicht. Soll sich die Post drum kümmern."

Sie verabschiedeten sich voneinander.

Als sie wieder in Katjas Wohnung waren, sagte Robert: „Die Falle hat nicht zugeschnappt", was Katja mit „Der Ferk hat uns verarscht. Die stecken unter einer Decke" kommentierte.

33

Die folgenden Tage verbrachte Robert in der Wohnung, Werkstatt und Garage seines Vaters. Er hatte Katja gefragt, ob er lieber dort übernachten solle. Sie hatte geantwortet, ob das eine ernsthafte Frage sei, und ihm vorgeschlagen, sein Zimmer aufzuräumen und die Bettwäsche zu wechseln, denn sie ginge davon aus, die Nächte gemeinsam zu verbringen. „Es sei denn, du bevorzugst getrennte Schlafzimmer, obwohl ich diesen Eindruck bisher nicht hatte."

Robert war es unangenehm, sich mit Dingen eines ihm im Prinzip fremden Menschen beschäftigen zu müssen. Er erwähnte das Katja gegenüber: „Weißt du, oft ist das Teil unseres Berufes, eine Recherche, wenn wir uns mit einer Person intensiv auseinandersetzen müssen. Jetzt aber, da es um meinen Vater geht, ist es anders. Nicht, dass ich den Eindruck gewinne, mein bisheriges Leben würde umgekrempelt, nur weil ich jetzt weiß, wer mein genetischer Erzeuger gewesen ist. Da liegen 50 Jahren hinter mir, die ich mir nicht anders vorstellen kann, als sie waren."

„Bei mir war es sicher anders. Mein Verhältnis zu meinen Eltern, zuletzt zu meinem Vater, war ein herzliches und persönliches, ohne dass er Direktiven für mein Leben gegeben hätte. Davon habe ich dir erzählt", meinte Katja. „Ich finde auch, dass wir für uns selbst verantwortlich sind, zumindest ab dem Zeitpunkt, an dem wir flügge werden."

„Nur frage ich mich oft, wann und wo das Flüggesein beginnt, wenn ich in meine Umgebung schaue."

An einem Abend zu Anfang der Woche kam Robert etwas später als sonst in die Meichelbeckstraße zurück. Vor Katjas Tür standen Jodi and Harald Grosse.

„Katja hat mich gefragt, ob wir heute Abend zum Essen kommen können. Spontane Frage, weil wir uns zufälligerweise auf dem Flur trafen", erklärte Grosse.

„Na, dann kommt rein." Robert schloss die Wohnungstür auf, ließ sie eintreten und rief: „Katja, unser Besuch ist da." Die Grosses ließen sich nichts anmerken. Nur als Katja sich um das Essen kümmerte, hatte Jodi angeboten, ihr zu helfen, wohl mehr, um zu fragen: „Jetzt seid ihr zusammen, Robert und du?"

Katja errötete: „Er ist ein liebevoller Mensch."

Für das Abendessen hatte sie die Feinkostläden der Münchner Innenstadt aufgesucht, was von den anderen anerkannt wurde. Beim Wein hatte sie rechtzeitig einen Rothschild aus dem Château geöffnet, der verführerisch nach Cassis, Kirschen und ein wenig nach Eukalyptus duftete. „Vorzüglicher Tischwein", meinte Grosse anerkennend, worauf Katja sagte: „Dann trinken wir noch eine Flasche."

Sie hatten, Katja hatte zumeist gesprochen, von ihren Tagen in der Toskana erzählt, Robert von Genf und Montreux. Als sie von Conte Marzoni erzählte, musste Grosse lachen. „Ich hätte nicht gedacht, dass du auf solche Typen stehst", was seine Frau trocken kommentierte: „Ich kann mich nicht erinnern, dass du mir seit unseren Flitterwochen je die Tür zum Einsteigen ins Auto geöffnet hast. Wie ist das bei Ihnen, Robert?"

„Er macht das ganz manierlich, wenn er es nicht vergisst", meinte Katja.

„Jetzt bitte noch ein ernstes Wort, Katja und Robert." Beide wie auch Jodi blickten Harald Grosse erstaunt an. „Ihr bewegt euch auf dünnem Eis, was die Erbschaft betrifft. Steuern und so weiter. Ich möchte keine Schlagzeile wie ‚Verliebtes Investigativ-Journalisten-Pärchen vergisst seine Prinzipien bei fettem Erbe'. Immerhin geht es um Millionen."

„Versprochen, Harald", sagte Katja nur. Robert nickte: „Wir arbeiten mit einem guten Rechtsanwalt auf der Maximilianstraße zusammen. Ich denke, wir sind da auf der sicheren Seite. Dennoch, wir sind vorsichtig."

„Gut, danke für den schönen Abend. Weiterhin viel Erfolg. Eine interessante Story", schloss Grosse die Unterhaltung.

Beim Aufräumen sagte Robert: „Wir können den Termin für die Beerdigung besprechen."

„Morgen, jetzt nicht mehr. Das, was wir besprechen, ist, ob wir den Nightcap im Bett nehmen."

Aus dem Morgen wurde wieder Abend, weil Katja früh in die Redaktion musste. Robert rief im Bestattungsinstitut an. Dort sagte man ihm, dass die Einäscherung erfolgt sei. Robert erwähnte, dass er noch auf Reisen sei, worauf die Bestatterin sagte: „Das sehe ich an Ihrer Telefonnummer. Sie rufen aus Italien an. Wichtig für uns ist der Ort der Bestattung, dann können wir über den Termin reden."

„Ich melde mich", bedeutete Robert und legte auf. Er merkte, dass er, nachdem sie Österreich verlassen hatten, dass er seine deutsche SIM-Karte noch nicht wieder eingeschaltet hatte. *Gut*, dachte er, *das verschafft mir Zeit.*

Dann wählter er die Nummer von Fritz Jordan. „Hallo, Fritz, hier ist Robert Hauser. Wir müssen über Georgs Beerdigung sprechen. Heidi konnte ich nicht erreichen."

„Die wird arbeiten, operieren. Ich sehen sie heute Abend, sodass wir jetzt über Einzelheiten sprechen können."

„Hier sind die Dinge so abgelaufen, wie wir es erwarten konnten. Jedenfalls, was den Tod von Georg betrifft. Mit dem Auto sind wir nicht sehr viel weiter. Kann ich bei Gelegenheit berichten, nicht heute."

„Einverstanden, bei Gelegenheit. Es betrifft mich nicht selbst. Was möchtest du wissen?"

„Wir, ich, nein, das Bestattungsunternehmen möchte wissen, wo Georg beerdigt werden soll. Das ist die eine Frage. Die zweite ist die des Termins, und die dritte und vierte, ob es eine Trauerfeier geben soll und wenn ja, wer dazu eingeladen werden soll."

„Zu der ersten Frage, Robert. Ich glaube zu wissen, dass Georg an der Seite von Brigitta, deiner Mutter, liegen möchte. Die Schwestern, auch meine Frau, sind dort beerdigt."

„Wo ist das?", wollte Robert wissen.

„Im Waldfriedhof von Bad Tölz", antwortete Jordan.

„Dann zum Termin."

„Ich werde nicht kommen. Es ist mir zu anstrengend. Belassen wir es dabei. Was deine Schwester betrifft: Mach den Termin und Heidi wird kommen. Ich bespreche das heute Abend mit ihr. Termin in einer Woche oder in zwei Wochen. Robert, ich danke dir und vermutlich auch Katja, dass ihr euch darum kümmert."

Robert schaute zur Uhr. Zeit, noch einmal das Bestattungsinstitut anzurufen.

„Wir bitten um eine Beerdigung im Waldfriedhof von Bad Tölz. Dort ist das Grab von Frau Alexandra Jordan. Auch ihre Schwester Brigitta ist dort beerdigt. Ich weiß natürlich nicht um die Platzverhältnisse, vermute aber, dass es für eine Urne reichen wird."

„Das können wir klären. Wie stellen Sie sich die Trauerfeier vor?"

„Wenn es am Friedhof einen Raum für nicht kirchliche Bestattungen gibt, dort, sonst bei Ihnen. Ich habe das bei unserem ersten Besuch gesehen. Eine Liste der Trauergemeinde schicke ich Ihnen mit einem Entwurf für die Anzeige zu. Können wir das so machen? Ich bin noch nicht in Deutschland und müsste ohnehin erst wieder nach Frankfurt, wo ich wohne."

„Sie hören von uns, per Telefon oder besser per E-Mail. Einverstanden?"

Er dankte.

Abends, als Katja nach Hause kam, saß Robert am Laptop. „Ich schreibe gerade Heidi. Die Beerdigung ist für Freitag nächster Woche geplant. So weit ist alles geklärt. Morgen muss ich ins Haus und versuchen, eine Liste der Trauergemeinde zusammenzustellen. Heute ist Mittwoch. Ich schreibe ihr, dass sie uns am besten anruft. Wenn du nicht allzu kaputt bist, können wir kurz nach Tölz fahren, um eine Location für die Reuzech zu suchen."

„Nein, bin ich nicht, können wir machen. Jetzt gleich? Unterwegs kannst du mir Reuzech erklären."

„Reuzech, Leichenschmaus, für den höheren Bildungsgrad wie dich: das lateinische ‚epulum funebre'. Wir sind gegen 10 zurück. Heidi bekommt ein Zeitfenster bis Mitternacht für den Anruf."

Kurz nach 22:00 waren sie wieder zurück. Für das Beisammensein nach der Beerdigung hatten sie den Roten Salon im Kurhaus gebucht. Katja und Robert saßen bei einem Glas Rotwein auf der Terrasse, als ihr Telefon klingelte.

„Hallo, Heidi. Kann ich das Telefon auf laut stellen? Dann kann Robert mithören."

„Robert, wie geht es dir? Hast du viel Stress mit Georg?"

„Mit Georg selbst nicht, auch sonst nicht. Katja ist eine große Unterstützung."

„Gut", klang es aus dem Telefon. „Ich habe nicht viel Zeit."

„Dann im Telegrammstil: Beerdigung Freitag nächster Woche, 11:00 Uhr, anschließend kurzes Beisammensein mit der Trauergemeinde im Kurhaus, sollte gegen 14:00 Uhr erledigt sein. Allgemeine Formalitäten in Kurtz Händen, Auto nicht gefunden. Schnell genug?"

Katja tippte sich an die Stirn und flüsterte ihm zu: „Sei etwas freundlicher zu deiner Schwester."

„Hab ich gehört, ist in Ordnung. Chirurgisch knapp, wie ich es liebe. Ich organisiere meine Flüge. Papa kommt nicht mir, hat er mir gesagt. Könnt ihr mir ein Hotel besorgen?"

Katja machte ein Zeichen, das „Sie kann hier übernachten?" bedeuten sollte. Robert nickte.

„Du kannst bei uns bleiben, Heidi. Robert ist gerade umgezogen. Vom Gästezimmer in mein Schlafzimmer. Wir haben Platz."

Heidi lachte. „Dachte ich mirs doch. Hat er Zeit, mich abzuholen?"

„Hat er! Schick uns die Ankunftszeit."

„Mach ich, danke. Auch wenn der Anlass traurig ist, ich freue mich, euch zu treffen. Bis nächste Woche." Sie legte auf.

„Dann kannst du gleich zeigen, was du als Hausmann taugst, wenn du dein Zimmer aufräumst. Komm, der Tag war lang genug."

- 34 -

Robert hatte sich früh auf den Weg zum Flughafen Franz Josef Strauß machen müssen, denn Heidi Jordan hatte die gleiche Flugverbindung genommen, mit der Katja und er morgens um sechs aus Miami zurückgekommen waren. Er hatte seine Schwester nicht ausrufen lassen. Sie reiste mit leichtem Gepäck und trat bald aus dem Ankunftsbereich mit den Gepäckbändern in den Wartebereich, wo Robert neben einem Ausstellungsstück eines bayerischen Automobilherstellers wartete.

Als sie sich gegenüberstanden, zögerten sie kurz, nahmen sich dann doch in die Arme:

„Heidi."

„Robert."

„Hattest du einen guten Flug?" Er wartete die Antwort nicht ab und nahm Heidis Rollkoffer. „Hier entlang."

Eine knappe Stunde später begrüßte Katja Heidi umso herzlicher und als sie kurz darauf beim Frühstück saßen, fragte Heidi Katja: „Ist er immer so schweigsam?"

Bevor Robert selbst antworten konnte, lachte Katja. „Wenn er eine Frau eine Weile nicht gesehen hat, verfällt er seinem Schweigegelübde. Ist er nicht süß in seiner Verlegenheit?"

„Du willst dich sicher ein wenig frisch machen", schlug Robert Heidi vor. „Komm, ich zeige dir alles."

„Fühlt euch wie zu Hause", lachte Katja. „Ich räume derweil die Küche auf."

Heidi hatte um frischen Kaffee gebeten, den sie auf der Terrasse tranken, während sie mit einer Mischung aus Ratschen und Beratschlagen die kommenden Tage in den Fokus nahmen.

„Einer von euch beiden sollte, wenn nicht sogar müsste, morgen ein paar Worte zur Trauergemeinde sagen", schlug Katja vor. Heidi und Robert blickten sich an. Keiner gab zu erkennen, dass er oder sie sich um diese notwendige Aufgabe reißen wollte.

„Wenn wir jetzt bei den Grünen wären", versuchte Katja, ihnen zu Hilfe zu kommen, „wäre es klar. Bei gleicher Qualifikation übernimmt immer die Frau den Job."

„Dann ist es einfach. Wir beschäftigen uns beide mit Hirnen. Ich operiere sie und du, Robert, fütterst sie mit Information. Zudem sprichst du besser Deutsch, meine ich. Es ist nicht meine Muttersprache."

Robert verzichtete auf eine weitere Argumentation: „Solange ich euch keinen Probevortrag halten muss."

„Du wirst es schon richten", meinte Katja und gab ihm einen Kuss.

„Habt ihr neue Erkenntnisse, was das Auto betrifft? Ich glaube, dass das Papas größte Sorge ist", fragte Heidi.

„Hat er denn einen Grund, abgesehen vom Geld, vom vermuteten Wert?", fragte Robert zurück.

„Ehrlich gesagt, das weiß ich auch nicht. Ich vermute, dass er da eher einen Gerechtigkeitstick hat und alles, was nicht mit rechten Dingen zugeht, als kriminell und potenziell strafwürdig ansieht", erklärte Heidi.

„In gewisser Weise ist das auch unser, das heißt, Roberts und dein Problem." Bevor Katja weitersprechen konnte, warf Heidi ein: „Wenn du von ‚unser' sprichst, dann müsst ihr mich ausschließen. Ich denke, dass es von Papa ausgeht und ihr ihm helft, es wiederzufinden."

„Hmm", brummte Robert nachdenklich. „Dein nicht vorhandenes Problem, Heidi, hat immerhin einen Millionenwert. Ein anderer Punkt ist zudem der, dass oder ob wir damit in die Öffentlichkeit kommen wollen. Im Augenblick sieht es eher danach aus, dass wir den Ball flach halten sollten, denn wenn es zu bekannt wird, halten Esser und Ferk sich zurück. Je später die den Wagenheber zu Geld machen, desto mehr wird er ihnen einbringen."

„Okay, ihr zwei Automillionäre", beendete Katja die Diskussion. „Fakt ist, dass eures Vaters früherer Kollege Philipp Schneider finanziell illiquide zu sein scheint, das heißt, froh wäre, zügig an Geld kommen zu können."

„Wir wissen aber nur", entgegnete Robert „dass der Typ in Österreich, Mathias Ferk, und sein Kompagnon Wolfgang Esser den Wagen haben. Wolfgang Esser ist ein Fake, denken wir jedenfalls. Es könnte natürlich sein, dass er mit Schneider identisch ist oder zumindest mit ihm zu tun hat."

„Habt ihr ihn in Italien nicht gesehen? Ihr habt erzählt, ihr hättet den Wagen dort bei der Rallye gesehen", warf Heidi ein.

„Das war nur kurz. Mit Ferk haben wir gesprochen, als wir sie am Straßenrand trafen. Der zweite, also Esser, der mit dem Bart, blieb im Auto. Beide waren bei den gemeinsamen Programmpunkten nicht zugegen. Am zweiten Tag waren sie ohnehin schon weg." Katja fasste die Begegnung kurz zusammen.

Eine nachdenkliche Unterbrechung des Gespräches trat ein.

„Lauft ihr?", fragte Heidi nach einer Weile.

„Ich ja, Robert?"

„Ich habe meine Laufklamotten nicht hier", war seine Antwort.

Katja und Heidi zogen sich um und standen bald mit 7/8 Lauftights und Tanktops und quietschgelben Sauconys vor Robert. Er betrachtete sie und deutete auf die Schuhe.

„Eingebaute Endorphine?"

„Wirklich Zufall, dass wir dasselbe Schuhmodell tragen, ‚Endorphin Pro'", meinte Heidi lächelnd.

„‚Propels you forward faster for explosive power transfer', so heißt es doch in der Reklame. Da würde ich ohnehin nicht mithalten können."

„Wir laufen Richtung Brückenwirt an der Grünwalderbrücke und sollten in einer Stunde wieder zurück sein."

„Viel Spaß!"

Tatsächlich waren die beiden verschwitzt nach einer guten Stunde wieder zurück.

„Wir duschen schnell. Beim Laufen ist mir eine Idee gekommen", meinte Katja.

Robert hatte einen großen Krug Zitronenlimonade zubereitet und die beiden Frauen stillten ihren Durst.

„Was hast du dir überlegt"?, fragte Robert.

„Es ist sicher nur ein Schuss ins Blaue", begann Katja. „Aber wir haben überhaupt keinen Anhaltspunkt, Esser zu identifizieren oder Schneider in Zusammenhang mit dem Verschwinden des Autos zu bringen. Vielleicht gibt uns die Beerdigung morgen Gelegenheit, die Suche etwas einzugrenzen."

„Die Beerdigung", Robert runzelte seine Stirn.

„Nicht die Beerdigung an sich. Die Trauergemeinde. Wir sollten versuchen, die Gäste zu identifizieren, zumindest die, die für uns wichtig sind."

„Wie willst du das bewerkstelligen?" Robert war noch nicht überzeugt.

„Du hast sicher ein Condolence Book organisiert", meinte Heidi.

„Ein Kondolenzbuch. Ja, ich nehme an, dass das Bestattungsunternehmen das auslegt", vermutete Robert.

„Dann bitte sie, es so einzurichten, dass jeder seine Adresse angibt. Als Grund dafür sagst du, dass du gerne Danksagungen verschicken möchtest und im Prinzip niemanden kennst", erklärte Katja.

„Was nutzt uns das, wenn wir wissen, wer wo wohnt"?, erkundigte sich Robert.

„Für sich genommen, nichts. Da vermutest du richtig", warf Heidi ein.

„Ich kenne einen Fotografen, den wir bitten, die Trauergemeinde zu fotografieren", bedeutete Katja.

Robert schaute sie zweifelnd an. „Dann haben wir ein Kondolenzbuch und ein Haufen Fotos. Wie bringen wir das zusammen? Anders gefragt, was soll uns das, jeweils für sich genommen, nutzen?"

„Robert, ich bin geneigt, zu sagen: Sei nicht so schwer von Begriff. Du rufst jetzt das Bestattungsunternehmen an und ich telefoniere mit meinem Fotografenfreund. Anschließend lädst du uns zum Abendessen ein."

Langsam füllte sich die Aussegnungshalle. Robert, der an der Tür stehen geblieben war, kannte niemanden. Mit Ausnahme von Philipp Schneider, der in Begleitung einer Frau mittleren Alters mit grauhaarigem Pagenschnitt gekommen war. Schneider war in ein Gespräch vertieft, sodass er nicht auf Robert achtete.

„Noch einmal mein Beileid zum Tode von Georg Braun." Robert drehte sich verdutzt um und sah die beiden Polizisten Ulla Brenner und Andreas Lindemann vor sich, die gerade einem grau-metallic farbenen Zivil-BMW entstiegen waren.

„Kommen Sie, um mich zu einer erneuten Vernehmung wieder in Gewahrsam zu nehmen?"

„Nein, Herr Hauser", antwortete Lindemann.

„Was ist dann der Grund?"

Die Antwort übernahm Ulla Brenner: „Ich kann verstehen, dass Sie nicht begeistert sind, uns hier zu sehen. Sie sind selbstverständlich nicht der Grund. Wir haben jedoch Hinweise, dass mit dem Ableben von Herrn Braun einige Unregelmäßigkeiten verbunden sind, denen wir nachgehen wollen."

„Was auch heißt, dass sich Ihr Mitgefühl in Grenzen hält? Aber gut, kommen Sie bitte nachher mit ins Kurhaus, da können wir uns weiter unterhalten. Es interessiert mich schon, was Sie vermuten."

„Gerne, vielen Dank. Viel können wir Ihnen nicht mitteilen, das wissen Sie."

„Lassen Sie sich überraschen. Ich muss jetzt hinein", beendete Robert die kurze Unterhaltung.

Während leise ‚Marcia funebre', der Trauerakt aus dem letzten Akt von Verdis Oper Nabucco erklang, lief Robert an der Trauergemeinde vorbei und setzte sich auf seinen Platz in der ersten Reihe zwischen Heidi und Katja.

Nachdem die Musik verklungen war, ging er zu einem kleinen

blumengeschmückten Karren, auf dem die Urne mit der Asche Georg Brauns stand. Mit dem Rücken zu den Gästen blieb er einen kurzen Moment vor einem Foto stehen, das Georg Braun mit frohem Gesichtsausdruck zeigte, und dessen oberer linker Rand mit einem Schwarzen Flor versehen war.

„Jetzt sehe ich dich zum ersten Mal", dachte er und drehte sich um.

„Liebe Freunde und Weggefährten unseres Vaters Georg Braun." Robert blickte in teils betroffene, teils verdutzte Gesichter. „Meine Schwester Heidi Jordan und ich danken Ihnen, dass Sie gekommen sind, um mit uns Abschied von Georg zu nehmen." Er bekam den Eindruck, dass die Überraschung größer war als die Betroffenheit, denn auf der Anzeige stand unter Brauns Namen, Geburts- und Sterbedatum nur „Seine Familie", die eben nur aus Heidi und ihm bestand.

Robert blickte Doktor Kurtz an, der in der zweiten Reihe neben Schneider und dessen Frau saß.

„Sie alle kannten Georg lange, waren mit ihm freundschaftlich oder beruflich über viele Jahre verbunden. Sie wissen, dass er, um in heutiger Sprache zu sprechen, ein Workaholic war, seinen Beruf über alles und auschließlich liebte, sieht man von den Momenten ab, in denen er unsere Mütter liebte." Robert glaubte, nach diesem Satz in einige errötende Frauengesichter zu blicken. Manche Männer schmunzelten. „So kann ich Ihnen nicht viel von ihm …" In diesem Moment klingelte ein Mobiltelefon. Er war zu angespannt, um darauf zu reagieren. Es schien, dass ihn der Moment unerwartet aufgewühlt hätte. Einige Gesichter drehten sich jedoch empört in Richtung des Klingeltons. Man sah den Van-Dyke-Bart in einer der hinteren Reihen, der sich beeilte, den Anruf wegzudrücken. „So kann ich Ihnen nicht viel von ihm erzählen. Ich würde mich aber freuen, wenn Sie uns zu seinem Grab begleiten. Später im Kurhaus ergibt sich die Gelegenheit, Sie ein wenig näher kennenzulernen und mehr von Georg zu erfahren." Robert setzte sich.

Mit den letzten Klängen einer weiteren Musik formierte sich der Trauerzug. Ein Friedhofsgärtner schob das Wägelchen mit der Urne zum Grab. Dort angekommen versenkte er die Urne zwischen den beiden Grabsteinen, die die Namen von Alexandra Jordan und ihrer Schwester Brigitta trugen. Der Friedhofsgärtner schaufelte ein paar Schaufeln Erde auf die Urne, klopfte diese mit dem Spaten fest und verneigte sich kurz. Er verneigte sich auch kurz vor Heidi und Robert, nahm den Griff der Karre und entfernte sich. Heidi und Robert, der Katja eingehakt hatte, traten gemeinsam vor und verweilten in einem Moment der Stille. Dann nahmen sie das Defilee der Trauergäste ab und die Beleidsbekundungen entgegen.

„Lass uns, wenn nachher alles vorüber ist, noch einmal zum Grab zurückkehren", bat Heidi, worauf Robert nickte.

Der Rote Salon war vorbereitet, die Tische festlich eingedeckt. Heidi, Robert und Katja trafen als Letzte ein, fanden aber gleich den für ‚Familie' reservierten Platz. Die meisten Teilnehmer saßen schon vor einem Export- oder Weißbier. Rot- oder Weißwein war eher ein Angebot für die Damen, wie Katja feststellte. Sie drei blieben bei Wasser, sprachen aber auch dem Krustenschweinebraten in Dunkelbiersauce, Semmel- und Kartoffelknödeln und Speckkrautsalat zu, der allgemein gereicht wurde.

Robert verzichtete auf Kaffee. Stattdessen machte er seine Honneurs und ging von Tisch zu Tisch. Kaum jemand schien sich für ihn zu interessieren oder fragte nach den Lebensumständen, von denen sie zuvor alle erfahren hatten. Die Atmosphäre erschien ihm nicht feindlich, man sprach aus Höflichkeit mit ihm und bestellte lieber noch ein zweites Bier.

Er setzte sich zu Lindemann und Ulla Bauer. „Das hat eine überraschende Entwicklung genommen für Sie, oder"?, fragte der Kommissar.

„Das kann man wohl sagen, wenn die Familie plötzlich ohne eigenes Zutun wächst. Vor allem, wenn sich daraus hauptsächlich Pflichten ergeben."

„Ihre Schwester", erkundigte sich Ulla Bauer. „Sie haben sie tatsächlich nicht gekannt?"

„Heidi? Nein, nicht von ihr gewusst, geschweige denn gekannt. Sie lebt in Miami. Sagen Sie mir bitte, was Sie veranlasst hat, an der Beerdigung von Georg Braun teilzunehmen?", bat Robert.

Ulla Bauer öffnete ihre geräumige Handtasche: „Hier ist ein Päckchen für Sie. Wir haben Sie darüber informiert, dass die Uhren wieder zurückgegeben wurden."

Lindemann ergänzte: „Unser erstes Zusammentreffen war ausgesprochen unglücklich. Ich will mich dafür nicht entschuldigen. Für uns war es ein eindeutiger Einbruch. Jetzt bleibt zwar immer noch die Verletzung unseres Siegels, was wir aber zwischen Ihnen und uns geklärt haben."

„Das erklärt aber nicht, warum Sie hier sind", meinte Robert. „Ich kann verstehen, dass Sie die Uhren angesichts des Wertes nicht per Post an mich schicken wollten, zumal Sie meine oder Heidis Rolle nicht kannten. Ein Anruf hätte genügt und ich wäre zu Ihnen gekommen."

Lindemann lächelte: „Da kann ich Ihnen nicht mal widersprechen. Wir haben aber den Verdacht, dass die Liegenschaft Ihres Vaters als Selbstbedienungsladen betrachtet wird."

„Sie meinen die Nachlasspflegschaft?"

„Die sind unserer Meinung ziemlich großzügig mit dem umgegangen, was vier Räder hat, mit dem Lamborghini beispielsweise. Möglicherweise auch mit wertvollem Werkzeug."

Ulla Brenner schaltete sich ein: „Herr Hauser, wenn es eine komplette Inventarliste geben sollte, wäre es gut, wenn wir die bald bekommen könnten. Wie mein Kollege sagte, geht es mehr um Maschinen in der Werkstatt als um Kaffeetassen in der Küche. Wenn Sie eine solche haben, sollten wir das baldmöglichst abstimmen."

„Ich werde unseren Anwalt Doktor Kurtz fragen. Er sitzt dort drüben. Soll ich Sie vorstellen?"

„Nein", antwortete Lindemann. „Wir müssen zurück auf die Dienststelle."

Robert stand auf, Lindemann und Brunner folgten. „Also gut. Ich kümmere mich darum." Er klopfte auf die Schachtel. „Vielen Dank auch dafür, dass Sie gekommen sind. Wir halten Kontakt." Sie schüttelten sich die Hände und Robert ging zum nächsten Tisch.

Dort saßen Rechtsanwalt Kurtz, Philipp Schneider und seine Frau sowie eine weitere Dame, die altersmäßig zwischen Kurtz, von dem Robert wusste, dass er Mitte fünfzig war, und dem 15 Jahre älteren Schneider passte. Bevor er sich setzte, eine Einladung, Platz zu nehmen, wartete er nicht ab, stellte er sich vor: „Robert Hauser." Kurtz übernahm, die Damen mit Robert bekannt zu machen: „Neben mir", er blickte nach rechts, „ist Frau Riemenschneider, die sich um Brauns Nachlass kümmert, und hier ist Frau Schneider, die Georg auch gut gekannt hat. Sie ist Richterin am Oberlandesgericht."

„Juristen unter sich, wenn auch auf unterschiedlichen Seiten des Richtertisches. Interessante Kombination." Robert schmunzelte.

Weniger fröhlich schien Philipp Schneider. „Sind Sie mittlerweile mit Kommissar Lindemann befreundet? Polizei, dein Freund und Helfer?"

„Keine Sorge, Herr Schneider. Die Bemerkung scheint mir aus der Zeit gefallen zu sein, wenn man ihren Ursprung kennt. Ich weiß sehr wohl zwischen der Exekutive als einer der drei Gewalten und meinem Beruf als Journalist, also der vierten Gewalt, zu unterscheiden. Auch vielen Dank, Frau Schneider, dass Sie sich beim Nachlassgericht um unsere Angelegenheit kümmern wollten. Sicher hat meine Anwesenheit und jetzt mein Verwandtschaftsstatus Ihre Pläne, sagen wir, beeinflusst."

Frau Schneider blickte ihn erbost an. Doch bevor sie mit einer Antwort reagieren konnte, versuchte Kurtz, das Gespräch wieder in ein ruhigeres Fahrwasser zu lenken. „Ich denke, dass Georg gerührt gewesen wäre, hätte er den Zuspruch hier und heute erleben können. Die meisten hatte er aus den Augen verloren, und dass sie sich hier versammelt haben, um seiner in Trauer zu gedenken, wohl auch in Freude, hätte ihm Spaß gemacht."

Der Geräuschpegel war gestiegen und von manchen Tischen drang Gelächter zu ihnen.

„Dennoch, was war der Anlass für die Teilnahme der Kripobeamten und Ihr Gespräch"?, insistierte Philipp Schneider.

Robert klopfte auf die Schachtel. „Herr Schneider, Sie wissen, was hier drin ist. Was mir die Polizei übergeben hat. Die Polizei hat einen Verdacht, denkt sogar daran, Georg Brauns Besitz sicherstellen zu lassen. Paragraf 94 StPO ist der Bezug, erwähnte Lindemann. Ist Ihnen allen sicher bekannt."

Die anderen vier Personen schauten Robert erstaunt an, der wiederum dachte, *wie unschuldig sie tun.* Selbst Kurz äußerte sich verwundert: „Warum denkt die Polizei so?"

„Vorhin fiel der Begriff Selbstbedienungsladen. Sie wissen, Herr Schneider, ebenso wie Ihr Mann, Frau Doktor Riemenschneider, was damit gemeint sein könnte, nicht wahr? Diebstahl wollte man wohl nicht gleich sagen. Doktor Kurtz, die Polizei bittet um eine Inventarliste, falls Georg eine erstellt haben sollte. Ich meine, ich hätte eine solche gesehen. Kommissar Lindemann wird sich bei Ihnen melden, und ich bitte Sie, sie ihm dann auszuhändigen."

Die Schneiders und Frau Riemenschneider verabschiedeten sich, wobei Robert Letzterer mit auf den Weg gab: „Ich glaube, Ihre Aufgabe ist beendet. Doktor Kurtz wird sich zukünftig um unsere Angelegenheiten kümmern."

Der setzte sich wieder und sagte zu Robert: „Wie stellen Sie sich das vor? Ich meine, die juristischen Dinge sind klar. Wie weit sind sie mit dem Anliegen von Fritz gekommen? Aber was ist mit dem Selbstbedienungsladen wirklich gemeint?"

„Zur ersten Frage. Nicht weit. Wir haben eine Spur, haben den Wagen auch einmal kurz in Italien gesehen. Mehr im Moment nicht." Robert machte eine kurze Pause, dann: „Zur zweiten: Lindemann hat das offengelassen. Ich vermute, dass er davon ausgeht, dass das eine oder andere schon Abnehmer gefunden hat, ohne dass ein Erlös auf einem Konto von Braun eingegangen ist."

Kurtz blickte ihn nachdenklich an: „Daran sollen Schneider und die Nachlasspflegschaft beteiligt sein? Das kann ich mir kaum vorstellen."

„Wer sonst?"

- 36 -

Nach der Trauerfeier waren Heidi, Robert und Katja noch einmal zum Grab gefahren. Katja hielt sich im Hintergrund, während die Geschwister die bereits verwelkenden Blumen betrachteten. Sie sprachen nicht viel miteinander. Auch die Rückfahrt nach München verlief mehr oder weniger schweigend.

Auf der Terrasse in Katjas Wohnung wurde über Heidis Heimreise am folgenden Tag gesprochen.

„Du konntest wenigstens noch einmal an deine Mutter denken", meinte Robert zu Heidi. „Für mich war der Tag ein fremdes Geschehen, der, da bin ich mir sicher und ehrlich, keine nachhaltige Wirkung zeigen wird." Heidi nickte, sagte aber nichts. „Wir wollen den Wunsch und Auftrag deines Vaters erfüllen. Alles andere möchte ich Kurtz und gegebenenfalls Lindemann überlassen. Wenn es dir recht ist?"

Auch hierzu nickte Heidi, fügte aber hinzu: „Ich glaube, du musst dir keine Gedanken machen. Mir geht es etwas anders, weil ich meine Mutter kannte, Fritz ein liebevoller Vater ist und nicht einmal ich Georg in seiner Rolle als leiblichen Vater kennenlernen konnte. Deine Eltern bleiben deine Eltern und letzten Endes haben sie aus dir einen ansehnlichen Bruder gemacht, der das Ergebnis einer Liebelei war, dessen Beteiligte sich deiner nicht stellen wollten oder konnten."

Am nächsten Morgen hatten sie Heidi zum Flugplatz begleitet. Die Verabschiedung war herzlich, mit dem Versprechen, sich nicht aus den Augen zu verlieren. Zumal, wie Heidi ihnen kurz vor dem Passieren der Sicherheitsschleuse noch zurief, sie ein Forschungsprojekt zum intraoperativen Brainmapping mit der Technischen Universität plane.

Auf der Rückfahrt fragte Robert: „Ich habe gestern keinen Fotografen gesehen. War der überhaupt da?"

„Wir sind auf dem Weg zu ihm. Knappe Viertelstunde."

Katja versuchte, auf der Pasinger Ebenböckstraße einen Parkplatz zu finden, ein hoffnungsloses Unterfangen. Sie fuhr unerlaubterweise durch einen Torbogen und stellte den Wagen auf der linken Seite des Hinterhofes neben einer Reihe von Müllcontainern ab. Gegenüber befand sich ein Gebäude, dessen Erdgeschoss eine mit Metallrahmen versehene Fensterfront aufwies. In der Mitte davon war eine Tür, deren Beschriftung rechts auf eine Tanzschule und links auf das Fotoatelier ‚Aperture' hinwies. Sie betraten das Gebäude und nach einem kurzen Flur das Atelier. Der große lichtdurchflutete Raum war hinter einem Eingangstresen zur Hälfte mit dunklem Parkett belegt. Die zweite Hälfte war, wie auch Wände und Decken, in Weiß gehalten. An der Hinterwand ein Gestell mit Farbbahnen, um andere Hintergründe zu ermöglichen. Auf Aluminiumstativen standen acht- und rechteckige Lichtformer, an die jetzt Faltreflektoren gelehnt waren. Rechts davon befand sich ein Sideboard mit Kameras und Computern.

Über eine Treppe gelangten sie in einen Raum, der als Büro und zur digitalen Bildbearbeitung eingerichtet war. An dessen Ende baumelten an einem quer durch den Raum gespannten Drahtseil Negativstreifen und mittelformatige Papierabzüge, die eine Tür mit der Aufschrift ‚Labor' einrahmten. Über dem Türrahmen waren eine gelbe und eine rote Warnlampe angebracht.

Katja begrüßte einen jungen Mann mit raspelkurzem Haar und dunklem Vollbart mit Wangenküssen und stellte ihn Robert als „Lang, ein alter Freund" vor.

„Robert Hauser. Ich habe Sie gestern gar nicht gesehen."

„Machs nicht so kompliziert, Robert. Tommy."

„Okay, solange aus mir nicht Bobby wird. Also! Gestern!"

„Wir waren diskret. So wie Katja die Aufgabe beschrieben hatte, war das auch notwendig. Sie sagte mir, dass ihr beide, du und deine Schwester, niemanden kennen würdet. Einer meiner Mitarbeiter war sozusagen klandestin im Publikum, äh, in der Trauergemeinde. Ein Kaffee?"

„Ja, gern", antwortete Katja. „Latte für mich, schwarz für Robert." Lang ging zu einem Brema-Highboard, hinter der von einer Gasdruckfeder gehaltene Klapptür eine Profitec-Espresso-Maschine sowie Wasserkocher und French-Press-Utensilien standen. Er stellte an der Kaffeemühle den entsprechenden Mahlgrad ein und fragte, ob es ein äthiopischer Mocca oder ein Panama Geisha werden solle. Letzterer würde aber länger zur Zubereitung brauchen.

„Äthiopien", antwortete Katja schnell, bevor Robert den Geisha-Kaffee kommentieren konnte.

„Nehmt euch Stühle. Dort auf dem Mac könnt ihr die ersten Bilder sehen."

Katja und Robert scrollten durch die Unmengen an Fotos, die auf dem Bildschirm zu sehen waren. Als Lang mit dem Kaffee kam, meinte sie: „Es gibt nur wenige Personen, die wir kennen. Vielleicht kannst du die in einen Ordner schieben und wir widmen uns dem Rest."

„Hab ich schon und die anderen auch. Nach Namen geordnet, so weit es ging." Er machte ein paar Klicks und reagierte auf Roberts fragenden Blick. „Wie gesagt, wir waren diskret. Niemand hat uns in unserer Rolle erkannt. Wenn, hätten wir sagen können, wir wären als offizielle Trauerfotografen beauftragt worden, was nicht ungewöhnlich ist." Noch ein paar Klicks und ein Menü mit Ordnern öffnete sich. „Ihr seht hier die Fotos der einzelnen Personen. Ich gebe euch einen Stick. Du hast das Lightroom-Programm, Katja. Auf dem Datenträger ist eine Bibliothek, die du in Lightroom öffnen kannst. Dann seht ihr die Namen und Adressen, so weit möglich, als Caption, also Bildunterschrift oder Tags angegeben."

Katja und Robert blickten ihn an und fragten beinahe gleichzeitig: „Wie hast du das so schnell geschafft?"

„Eigentlich schon Realtime. Seht, der kleine Kasten an meiner Nikon DSLM sendet per WFT die geschossenen Fotos hier auf den PC. Katja, du kennst meine Freundin Kira. Sie hat hier gesessen und die Aufnahmen gleich weiterverarbeitet."

„WFT heißt"?, fragte Robert. Tommy Lang blickte auf seine Uhr. Dann aktivierte er einen zweiten Bildschirm.

„Oh, Lewandowski hat gerade ein Tor geschossen. Tolles Bild. Bayern spielt gerade in der Arena und Kira macht dort Sportfotos. Ich schicke sie später an die Agenturen, die sie von uns kaufen. WFT steht für Wirelesss File Transfer."

„Wie seid ihr an die Namen und Adressen gekommen"?, interessierte sich Katja.

„Nicht von allen, obwohl die Gästeliste überschaubar war. Kira hat zwei Programme verwendet, Clearview und PimEyes. Damit haben wir die meisten identifiziert. Was damit zu tun hat, dass viele eine digitale Inkontinenz auf Facebook, Instagram oder YouTube haben. Die beiden Programme durchsuchen die Social-Media-Kanäle und peng."

„Ist das legal?", fragte Robert.

„Da solltest du nicht so genau nachfragen. Clearview verkauft die Daten an Unternehmen und Behörden weiter. PimEyes rechtfertigt sich damit, dass Individuen Fotos oder Videos aufspüren können, die sie nicht in der Öffentlichkeit sehen wollen. Clearview hat das aufgegriffen. Die Diskussion, ob das rechtlich ist, füllt endlose Seiten und hat Gerichte beschäftigt. Warum aber der Aufwand? Ich kann euch vertrauen?", fragte Lang besorgt.

„Kannst du! Sei unbesorgt. Journalistischer Quellenschutz", antwortete Katja. Robert übernahm die erste Frage nach dem Aufwand.

„Wir suchen eine Person. Von der wissen wir nur einen falschen Namen und haben ihn einmal gesehen, kurz in Italien bei einer Oldtimer-Rallye."

„Das könnte der sein." Tommy Lang öffnete eine Datei. Auf dem Bildschirm erschien der Van-Dyke-Bart.

„Ja, das ist er. Super. Aber wie, Tommy?" Katja war erstaunt.

„Wie gesagt, es waren ja nicht allzu viele Gäste. Wir haben einen Abgleich der Trauergemeinde in der Aussegnungshalle mit denen beim Essen und denen am Grab gemacht. Der Einzige, der schließlich fehlte, war der Bartträger."

„Hilfst uns das jetzt weiter?" Robert zweifelte.

„Ich glaube schon." Lang öffnete eine andere Datei. Wieder erschien eine Porträtaufnahme."

„Das ist Schneider", sagte Katja.

„Das Bild ist toll zu gebrauchen. Es entstand an dem Tisch, wo auch die Rechtsanwälte Kurtz und Riemenschneider saßen. Du auch, Robert." Eine weitere Datei wurde geöffnet und sie sahen auf den gemeinsamen Tisch. Lang klickte das Bild aber wieder weg. „Jetzt kommts." Er schob das Bild des Van-Dyke-Trägers über das von Schneider. „Die biometrischen Daten stimmten überein. Sie sind miteinander verwandt, vielleicht sogar Brüder. Ich meine, es ist kein DNA-Test. Beweiskräftig genug, dass wir mit ein wenig Detektivarbeit herausgefunden haben, dass euer Bartträger auch Schneider heißt, mit Vornamen Wilhelm. Dazu gibt es ein paar Alias, darunter Wolfgang Esser. Adresse usw. ist auf dem Stick."

„Bingo", rief Robert.

„Ihr sucht ein Auto?" Tommy Lang stellte die Frage arglos. Katja und Robert blickten ihn verdutzt an.

„Wie …?", klang es wieder unisono.

Lang schloss die Bildbetrachtungssoftware und öffnete iTunes. Aus dem Lautsprecher des Bildschirmes kam eine Stimme: „Glöckl" und als Antwort „Riegele." Er drückte auf die Pausentaste. „Das ganze Gespräch habt ihr auf dem Stick. Erst dachten wir, es ginge um Bier, Riegele."

„Ist eins aus Augsburg", bestätigte Katja.

„Glöckl wird in Graz gebraut. Hört nur weiter."

Die Stimme von Riegele: „Ich bin auf der Beerdigung von Braun. Erinnerst du dich an die Healey-Besatzung, die bei uns am ersten Tag angehalten hat, als wir angehalten hatten"?

„Ja klar. Die Frau war doch hier mit ihrem Italiener. Wo ist der Zusammenhang mit der Beerdigung?" Die Stimme von Glöckl.

„Der Italiener heißt Robert Hauser. Er ist der Sohn von Georg."

Schweigen auf Riegeles Seite. Dann: „Lass den Wagen erst einmal verschwinden, bis die Blumen auf dem Grab verwelkt sind. Hat auch den Effekt, dass der Wert steigt."

„Du weißt, dass wir das Geld brauchen, Philipp und ich", Riegeles Stimme schien verzweifelt.

Lang beendete die Übertragung. „Den Rest könnt ihr euch zu Hause anhören."

Robert wollte wissen, wie die Tonaufnahme zustande gekommen war.

„Auch das wollt ihr nicht wirklich wissen." Tommy Lang schien nicht gewillt, sich darüber auszulassen.

„Doch", meinte Katja.

„Während deiner kurzen Ansprache klingelte doch das Telefon von Wilhelm Schneider. Ich stand zufälligerweise hinter ihm, weil ich Aufnahmen von dir, Robert, machen wollte. Die kurze Unruhe, die entstand, habe ich genutzt, um ihm einen aTTo-Recorder auf den Rücken seiner Jacke zu kleben. Die kann man bei Amazon kaufen, sind nicht illegal." Er grinste. „Hört es euch an. Nachverfolgen kann man es nicht. Wegen der Hitze hat er später seine Jacke ausgezogen, als er in sein Auto stieg. Da ist er runtergefallen. Der Nächste ist drübergefahren, damit war er kaputt."

- 37 -

Katja hatte Robert vor der Haustür absetzen wollen.

„Ich besorge noch ein paar Sachen fürs Wochenende. Dauert eine halbe Stunde. Brauchst du irgendetwas?", hatte Robert widersprochen und gebeten, Katjas i8 benutzen zu dürfen.

Als er wieder zurückkam, lag Katja in einem weißen Seidenpyjama im Liegestuhl auf der Terrasse. Sie bemerkte ihn nicht, weil sie Kopfhörer in den Ohren stecken hatte. Robert betrachtete sie. Sie schien konzentriert zuhören. Eine kleine steile Falte trennte ihre Augenbrauen. Ansonsten machte sie einen entspannten Eindruck.

„Du hörst ganz sicher nicht Esser", fragte er sie.

„Nein", lachte sie. „Mir hat es für heute gereicht."

„Lass mal hören." Er nahm ihr einen der Kopfhörer aus dem Ohr und lauschte. Nach ein paar Takten runzelte er die Stirn.

„Lush life. Billy Strayhorn. Instrumental von Joe Henderson, was mir besser gefällt, weil ich Gesang im Jazz nicht so gerne höre. Ursprünglich eine Ballade, die von einem Lebemann handelt, der Jazz und Cocktails liebte, aber ein einsamer Mensch blieb."

„Kennst du den Text?"

„Klar:
I used to visit all the very gay places,
Those come-what-may places,
Where one relaxes on the axis,
Of the wheel of life,
To get the feel of life,
From jazz and cocktails."

„Ah, Cocktails! Ich liebe zwar Jazz und Cocktails, aber einsam bin ich nicht, zumindest nicht im Moment. Ist dir ein kleiner Imbiss mit einem Glas Champagner recht?"

„Gern, Lebemann, dann fahr mal auf."

Robert holte aus der Küche ein Tablett. Darauf standen zwei Champagnerflöten, eine Schüssel mit Langustenschwänzen, eine Schale mit einer Cocktailsoße und ein aufgeschnittenes Baguette. In der anderen Hand hielt er einen Kühler mit einer Flasche. Er zeigte Katja das Etikett: Guy Michel Brut Tradition. „1982 ist doch grob dein Jahrgang?"

„Nah dran, aber älter."

Robert öffnete den Verschluss und schenkte ein.

„Auf dich, Katja."

„Nein, auf uns. Gibt es kein Besteck?"

„Fingerfood."

Sie tranken und aßen.

„Ich könnte mich dran gewöhnen, fürchte jedoch, wir müssen uns wieder Jordans Auftrag widmen."

Robert füllte die Gläser, lehnte sich zurück und legte die Füße auf einen Stuhl. Er nahm einen Schluck. „Morgen ist auch noch ein Tag."

Katja leerte ihr Glas. „Hast du saubere Finger?"

„Warum fragst du?"

„Dann darfst du jetzt die Knöpfe an meiner Jacke öffnen."

„In solchen harmlosen Aufforderungen sind oft wichtige Botschaften versteckt."

- 38 -

Robert rekelte sich verschlafen. Katja stellte ihm einen Espresso ans Bett.

„Süß, so wie du es magst. Komm, steh auf, wir gehen eine Runde laufen."

„Ich habe nichts anzuziehen."

„Dann nimm mein Fahrrad und fahr neben mir her."

Frisch geduscht saßen sie eine Stunde später am Terrassentisch. Katja hatte den Stick in einen USB-Slot geschoben und das abgehörte Telefonat von Esser gestartet.

Sie hörten erneut, wie Riegele sagte: „Ich bin auf der Beerdigung von Braun. Erinnerst du dich an die Healey-Besatzung …" Katja klickte auf den Vorlauf-Button. Robert grinste. „Den nächsten Abschnitt willst du nicht noch mal hören?"

„Sicher nicht. Das ist mir zu blöd."

Dann hörten sie, wie Riegele sagte: „Der Italiener heißt Robert Hauser. Er ist der Sohn von Georg."

Schweigen auf Riegeles Seite. Dann: „Lass den Wagen erst einmal verschwinden, bis die Blumen auf dem Grab verwelkt sind. Hat auch den Effekt, dass der Wert steigt."

„Du weißt, dass wir das Geld brauchen, Philipp und ich", Riegeles Stimme schien verzweifelt.

„Wir können den Wagen nicht über eine der Internetplattformen für Gebrauchtwagen verkaufen. Da sind wir uns einig", legte Glöckl fest. „Bei dir oder bei uns in Österreich würde es auch zu lange dauern, mit Expertisen, Gutachten, Provenienz-Recherche. Die USA fallen auch aus, wenn ihr es so eilig habt. Außerdem wären Zollformalitäten zu erledigen."

„Auf keinen Fall", unterbrach Riegele. „Wie ist es mit Italien?"

„Das wäre möglich. Eigentlich bin ich mir sicher. Da muss ich aber telefonieren, dich zumindest anmelden. Richte dich mal auf Bonomi Organizzazione in Mornagno ein. Das ist nordöstlich von Mailand. Wo steht der Wagen jetzt?", fragte Glöckl.

„In der Tiefgarage in Weyarn. In einer Wohnanlage in der Nähe des Klosters", antwortete Riegele. „Ich habe dort drei Standplätze gemietet."

„Da ist er jetzt? Hoffentlich abgedeckt?"

„Natürlich. Ich organisiere einen Trailer und fahre gleich los."

„Mach das. Ich schicke dir Bonomis ‚Okay' per SMS."

Kurz nachdem das Gespräch beendet war, hörten sie ein Knirschen, dann war das Telefon offensichtlich tot.

Robert nahm sein Tablet, tippte darauf herum. Er blickte Katja an: „Noch mal Lust auf ein paar Tage Italien?"

„Harald wird mir den Hals umdrehen."

„Schick ihm eine WhatsApp-Nachricht, dass du spätestens Ende der Woche wieder zurück bist und er eine tolle Story bekommt."

„Optimist. Dann muss ich wohl packen. Darf ich diesmal einen eigenen Koffer nehmen"?

„In einer halbe Stunde starten wir."

„Keine Sekunde später!"

Auf der Fahrt nach Weyarn, Katja fuhr, telefonierte Robert mit dem Palace Grand Hotel in Varese.

„Signore Hauser, schön, dass Sie uns wieder einmal beehren wollen. Ihr übliches Zimmer?" Katja grinste, als sie die Frage aus der Freisprecheinrichtung hörte.

„Nein, diesmal nicht, Umberto. Ich brauche ein Doppelzimmer mit Blick auf den See."

„Con un grande letto? Und wie lange?"

„Queensize bitte. Aufenthaltsdauer zwei bis drei Tage. Wir kommen noch heute am Abend. Oh, beinahe hätte ich es vergessen. Für dieselbe Zeit bitte auch einen Leihwagen mit italienischem Kennzeichen."

„Perfetto, fino a stasera. Buon Viaggio."

„Ringrazie, Umberto. Ciao."

„Wozu brauchen wir ein Auto?", fragte Katja.

„Weil der Jaguar zu auffällig ist, wenn wir um die Bonomi Organizzazione herumschleichen." Er tippte den Namen in die Google-Suchleiste seines Smartphones. „Website im Aufbau. Na bravo. Aber immerhin steht hier die Adresse: Via Nino Bixio in Mornagno. Ist knapp dreißig Kilometer vom Hotel entfernt."

Er schickte den Link zur Seite an seinen eigenen E-Mail-Account. Katja parkte den Jaguar auf dem Parkplatz eines Supermarktes. Sie liefen quer durch ein Neubaugebiet. Die Tore zur Tiefgarage waren verschlossen. In der Nähe des Klostergebäudes war ein großes Gebäude mit Appartements. Die Haustür war verschlossen. Auf keinem der Schilder fanden sie Schneider oder Esser, was auch Zufall gewesen wäre. Sie begannen mit der unteren von sechs Klingeln. Eine Antwort erhielten sie erst, nachdem sie auf den Knopf gedrückt hatten, der auf eine der beiden Wohnungen im ersten Stock hinwies.

„Ich gehe nach oben. Wirf du einen Blick in die Garage. Dort rechts müsste die Tür sein." Katja stieg die Treppe hinauf. In einer offenen Wohnungstür stand ein älterer Herr, der erkennbar unmutig nach gestörter Mittagsruhe aussah. Katja stellte sich vor und fragte arglos, ob sie Herrn Schneider gegenüberstehen würde oder ob er wisse, wo eine Familie Schneider/Esser wohnen würde. Wie erwartet, wurden beide Fragen verneint. Sie entschuldigte sich nochmals für die Störung und lief in die Tiefgarage, wo sie Robert im Gespräch mit einem Mann fand, der gerade sagte: „Sie meinen sicher dieses unerhört laute Auto, das hier in der Lücke stand." Der Mann wies auf eine freie Parkbucht zwischen zwei abgedeckten Fahrzeugen. „Es ist eine bodenlose Frechheit und grenzt an vorsätzliche Ruhestörung, hier einen solchen Wagen abzustellen, vor allem sonntags."

Robert lächelte. „Wenn er steht, macht er wohl keinen Krach, oder? Sie wohnen hier?"

„Natürlich, sonst wäre ich nicht hier unten. Was wollen aber Sie?"

„Wir beschäftigen uns für einen Zeitungsartikel mit Oldtimern, gerade auch unter dem Aspekt der Umweltbelästigung. Wir hatten gehofft, hier Herrn Esser zu treffen."

„Hier im Haus wohnt niemand dieses Namens, auch nicht in der Umgebung."

„Auch Familie Schneider nicht? Die Adresse war uns mitgeteilt worden."

„Nein, weder Schneider noch Esser."

Robert zeigte fragend auf die drei Parkplätze.

„Schauen Sie sich um. Hier stehen mehrere dieser alten stinkenden Karren. Sie müssen hier nicht wohnen, um Plätze mieten zu können. Wenn Sie wissen wollen, wer diese drei nutzt, müssen Sie die Hausverwaltung fragen."

„Das machen wir. Herzlichen Dank und noch einen schönen Sonntagnachmittag."

„Ihnen auch. Übrigens, gestern stand hier noch ein dritter Wagen, der heute Morgen sehr früh abgeholt worden ist."

„Und Sie aus dem Schlaf gerissen hat", meinte Katja und strahlte ihn an.

Robert war statt durch die Schweiz die rund 80 Kilometer längere Strecke über den Brenner und an Verona vorbei Richtung Mailand gefahren. Im Hotel trafen sie gegen Abend ein. Er übergab Umberto die Autoschlüssel, der Katja besonders herzlich begrüßte. Sie verabredeten einen Tisch zum Abendessen und baten um einen Veneziano für Katja und einen Negroni für Robert.

„Nehmen Sie unter den Arkaden Platz. Ich lasse Ihnen dort die Drinks servieren. Um alles andere kümmern wir uns. Der Schlüssel für den Leihwagen liegt in Ihrem Zimmer, ein weißer Fiat Tipo."

Sie setzten sich an einen kleinen Tisch, der sich unter einem geschwungenen Säulengang befand. Der Colle Campigli Park, der das Hotel umschloss, offerierte Ruhe und einen kühlenden Schatten in der Abendsonne.

„Wäre dir ein Bier lieber gewesen?" fragte Robert, als die Getränke kamen und Katja über ihr Glas staunte.

„Das ist doch ein Aperol Spritz?"

„Ja, stimmt. In dieser stilvollen Umgebung hat er noch den ursprünglichen Namen. Salute!"

Ihr Zimmer war großzügig, die Wände in Pastellfarben gehalten.

„Die Möbel werden nicht ganz dein Geschmack sein", meinte Robert.

„Ich vermute, dass wir ohnehin nicht allzu lange im Zimmer sind. Nachts mach die Augen zu."

„Ich bin kein Kaninchen, das mit offenen Augen schläft", erwiderte Katja. Sie nahm einen kräftigen Schluck aus einer Pellegrino-Flasche, während sie auf dem Balkon standen und den Blick auf den See genossen. „Du oder ich zuerst?"

„Du!"

Zuerst kam der Duft ‚Juliette has a Gun Lady Vengeance', dann Katja in BH, String und Stay-ups. Ihre Haare hatte sie zu einem Faux Bob gedreht. Robert blickte sie an, aber Katja zog nur eine Augenbraue nach oben, schlüpfte in einen schwarzen ledernen Bleistiftrock und in eine weiße hochgeschlossene Bluse mit langen Ärmeln. Als Robert aus dem Bad kam, stand sie in Casadei-Slingbacks vor dem Spiegel und steckte Kreolen von Clash de Cartier in ihre Ohren. Er trug seinen üblichen blauen Anzug mit weißem Hemd.

Als Robert die Aufzugtür öffnen wollte, sagte Katja: „Ich möchte die Treppe nehmen. Ich möchte einmal genießen, eine solch gigantische Treppe herunterzuschreiten."

Robert bot ihr seinen Arm.

Vor dem Restaurant mussten sie sich entscheiden, drinnen oder draußen zu speisen. Sie entschieden sich für einen Tisch unter einer Pergola, wo auch ein Heizstrahler eine etwaige Abendkühle vertreiben würde.

Sie verzichteten auf den angebotenen Aperitif. Robert, der die Speisekarte von früheren Aufenthalten kannte, schlug vor, dass sie als Vorspeise ein Scottona-Beef-Carpaccio, mariniert mit schwarzem Puffer und Koriander-Mayonaise, sowie einen lauwarmen Spargelsalat mit Thunfisch nehmen sollten. „Lassen Sie die Sesam-Sticks und die Dill-Cracker und bringen Sie uns stattdessen ein einfaches Baguette. Danach nehmen wir beide das Carrè di agnello mit grünem Spargel und Limonen-Mayonaise. Dazu, wenn Sie einverstanden sind", fragte er den Kellner, „einen Materno Cascina Ronchetto Merlot."

„Sehr gute Wahl, Signore", war der Kommentar. Robert meinte zu Katja: „Zweimal Spargel ist für dich vielleicht langweilig. Einmal ist es weißer, einmal grüner. Den Unterschied macht aber die Mayonnaise."

Als der Wein kam, bat er Katja, zu kosten. Als sie nickte, sagte er, dass er ungeachtet toller italienischer Weine immer das lokale Angebot bevorzugen würde: „Wenn du Brunello bestellst, beeindruckst du höchstens den Nebentisch."

Sie ließen sich Zeit beim Essen, genossen die milde Atmosphäre des Abends und, was beide spürten, das Miteinander. Die Dolci lehnten sie ab, baten um Espressi, einen Limoncello auf Eis für Katja und einen Montenegro ohne für Robert. Die Flaschen blieben auf dem Tisch, dazu ein Schälchen mit Eiswürfeln, sodass sie ihre kleinen Gläser noch einmal füllen konnten.

„Buna notte", zwinkerte der Kellner und nahm den diskret unter den Aschenbecher geschobenen 20-Euro-Schein an sich.

- 40-

Sie hatten gleich morgens um sieben, noch im Bademantel, ein kräftiges Frühstück auf ihrem Balkon zu sich genommen.

„Der Tag wird lang und Zeit zum Essen werden wir kaum haben", meinte Robert.

Als hätte Umberto es geahnt, versorgte er die beiden mit einem Lunch-Paket, das Robert dankbar annahm. Der Fiat war ein älteres Modell. Katja hatte die Adresse der Bonomi Organizzazione in der Via Nino Bixio in Mornago in ihr Smartphone eingegeben und navigierte Robert zu der Adresse. Sie ließen den Wagen ein paar Hundert Meter vor dem Ziel stehen, um einen guten Standplatz zum Beobachten zu erkunden. Sie fanden ihn auf der Via Stazione vor einem kleinen Restaurant namens La Sputinoteca. Auf der Straßenseite des Restaurants lag ein gepflegtes Villenviertel, auf der gegenüberliegenden Seite eine eher triste Sammlung kleinerer Handwerksbetriebe. Bonomi Organizzazione war einer davon, hatte aber immerhin eine Glasfront, der Einblick in einen Showroom gewährte.

Katja versuchte, eine deutsche Touristin zu imitieren. Sie trug ein weites T-Shirt zur Funktionshose und hoffte, dass diese ihre Birkenstock-Sandalen verbergen würde. Robert hatte die wegen des LV-Logos verwundert angesehen, bis Katja ihm erklärte, dass der französische Luxuskonzern die Sandalenfirma aufgekauft hätte und ihre ein Testmodell seien. Ihre Haare verdeckte ein lindgrüner Fischerhut und der Rest des Gesichts verschwand praktisch unter einer großen Sonnenbrille.

„Ich gehe jetzt rüber und schaue mir das an." Sie lief auf das Gebäude zu und betrat den Showroom durch eine Seitentür. Viel war in dem nüchtern gehaltenen Raum nicht zu sehen. An der Hinterwand bemerkte sie eine Doppeltür, durch die ein Mann in einem roten Overall trat.

„Kann ich Ihnen helfen?"

„Entschuldigen Sie, dass ich hier so einfach reingekommen bin. Ich suche den Bahnhof. Wir sind auf der Via Stazione, aber in welche Richtung muss ich laufen?", fragte Katja.

„Wenn Sie wieder draußen sind, wenden Sie sich nach links. Ungefähr ein Kilometer von hier. Wenn Sie sich für Autos interessieren, können Sie sich gerne umsehen. Ich muss wieder an die Arbeit."

„Danke für die Auskunft. Ihre Autos sind schön, aber eher nichts für mich. Auf Wiederschauen." Sie verließ das Geschäft und setzte sich auf den Beifahrersitz des Fiats.

„Das Angebot ist überschaubar und sieht eher nach Lagerhalle als Showroom aus. Ein paar Rennwagen, Einsitzer und Tourenwagen, alte Maserati und Rohkarossen auf Transportwagen. Plakate von Autorennen an den Wänden. Kein Tisch, kein Stuhl. In das Büro bin ich natürlich nicht gekommen. Der Hof ist praktisch leer. In die Werkstatt konnte ich nicht sehen. Die muss aber groß sein, wenn man das Gebäude sieht."

„Dann werden wir weiter warten müssen", erwiderte Robert und rutschte tiefer in seinen Sitz.

Nach einer ganzen Weile fischte Katja eine Zigarette aus ihrer Davidoff-Packung, die sie mit zwei Kaffee aus der Bar geholt hatte.

„Anybody got a match?" Sie stieß Robert an. Der schreckte hoch und sagte: „Lauren Bacall zu Humphrey Bogart im Film ‚To Have Or Have Not‘, 1944. Ist was passiert?" Er sah ihre Zigarette. „Du willst doch hier nicht rauchen!"

„Du bist mir der rechte Detektiv. Schnarchst hier munter vor dich hin und träumst von der Bacall. Hier ist ein Kaffee. Gib mir Feuer!"

Robert zündete ihr die Zigarette an. Er blickte auf seine Uhr: „Es ist gleich vier. Bleiben wir noch eine Stunde. Laut Internet schließen sie heute um fünf."

Auch diese Stunde verging, ohne dass sich etwas Bemerkenswertes ereignet hätte. Nicht mal die Uhrzeiger schienen sich beeilen zu wollen, um die Observation zu beenden.

Als um fünf die Belegschaft von Bonomi das Gelände verließ, startete Robert den Motor. „Wir fahren ins Hotel", worauf Katja antwortete: „Das Hotel hat ein Spa, das kannst du mir spendieren."

- 41-

Um 8:00 am nächsten Morgen standen sie wieder vor Bonomi Organizzazione. Der Betrieb schien noch geschlossen zu sein, sodass sie etwas Zeit hatten, die nähere Umgebung zu erkunden. Sie liefen die Via Nino Bixio ein Stück entlang, mussten jedoch feststellen, dass Bonomis Grundstück von einer hohen Hecke umgeben und auch von hier nicht einsehbar war. In einer Seitenstraße, der Via Colombo, fanden sie eine Carabinieri-Station. Anschließend saßen sie wieder im Auto und tranken Cappuccino aus Pappbechern, den sie in der Sputinoteca gekauft hatten.

„Es wird Zeit, dass das hier dem Ende zugeht. Der Kaffee ist gut. Die Pappe an den Lippen dagegen grauenhaft." Robert blickte auf die Uhr. Katja lehnte sich zu ihm, küsste ihn. „Schmeckt sicher besser." Gerade als sie sich zurücklehnen wollte, verkrampfte sich ihre Hand in Roberts Arm. „Bleib so, rühr dich nicht!"

„Was ist?", flüsterte er ihr ins Ohr und biss in ihr Ohrläppchen.

„Lass es. Ich glaube, da kommt Esser." Aus dem Augenwinkel sah er einen Land Rover Discovery, der einen zweiachsigen FTK-228-Anhänger mit der Aufschrift ‚Luxury Car Transport' zog. Die Kennzeichen waren deutsch.

„Bleiben wir sitzen und schauen, was passiert."

Der Fahrer setzte etwas holprig zurück und lenkte den Hänger auf die Parkfläche neben dem Showroom. Er stieg aus. Es war Esser. Er klappte die rückwärtige Klappe herunter. Zwei Mechaniker in den roten Bonomi-Overalls öffneten das Hoftor und halfen Esser beim Abladen. Das Fahrzeug, das langsam herunterrollte, war abgedeckt, konnte aber über eine Öffnung an der Plane gelenkt werden. Alle drei schoben das Auto in den Showroom. Katja und Robert, immer noch in ihrer Umarmung, beobachteten, wie Esser den Anhänger abkuppelte und ein paar Worte zu den Mechanikern sprach. Als er auf die Straße fuhr, sah er die innige Umarmung im Fiat, schüttelte den Kopf und fuhr davon.

„Wir warten noch eine halbe Stunde", schlug Robert vor. Katja drehte den Rückspiegel zu sich und zog ihre Lippen nach. Sie öffnete die beiden oberen Knöpfe der Bluse und streifte ihre Pumps über, die deutlich höhere Absätze hatten als die Slingbacks von Sonntagabend. Ihre Haare hatte sie zu einem Pferdeschwanz gebunden, den eine strassbesetzte Haarklemme in Form hielt. Robert trug wieder seinen blauen Anzug.

Sie liefen über die Straße und betraten Bonomis Gebäude. Wieder war niemand zugegen. Hand in Hand schlenderten sie an den Exponaten vorbei, verweilten hier und dort länger und schauten auch mal in eines der Cockpits. Als sie vor einem Ferrari 360 standen, konnten sie auf einem Verkaufsschild hinter der Windschutzscheibe ‚Componentistica' lesen.

„Sind Sie an dem Fahrzeug interessiert?" Robert und Katja drehten sich um und standen einem sonnengebräunten, schlanken, grauhaarigen Mann gegenüber, dessen Namensschild ihn als A. Bonomi auswies.

„Nein", antwortete Robert. „Nicht an Ferraris. Vielmehr an Alfa-Romeo-Modellen und dort nicht unbedingt an den gängigen, so vom Typ Alfa Romeo 1600 Duetto Spider. ‚Die Reifeprüfung' mit Dustin Hoffmann, Sie verstehen?"

Bonomi nickte.

„Was mir aber hier aufgefallen ist, ist der Begriff ‚Componentistica'."

„Das erkläre ich Ihnen gerne. Dieser Ferrari und andere, die wir haben, sind aus Komponenten zusammengebaut. Es sind Rennwagen, die wir nach Unfällen wieder instand gesetzt haben. Mit Teilen, die wir selbst gebaut haben, um die Kosten im Griff zu halten."

„Das ist erlaubt?", fragte Katja.

„Ja und nein, Signora", Bonomi lächelte ihr zu. „Vor mehr als zwanzig Jahren hat sich der Europäische Gerichtshof mit der Frage beschäftigt. Aktuell hat Jaguar Land Rover ein skandinavisches Ehepaar verklagt, die mehrere ihrer alten Rennwagen nachbauen wollten, und gewonnen. Es ist eine Grauzone, aber die 360er oder 430er sind keine Seltenheit, jedenfalls nicht so selten wie die damaligen Jaguar."

„Wie gesagt, wir sind mehr an Alfas interessiert. Ein Auto für meine Frau, nicht wahr, Liebling?" Robert drückte Katja an sich. „Was verbirgt sich unter der Plane?"

„Unser heutiger Neuzugang. Ein seltener TZ2. Kennen Sie sich mit diesem Typ aus? Wollen Sie ihn sehen?"

„Ja, gerne, unbedingt", antwortete Katja.

„Dann soll mir Ihr Mann bitte helfen, das Cover abzunehmen."

Katja und Robert ließen sich nichts anmerken, als der TZ2 nackt vor ihnen stand.

„Es muss einer der Ersten sein, wenn ich die Fronthaube betrachte. Darf ich mich hineinsetzen?", fragte Robert beiläufig.

„Dann kennen Sie sich aus", war Bonomis Kommentar.

„Ja, schon", erwiderte Robert. „Ich fürchte aber, dass der Preis jenseits unserer Möglichkeiten ist. Haben Sie denn bezahlbare Alfa-Modelle?"

„Ich nehme die Signora mit. Das Auto soll doch für sie sein?"

„Lassen Sie sich Zeit", schlug Robert vor.

Katja und Bonomi verschwanden durch die Doppeltür. Statt sich in den Wagen zu setzen, löste Robert schnell die beiden Lederriemen, die als Verschluss der Motorhaube dienten, und öffnete sie. Er tastete unter den Batteriekasten und fand dort das zusätzliche Schloss, von dem Fritz Jordan berichtet hatte. Er nahm den Schlüsselbund aus seiner Tasche, musste zweimal blind probieren, ehe sich mit dem Passenden der Schließzylinder drehen ließ. Schnell schloss er die Motorhaube und setzte sich hinter das Steuer. Einen größeren Schlüssel, den er als Zündschlüssel identifiziert hatte, steckte er in das Zündschloss, das sich links im Armaturenbrett befand, und drehte den Schlüssel langsam nach rechts. Der Wagen reagierte nicht, keine Warnlampe blinkte. Auch hörte er nicht das Tickern der Benzinpumpe. Entschlossen drehte er den Schlüssel in die Startposition. Nichts passierte. Die Batterie schien vom elektrischen Kreislauf getrennt zu sein. So hoffte er jedenfalls.

Er blieb hinter dem Volant sitzen und überlegte, wie er Bonomi erklären könnte, dass er der Eigentümer des Autos sei. Im Google-Übersetzer stellte er fest, dass es im Italienischen mit dem Begriff ‚proprietario' nicht den im Deutschen üblichen Unterschied zwischen Eigentümer und Besitzer gab. Auch das Englische half nicht weiter, zumal Robert dachte, diesen Umweg nicht machen zu wollen.

„Schatz, ich habe einen tollen gefunden. Einen Alfa Romeo 2000 Sprint von 1958, mit einer Karosserie von Vignale, wie Signore Bonomi mir erklärt hat." Katja lief auf Robert zu, der immer noch im Auto saß. Sie musste sich zu ihm herunterbeugen, um ihm einen Kuss zu geben, was Bonomi veranlasste, gefällig auf den sich anspannenden Bleistiftrock zu schauen.

Robert schob sie sanft zurück und stieg aus.

„Ist es möglich, den Sprint und auch den TZ2 für eine Probefahrt zu bekommen", fragte er.

„Kein Problem. Sind Sie morgen noch hier?"

„Das können wir einrichten. Wann sollen wir hier sein?"

„Gegen 10. Ist Ihnen das recht? Soll ich Ihnen noch eine Empfehlung für den Abend geben? Wo übernachten Sie?"

„Im Palace Grand Hotel in Varese." Diesmal antwortete Katja.

„Da muss ich Ihnen keine Empfehlung geben. Aber wenn, besuchen Sie das Il Gistore. Nehmen Sie ein Taxi für die drei Kilometer vom Hotel. Der Fisch ist exzellent und opulent, die Weine hervorragend."

„Danke für den Tipp." Bevor sie sich mit einem „Bis morgen" verabschiedeten, sagte Robert: „Ach übrigens, wem gehört der TZ2 eigentlich?"

„Soweit ich weiß, zwei Brüdern. Schneider heißen sie. Aus der Nähe von München. Den einen werden Sie morgen kennenlernen. Soll ich Ihr Interesse signalisieren?"

„Nein, ist nicht nötig. Wir sehen ihn ja morgen früh."

„Buona serata."

- 42 -

Umberto winkte sie zu sich an die Rezeption. „Möchten Sie heute wieder ein Lunch-Paket?"

Robert verneinte.

„Wissen Sie, wie lange Sie bleiben wollen?"

„Noch eine Nacht wahrscheinlich. Sobald wir es genau wissen, rufe ich an. Für den Fall, dass wir erst später zurückkommen: Hier sind die Schlüssel für den Leihwagen. Er steht vollgetankt auf dem Parkplatz."

Sie hatten sich entschlossen, den Jaguar zu nehmen, weil sie dachten, dass er ihre Zahlungskraft unterstreichen würde. Die dreißig Kilometer nach Mornago waren schnell zurückgelegt.

„Fahr besser weiter", sagte Katja. „Schau dort auf den Auftrieb." Vor Bonomis Haus stand ein Renault Clio in den Farben der Carabinieri. Der Blaulichtbalken auf dem Dach blinkte. Er blockierte einen Land Rover Discovery.

Robert fuhr weiter, bis er einen Platz zum Wenden gefunden hatte. Sie kehrten zurück und parkten in 100 Meter Entfernung. Von dort beobachteten sie, wie die beiden Carabinieri mit einem Zivilisten ins Auto stiegen und mit ihm davonfuhren.

„War das Esser oder Schreiber oder wie auch immer er heißen mag"?

„Konnte ich nicht erkennen", sagte Katja.

„Gehen wir rüber?"

Sie betraten den Showroom, wo Bonomi auf sie wartete. Der Sprint Vignale für Katjas Probefahrt stand in der Mitte des Raumes und glänzte in mattem Silber. Sie begrüßten sich. Bonomi schaute dabei unglücklich und sagte zu Robert: „Wir haben Probleme mit dem TZ2. Wir kriegen ihn nicht zum Laufen. Es scheint ein Defekt in der Elektrik zu sein. Esser kann uns nicht helfen. Den haben gerade die Carabinieri mitgenommen, weil etwas mit der tschechischen Zulassung des Anhängers nicht stimmen soll und sie der Meinung sind, dass er zu groß ist für das Zugfahrzeug."

Er ging zum Sprint Vignale. „Ich fahre Ihnen den Wagen jetzt raus. Nehmen Sie sich Zeit, trinken Sie einen Kaffee. Ich denke, dass wir in einer halben Stunde den TZ2 flott haben. Dann wird auch Esser wieder hier sein. Aber bringen Sie den Alfa wieder zurück." Er lachte. „Signora, bitte."

Sie fuhren über Cimbrio, Villadosia, die SP44 nach Tordera Superiore, wo sie gegenüber dem Postamt eine kleine Bar fanden. Robert zahlte für zwei doppelte Espresso, die sie auf einer Bank vor der Bar tranken.

„Es wird ihnen nicht gelingen. Es sei denn, sie finden das Schloss. Ich habe gestern die Batterie vom Rest getrennt und Esser sollte nichts davon wissen. Wir werden es erleben."

Eine Viertelstunde später standen sie wieder vor Bonomis Gebäude. Der und ein Mechaniker hatten ihre Köpfe tief unter die Motorhaube gesteckt. Als sie hörten, dass Katja und Robert zurückgekommen waren, sagte Bonomi nur: „Wir finden es nicht. Wir müssen auf Esser warten." Sie senkten ihre Köpfe in den Motorraum.

„Willst du Ihnen nicht helfen?", fragte Katja.

„Nein, lass uns auf Esser warten."

Katja lachte. „Du scheinst angespannt zu sein?"

Jetzt lachte Robert. „Ich bin die coolste Socke der Welt, zumindest deiner Welt." Er nahm sie in den Arm und gab ihr einen Kuss. „Schon ein bisschen, ich gebs zu."

In diesem Moment betraten die beiden Carabinieri den Showroom, zwischen sich Esser. Katja und Robert drehten sich um und betrachteten die Exponate, ohne sie wirklich zu sehen. Dafür versuchten sie, zuzuhören.

„Wir haben Interessenten für Ihr Auto, Herr Esser. Mathias sagte mir, der Wagen würde einwandfrei laufen. Jetzt tut sich nichts. Ist er derselbe, von dem Mathias gesprochen hat"?, fragte Bonomi.

„Was denken Sie? Was fällt Ihnen ein? Glauben Sie etwa, dass ich …?" Esser schien eine kurze Leitung zu haben. Robert drehte sich um und ging auf Esser zu. Der Van-Dyke-Bart war offensichtlich abrasiert, denn sein Kinn war glatt.

„Hallo, Herr Glöckl, oder sollte ich sagen, Herr Esser, oder, der Vollständigkeit halber, Herr Schneider? Haben Sie mit der Rasur auch einen neuen Namen erhalten?"

Schneider alias Glöckl alias Esser reagierte nicht.

Obwohl Robert Esser auf Deutsch angesprochen hatte, wurden die beiden Carabinieri, ein Brigadiere und ein Apputanto Scelto, hellhörig. Robert bemerkte dies. Er entschuldigte sich, nicht Italienisch sprechen zu können. Der Brigadiere sagte: „Englisch ist okay, Deutsch leider nicht." Sie machten keine Anstalten, zu gehen.

Bonomi schaute Robert und Esser verwirrt an. „Herr Esser, was hat es damit auf sich, dass wir den Wagen nicht ans Laufen kriegen?"

„Ich versuche es noch einmal selbst." Er setzte sich, zog die Handbremse an, legte den Leerlauf ein und drehte den Zündschlüssel. Nichts passierte. Er wiederholte die Prozedur, ohne Ergebnis. „Sicher ist die Batterie leer. Wir haben den Wagen im Dunkeln eingeladen. Da hat sicher einer das Licht angelassen."

Bonomi rief durch die offene Tür in die Werkstatt: „Maurizio, bring mal den Power-Boost."

Der Mechaniker rollte einen kleinen zweirädrigen Wagen mit mehreren Batterien heran, deren Pole er mit den Polen der Autobatterie verband. Er nickte Esser zu, der erneut versuchte, den Motor zu starten.

„Dann wird die Batterie alt und platt sein, lassen Sie eine neue bringen".

„Das glaube ich nicht", ließ sich Robert vernehmen, worauf ihn alle außer Katja, die breit grinste, erstaunt ansahen. Esser wollte aussteigen, aber Robert bedeutete ihm, sitzen zu bleiben.

„Darf ich"?, fragte Robert Bonomi und griff sich ein Voltmeter, das auf dem Power-Boost lag. Der nickte noch erstaunter, nachdem Robert die Klemmen des Messgerätes mit der Batterie verbunden hatte, nicht ohne vorher die Verbindung zum Startgerät zu lösen. Der Zeiger schlug aus. „Die Batterie ist voll." Alle blickten auf Esser.

„Warten Sie, ich hole meinen Aktenkoffer aus dem Auto, zwei Minuten." Robert spurtete zum Jaguar, holte seine Tasche aus dem Kofferraum und lief zurück. Er legte die Tasche auf das Dach eines benachbarten Autos und entnahm ihr einen Schlüsselbund.

„Herr Esser, wenn ich Sie jetzt fragen würde, ob dieser Wagen Ihnen gehört, was würden Sie darauf antworten?", fragte er.

„Dass ich im Auftrag von Mathias Ferk handele. Bonomi kennt ihn", war Essers Antwort.

„Sie meinen Riegele", sagte Katja. Esser blickte erschrocken zu ihr. „Sie kennen unsere …"

Robert trat auf Esser zu: „Ich behaupte, dass weder Ferk noch Ihnen der Wagen gehört. Ich sage Ihnen, dass Sie den Wagen gestohlen haben."

Die beiden Carabinieri wurden hellhörig. Beinahe gleichzeitig zu Essers „Das können Sie nicht beweisen, fragte der Brigadiere: „Das ist eine schwere Anschuldigung. Können Sie das beweisen?"

Robert suchte den passenden Schlüssel, steckte ihn in das verborgene Schloss unterhalb der Batterie. „Jetzt starten Sie."

Esser drehte den Zündschlüssel und mit einer blauen Wolke aus dem Rennauspuff unter der Fahrertür kam Leben in den Motor.

Das Erstaunen hätte nicht größer sein können. Doch noch bevor Robert eine Erklärung abgeben konnte, klingelte das Smartphone des Apputanto.

„Pronto", meldete der sich und hörte zu. Er blickte auf Esser. „Bene, ciao." Dann flüsterte er etwas zu seinem Kollegen und beide bewegten sich einen Schritt auf die offene Tür des TZ2 zu. Der Apputanto zeigte dem Brigadiere ein Foto auf seinem Telefon und deutete auf Esser.

Bonomi wandte sich an Robert. „Können Sie mir erklären, was Sie gemacht haben?"

„Lassen Sie uns etwas zur Seite gehen. Ich möchte nicht, dass Esser mithören kann. Nehmen Sie bitte die Schlüssel mit."

Bonomi bedeutete dem ranghöheren Carabinieri, mitzukommen. Katja nahm Roberts Aktenkoffer und folgte den dreien in Bonomis Büro.

„Esser?" Robert blickte den Brigadiere fragend an. „Kein Sorge, der Apputanto passt auf."

Gerade, als Robert einige Dokumente aus der Tasche nehmen wollte, hörten sie eine Sirene. Vor dem Renault der beiden Polizisten hielt ein Alfa Romeo Giulia Quadrifoglio, ebenfalls in den Farben der Carabinieri. Als der Brigadiere die Fahrerin aussteigen sah, zog er seine Augenbrauen zusammen. Bonomi lachte: „Stress, Carlo?" Der zuckte nur die Schultern. Sein Apputanto salutierte und sie hörten ein „Buon Giorno, Tenente Colonello."

„Oberstleutnant", klärte Bonomi Robert und Katja auf. Als der Brigadiere die Hand zum Gruß heben wollte, winkte die Polizistin ab und sagte nur „Ciao, ragazzi." Robert musste schmunzeln, als er bemerkte, dass die beiden Frauen sich einer eingehenden Prüfung unterzogen. Katja war in einem figurbetonten Kleid wie immer elegant gekleidet, hatte aber wegen der Probefahrt flache Schuhe gewählt. Die trug Tenente Colonello Tabucchi, so stellte sie sich vor, ebenfalls, darüber offensichtlich maßgeschneiderte Hosen mit den für die Carabinieri typisch roten Litzen und eine Uniformjacke, auf deren Schulterklappen eine silberne Krone und zwei Sterne zu sehen waren. Sie trug einen knappen Hut, dessen Seiten hochgeklappt waren, mit silbernem Hutband und darüber das goldene Granatemblem der Carabinieri. Ihre schwarzen Haare hatte sie zu einem Knoten gebunden. Den Hut nahm sie ab.

„Die Uniform gefällt mir besser als die der Polizistinnen zu Hause", meinte Katja anerkennend zu Robert.

„Nicht wahr", sagte Tenente Colonello Tabucchi auf Deutsch. „Ich trage sie gerne und mit Stolz. Setzen Sie mich kurz ins Bild, Brigadiere." Der stellte Robert Hauser und Katja Meyerhoff vor und fasste die vergangene Stunde kurz zusammen, erwähnte auch sein Erstaunen über Roberts Aktion.

„Können Sie mir das erklären?", fragte sie Robert.

„Das ist eine längere Geschichte, die sich kaum in zwei oder drei Sätze fassen lässt."

Tabucci unterbrach ihn. „Dann kurz und nur das Wichtigste!"

„Ich bin der rechtmäßige Besitzer dieses TZ2, zusammen mit meiner Schwester, die in den USA lebt. Allerdings noch nicht lange, denn der Wagen gehörte vorher meinem Vater, der jüngst verstorben ist. Als wir davon erfuhren", er ließ offen, ob er den Tod des Vaters oder das Verschwinden des Wagens meinte, „war dieses Fahrzeug nicht mehr da. Wir haben es zufällig vor gut einer Woche in der Toskana bei einer Rallye gesehen. Seitdem sind wir dem Wagen auf der Spur."

„Gut, Herr Hauser. Sie sollten wissen, dass ich der Carabinieri T. P. C., ausgesprochen heißt das ,Comando Carabinieri Tutela Patrimonio Culturale', zugeordnet bin. Mein Büro ist in der Villa Reale, Nähe Monza. Deswegen die rasante Fahrt hierher." Sie lachte. „Hat Spaß gemacht. Wir arbeiten eng mit dem Ministero per i Beni e le Attività Culturali zusammen. Das Kommando hat bisher vier Sektionen: Archäologie, Antiquitäten, Fälschungen und zeitgenössische Kunst. Sie können jetzt überlegen, in welche Kategorie Ihr Auto gehört."

„Ich nehme an, nicht zur Archäologie. Wir mussten schließlich nicht graben."

„Wir haben für Oldtimer noch keine Kategorie, sind aber dabei, eine zu entwickeln. Jetzt aber wieder zu Ihnen. Wie weisen Sie sich und meinetwegen auch Ihre Schwester als Eigentümer aus?"

Bonomi sprang ein: „Durch ein einfaches technisches Detail, Tenente Colonello. Er hat einen wichtigen Schlüssel. Du hast ihn gesehen, Carlo, ich meine Brigadiere."

Tabucci lachte: „Keine falsche Scheu. Ihr kennt euch und zahlt euch sicher den einen oder anderen Aperitivo." Sie blickte wieder zu Robert. „Der Schlüssel kann nicht alles sein."

„Nein, Signore Bonomi kann Ihnen erklären, was es damit auf sich hat. Mein Vater hatte eine Sicherung eingebaut, von der nur er und ein enger Freund wusste." Beinahe hätte er die Situation verkompliziert und vom anderen Vater seiner Schwester gesprochen.

Katja hatte auf einem Tisch die Dokumente ausgebreitet.

„Sehen Sie bitte her. Hier ist zunächst die ‚Identificazione e Carrateristische Dell'Autoveiculo ', ausgestellt 1966 für ein Chassis mit der Nummer 109. Die Nummer können wir uns nachher ansehen. Ist aber mühsam, nicht wahr, Herr Bonomi?"

„Man braucht einen Spiegel, sonst findet man sie nicht", stimmte der zu.

„Hier die Rechnung von Autodelta, mit einem symbolischen Betrag, für den sie Roberts Vater den Wagen überlassen haben."

Tenente Colonello Tabucchi schaute sich die Papiere an. „Der Käufer damals hieß Braun, Sie haben sich als Robert Hauser vorgestellt."

„Es wird noch komplizierter", Robert lächelte. „Meine Schwester heißt Jordan. Es war so ähnlich wie bei Marcello Mastroianni – ein Vater, mehrere Mütter."

„Hmm. Nur das dessen Kinder alle Mastroianni heißen, glaube ich jedenfalls." Sie überlegte. „Sie können das sicher nachweisen?"

„Touché. Ja, blättern Sie ruhig durch den Rest. Da finden Sie alles, vom Erbschein bis zur DNA-Analyse. Aber sagen Sie, Sie sind nicht unseretwegen hier?"

„Sie können mir das kopieren, Herr Bonomi?"

„Ist nicht nötig", meinte Katja. „Es ist zwar nur auf Deutsch beglaubigt. Sie können es mitnehmen. Für eine Beglaubigung in Ihrer Sprache wäre es nur ein Katzensprung in die Schweiz."

„Was Katja meint, Tenente Colonello, ist, dass sich die Originale in Genf befinden. Aber zurück zu meiner Frage. Was ist der Grund für Ihr rasantes Erscheinen?"

„Unser Department beschäftigt sich wie gesagt mit Archäologie, Antiquitäten, Fälschungen und zeitgenössischer Kunst. Oldtimer sind noch kein wesentlicher Bestandteil und trotz allem automobilen Lokalpatriotismus sind wir da noch nicht so aufgestellt wie beispielsweise die Engländer. Nehmen Sie allerdings Marken wie Iso Rivolta, Isotto Fraschini oder Bizzarini, um nur drei zu nennen, ist die Leidenschaft von Sammlern groß. Genauso groß ist die Leidenschaft, den Markt zu bedienen. Und ebenso groß ist die Leidenschaft, dabei Geld zu waschen."

„Das ist uns bekannt, Tenente Colonello. Erklärt aber nicht Ihr Interesse an Esser", warf Katja ein.

„Esser, Schneider oder Glöckl, wie Sie ihn kennen oder nennen. Wir haben seit Längerem den Verdacht, dass sich eine Person, die diese Namen benutzt, in dem von mir beschriebenen Gewerbe aufhält." Sie lächelte bei der letzten Bemerkung. „Vor ein paar Tagen erhielten wir einen Hinweis, dass er sich in einem Hotel in Salsomaggiore Terme aufhalten würde."

„Ich habe immer gedacht, es ginge nur um die Entrichtung der korrekten Touristenpauschale oder Kurtaxe, wenn wir in einem Hotel einchecken und unsere Ausweise eingescannt werden", stellte Robert fest.

Tabucci überging den Einwurf. „In Salsomaggiore war er zu schnell weg und eine weitere Meldung gab es nicht. Bis gestern. Hinzu kam die Befragung durch den Brigadiere. Da fehlte nur noch ein Computerabgleich. Wir sind froh, dass wir ihn befragen können."

„Das heißt was"?, fragte Robert.

„Na ja, natürlich korrekt. Wir nehmen ihn mit nach Monza."

„Die Villa Reale di Monza ist doch um 1777 im Auftrag der österreichischen Kaiserin Maria Theresia als Sommerresidenz für ihren Sohn Ferdinand I. erbaut worden, der damals der Statthalter der Lombardei war. Sie soll 700 Zimmer haben, eines davon ist eine Zelle?"

„Ich habe noch nicht alle Zimmer geputzt, Herr Hauser, weiß ich also nicht. Nein, für die Unterbringung nutzen wir eine lokale Carabinieri-Station. Wenn Sie sich über den Komfort informieren wollen, der Brigadiere ist bestimmt bereit, Ihnen seine Hospitality zu zeigen."

„Vielen Dank, ich hatte erst kürzlich Gelegenheit, polizeiliche Gastfreundschaft zu genießen."

Tabucci war sichtlich irritiert ob dieser Bemerkung. Katja erklärte das aber kurz und die Situation entspannte sich wieder.

„Für Sie ist die Tatsache, dass der TZ2 jetzt ohne mein Einverständnis hier steht, also Diebstahl?" Robert wollte durch die Frage in Erfahrung bringen, wie es weitergehen sollte.

„Prinzipiell ja. Gegeben, dass Sie tatsächlich der Eigentümer sind, was ich nicht anzweifele. Mir wäre es lieb, wenn wir den Wagen hier festhalten könnten."

„In Gewahrsam nehmen, meinen Sie. Hat die Villa Reale eine Garage oder ist dafür auch Ihre Filiale hier in Mornago zuständig?"

„Seien Sie nicht so spitz, Herr Hauser. Ich bin auf Ihrer Seite. Nein, wenn Signore Bonomi einverstanden ist, bleibt der Wagen bei ihm."

Bonomi nickte.

Robert sagte: „Unter der Bedingung, dass ich den signifikanten Schlüssel behalte. Außerdem würde ich gerne vor meiner Zustimmung telefonieren."

Bonomi schlug vor, ein Duplikat anzufertigen, er habe das entsprechende Handwerkszeug dazu.

Robert nickte und wählte Dimbelbys Nummer in Montreux und hatte Glück, ihn sofort am Apparat zu haben.

„Dimbelby, hier Robert Hauser. Sie erinnern sich?"

„Natürlich! Der seltene TZ2 mit Benzineinspritzung."

„Nein, Dimbelby. Robert Hauser, männlich …"

„Um die fünfzig, zehn Jahre jünger als das Auto. Entschuldigen Sie."

„Ich stelle das Telefon auf Mithören. Es geht um Folgendes. Wir haben mein Auto gefunden und stehen daneben. Katja Meyerhoff. Tenente Colonello Tabucchi."

„Fiamma, Salute." Dimbelby lachte durchs Telefon. „Robert, hat Sie das Feuer von Tenente Colonello Tabucchi schon verbrannt?"

„Halt den Mund, Dimbelby. Ich habe mir meinen Vornamen nicht ausgesucht."

Robert überging die Tatsache, dass die beiden sich kannten. „Wir haben den Wagen gefunden. Er soll jetzt hier stehen bleiben, womit ich einverstanden bin. Ich habe aber nicht die Zeit, mich um die weiteren Dinge zu kümmern. Sie wissen, was ich meine."

„Ja, weiß ich", erwiderte Dimbelby. „Was heißt hier?"

„Habe ich nicht erwähnt? Wir sind in Mornago."

„Bei Bonomi Organizzazione, ciao Alessandro, er hört zu?"

„Si, buon Giorno, Dimbelby", schaltete sich Alessandro Bonomi ein.

„Da sind Sie in sicheren Händen", sagte Dimbelby, worauf Bonomi nickte.

„Ich muss das aber mit den Carabinieri klären."

„Fiamma, d'accord?" Dimbelby fragte gleich selbst.

„Welche Antwort erwartest du?", erwiderte diese.

„D'accord! Fiamma, was sonst. Ich schicke Ihnen, Robert, die nötigen Verträge, CC an Fiamma, an Alessandros E-Mail-Adresse", schlug Dimbelby vor.

„Va bene, Dimbelby. Bitte auch an den Brigadiere hier in Mornago. Adresse findest du im Internet." Sie bedeutete Robert, die Verbindung zu beenden.

Tabucci und der Brigadiere unterhielten sich kurz. Der nickte und verabschiedete sich.

Fiamma Tabucci sagte nur, dass die örtlichen Carabinieri sich um Esser kümmern würden.

Katja blickte auf ihre Uhr. „Hätten Sie Zeit für ein Lunch?" Sie richtete die Frage an Tabucci und Bonomi. „Und wenn ja, haben Sie eine Idee?"

Alle blickten auf die Tenente Colonello. Tabucci nickte. „Gerne. Soll ich Sie alle mitnehmen?"

Katja stimmte zu.

Bonomi nahm sein Telefon. „Ich rufe in der Osteria Di Montonate an, in der Via Cavour."

Robert schlug vor: „Ich nehme Bonomi mit, wenn Sie ihn später wieder in seinen Betrieb fahren."

„Machen wir uns kurz frisch?", fragte Fiamma Tabucci Katja, was die mit „Gute Idee" beantwortete.

Katja hatte ihre Schuhe gegen High Heels getauscht, die sie in ihrer Handtasche transportiert hatte. Beide hatten die Frisuren gerichtet und das Make-up aufgefrischt. Bonomi hatte währenddessen Dimbelbys E-Mail ausgedruckt: „Wir besprechen das beim Essen."

- 43 -

Als die vier, die Frauen voran, das Di Montonate betraten, drehten sich die meisten der Köpfe zu ihnen.

„Ich glaube, die Aufmerksamkeit gilt nicht uns", schmunzelte Robert.

„Nein, glaube ich auch nicht. Eher der Giulia Quadrofoglio. Oder die Kombination. Es passiert nicht oft, dass ein weiblicher Tenente Colonello hier aufkreuzt und dann auch noch mit einem 510-PS-Schlitten." Auch Bonomi schmunzelte.

Sie wählten einen Tisch etwas abseits von den anderen Mittagsgästen, um sich unbeachtet unterhalten zu können. Die Paella galt als Spezialität, die von allen bestellt wurde. Nur war der Patron enttäuscht, dass es bei Wasser blieb.

Bis das Essen serviert wurde, waren die Formalitäten erledigt. Tabucci hatte zu Robert gesagt: „Jetzt, da Sie Ihren Wagen, gehen wir mal davon aus, Ihr Eigentum, wieder zurückhaben, müssen Sie abwägen, ob Sie Schneider rechtlich belangen. Schneider, so heißt er doch, nicht wahr?"

„Wilhelm Schneider alias Esser alias Glöckl, falls Sie Ihre Datenbank vervollständigen wollen. Das werden wir unserem Anwalt überlassen."

Tabucci nickte: „Esser kannten wir, Glöckl nicht. Danke. Also: Schneider hat sich das Auto in Deutschland angeeignet. Jetzt haben Sie es wieder zurück. Da fühlen wir uns nicht unbedingt zuständig."

Die Paella wurde in einer großen gusseisernen Pfanne serviert. Der Patron fragte noch einmal nach Wein, wurde wieder abschlägig beschieden und verschwand kopfschüttelnd in der Küche.

Katja fragte: „Damit ich es richtig verstehe, Fiamma. Ihre Behörde war primär gar nicht an dem Alfa Romeo interessiert." Robert und Bonomi registrierten, dass die beiden Frauen schon bei den First-Names-Terms angekommen waren.

„Nein, Katja. Nur an Schneider. Denn der, besser sein Name, in diesem Fall Esser, befindet sich seit geraumer Zeit in unserer Datenbank. Wertvolle Autos sind nicht unsere Spezialität, noch nicht, denke ich."

Robert blickte sie fragend an.

Tabucci nahm ein paar Bissen. „Geben Sie mir Zeit, die Paella ist exzellent." Dann fuhr sie fort. „Die TPC, die Tutela Patrimonio Culturale, ist eine auf Kunstdiebstähle, Fälschungen usw. spezialisierte Einheit der Carabinieri mit dem Hauptquartier in Rom, mit einem knappen Dutzend Filialen. Kunstpolizei werden wir salopp genannt. Ich leite die in Monza, die beispielgebend für die anderen ist. Das heißt aber nicht viel, bedeutet nur, dass die anderen nach demselben Schema organisiert sind. Wir haben mehr als zwei Millionen Kunstwerke in unserer Datenbank, vom Tintoretto bis zur etruskischen Grabbeilage. Es ist also schwierig, ein gestohlenes Bild zu verkaufen."

Katja unterbrach sie. „Voraussetzung ist dann, dass ein beteiligter Händler Ihren Service nutzt?"

„Kann man so sagen. Nur ein Beispiel. Vor einigen Jahren sollte ein gestohlenes Bild aus der Schweiz verkauft werden. Das Bild war bei uns gelistet und so flog der Schwindel auf. Auf die gleiche Weise versuchen wir, Bilder, Rubens und Bellini, die vor einiger Zeit aus dem Museum in Verona gestohlen wurden, zu finden. Und wenn notwendig, wertvolle Automobile. Daher kenne ich auch Dimbelby."

„Dazu müssen sie aber auf dem Markt auftauchen?", fragte Robert.

„Was sie oft nicht tun", stimmte Tabucci zu. „Schwierig bis unmöglich, wenn Auftraggeber Sammler oder Erpresser sind und die Hehler natürlich den offiziellen Markt vermeiden. Natürlich gibt es keine Rechnung, ist also viel Schwarzgeld im Spiel. Mein Chef Collasanti hat mal in einem Interview gesagt: ‚der illegale Handel mit Kunstwerken kommt gleich nach dem Waffen-, dem Drogenhandel und Finanzdelikten'."

„Sie vermuten, dass Schneider dabei seine Hände im Spiel hat?", hakte Robert nach.

„Wir sind froh, dass wir ihn haben. Er steht auf unserer Personenliste und wir werden ihn intensiv befragen."

„Vielleicht noch eins. Wir sind mit unserem Konzept möglicherweise führend in Europa. Die Schweiz ist dagegen in anderer Hinsicht beispielgebend. Bis 2005 konnte ein Käufer sein erworbenes Bild trotz unbekannter und zweifelhafter Herkunft behalten. Er steckte es für fünf Jahre in einen Tresor und anschließend galt er als offizieller Eigentümer. In einem Gesetz zum Kulturgütertransfer wurde diese Frist auf dreißig Jahre angehoben. Damit wird das uninteressant. Die Schweiz ist einer entsprechenden UNESCO-Konvention beigetreten. Ob es jedoch auch in der EU, im Schengen-Raum, gilt oder ob Ihr Land eine ähnliche Gesetzgebung hat, kann ich nicht sagen."

Sie beendeten den Lunch mit Kaffee. Katja bat um die Rechnung, zahlte und notierte auf dem Beleg Bonomis und Tabuccis Namen,

Letztere mit ihrem Dienstgrad. „Damit mein Ressortleiter sieht, wie und mit wem wir hier intensiv zusammen gearbeitet haben."

Draußen, bevor sie in ihre Autos stiegen, sagte Robert: „Tenente Colonello, Signore Bonomi. Ich möchte Ihre Hilfe anerkennen. Halten Sie mit uns Kontakt, bitte über unseren Anwalt. Ich werde Ihnen seine Kontaktdaten übermitteln."

Sie schüttelten sich die Hand. Katja und Fiamma tauschten Visitenkarten und Wangenküsse aus.

Auf dem Weg zum Hotel sagte Robert: „Ich bin beeindruckt. Erst kurz vor der Verhaftung und jetzt schon auf Küsschenbasis mit einem Offizier der Carabinieri."

„Mit einer Offizierin, bitte, Robert."

-44 -

Nach dem Lunch hatten sie überlegt, gleich ins Hotel zu fahren, sich aber umentschieden, als Katja erwähnte, dass sie noch nie in Mailand gewesen sei. Robert grummelte vor sich hin, dass sie in zwei oder drei Stunden nicht viel sehen könnten. Katjas Argument, ein wenig mit Window-Shopping zu bummeln, fand er auch nicht sonderlich überzeugend, eher die Möglichkeit, den Jaguar in Varese am Bahnhof stehen zu lassen, um mit einer Trenord-Direktverbindung ins Mailänder Zentrum zu fahren. Milano Porta Garibaldi, wo der Zug endete, war nicht gerade das Zentrum, sodass sie ein Taxi nahmen, das sie zum Dom brachte. Es war nicht beim Window-Shopping geblieben, denn nachdem sie Il sallotto, die Galleria Vittorio Emanuele II, verlassen hatten, war Katja in der Umgebung der Via Monte Napoleone als Erstes ein Slim-Fit-Jeans/Cardigan-Ensemble bei Blumarine aufgefallen. Gelb mit Animal-Print auf der engen Hose und einem hellblauen Nerzkragen, der gut mit dem ebenfalls gelben Grundton der kurzen Wolljacke kontrastierte. Unglücklicherweise, wie Katja lächelnd fand, saß beides perfekt, ebenso wie die Mid-Heels von Stuart Weitzman, deren in Raspberry gefärbtes Wildleder kontrastreich wie passend mit dem Gelb der Jeans konkurrierten. So sah sich Robert alsbald mit den Einkäufen in jeder Hand wieder Richtung Dom laufen. Er bestand auf einer Pause nach diesen anstrengenden Ereignissen. Sie fanden in der Nähe des Doms unschwer eine Bar, wo sich Katja mit einem Glas Franciacorta und Robert mit einem Nastra Azzuro erfrischte, das er ungerührt aus der Flasche trank.

Robert hatte seinen Laptop mit zum Frühstück genommen. Er wartete, bis der Tisch abgeräumt war, und bat um einen neuen Kaffee. Dann hatte er eine E-Mail an Fritz Jordan, Heidi und Kurtz geschrieben, in der er die Ereignisse zusammenfasste. Er fragte nicht, ob es recht wäre, wenn Dimbelby sich weiter um den Wagen und Kurtz sich um die rechtlichen Dinge kümmern würden. Er formulierte es so, als ob er keinen Widerspruch dulden würde.

Als er den Laptop zugeklappt hatte, blickte er Katja an. „Wie wäre es, wenn wir auf ein paar Tage ins Haus in den Tre Communi fahren würden?" Seinen Gedanken, nach München zu fahren, behielt er für sich, denn es würde bedeuten, gleich nach Frankfurt zurückzukehren, was er, so gestand er sich ein, nicht wollte nach diesen intensiven Tagen mit Katja. „Ich muss mich mal wieder an meinem Arbeitsplatz sehen lassen", war ihre lapidare Antwort gewesen.

Robert wählte die Strecke an Lugano vorbei durch die Schweiz und einige Stunden später parkte er in der Meichelbeckstraße. Er hob Katjas Gepäck aus dem Kofferraum, die lächelte, als sie bemerkte, dass er bei seinem zögerte. „Soll ich dir helfen?", fragte sie und stellte seinen Koffer neben ihren. Dann schloss sie den Kofferraumdeckel, nahm Roberts Kopf in ihre Hände und küsste ihn lange. „Bleib, nur trag bitte unser Gepäck nach oben."

Ende